Vergelt's Gott

Ingrid Sonnleitner wurde in Krieglach in der Steiermark geboren und war als Krankenschwester und im sozialpädagogischen Bereich tätig. Nach der Ausbildung zur Bibliothekarin und vor allem durch die seit ihrer Kindheit bestehende Liebe zu Büchern aller Art wurde in ihr der Wunsch nach literarischem Schaffen geweckt. Seit fünfundzwanzig Jahren lebt die Autorin mit ihrer Familie im Südburgenland, dessen Schauplätze sich hervorragend in das Krimigenre einbetten lassen.

INGRID SONNLEITNER

Vergelt's Gott

KRIMINALROMAN

emons:

Bibliografische Information der Deutschen Nationalbibliothek
Die Deutsche Nationalbibliothek verzeichnet diese Publikation in der Deutschen Nationalbibliografie; detaillierte bibliografische Daten sind im Internet über http://dnb.d-nb.de abrufbar.

MIX
Papier aus verantwortungsvollen Quellen
FSC® C083411
FSC
www.fsc.org

Umschlagmotiv: Rainer Mirau/LOOK-foto
Umschlaggestaltung: Tobias Doetsch
Lektorat: Lisa Bitzer
Gestaltung Innenteil: César Satz & Grafik GmbH, Köln
Druck und Bindung: CPI – Clausen & Bosse, Leck
Printed in Germany 2014
ISBN 978-3-95451-452-6
Originalausgabe

Prolog

Der Plan ist ausgereift. Das passende Werkzeug dazu wird sich noch finden. Der Bertl, der ist eher von kleiner Statur. Es wird ein Leichtes sein, ihn in das Reich Gottes zu befördern. Nur das Werkzeug macht noch Kopfzerbrechen.

Die Entscheidung muss bald getroffen werden: Axt oder Eisenrohr?

Es gibt bloß eine Gelegenheit.

Heute würde es passen.

Schon von Weitem hört man Händels »Halleluja« durch das dicke Gemäuer der Dorfkirche hallen. Die Schneide auf der Haut fühlt sich kalt an. Tief im Hosenbund steckt der Schaft, gut versteckt unter dem weiten Pullover. Keine vier Schritte ist die Tür zum Seiteneingang entfernt. Ein kurzes Zögern, der Blick auf den menschenleeren Platz davor, dann schlüpft er hinein in das Gotteshaus, dem diffusen Licht der Orgelempore entgegen. Das Knarren der Bretter wird vom Klang der Pfeifen verschluckt. Er hält kurz inne, berauscht von der Lebendigkeit des Orgelwindes. Und dann, völlig unvorbereitet, trifft die Wucht des Schlages den Hinterkopf. Geräusche von aneinanderreibenden Knochen sind zu hören. Ein weiterer Schlag, und Bertl verliert das Gleichgewicht, stürzt zu Boden. Er richtet sich mit letzter Kraft auf, blickt in das Gesicht seines Mörders, sieht den Rachedurst, den Hass. Will um Vergebung, um Barmherzigkeit betteln, faltet die Hände zum Gebet.

Doch es gibt keine Barmherzigkeit. Mit voller Wucht trifft die Axt Bertl, erst am Kopf, danach an den Händen, immer und immer wieder, bis diese neben dem leblosen Körper liegen bleiben. Und mit jedem Schlag wird er ruhiger, beinahe sanftmütig.

Es ist vollbracht.

Sein Blick fällt auf die Axt in den Händen. Blut, überall Blut! Er dreht sich um, dann hastet er die ausgetretene Holzstiege hinunter, die Axt noch immer fest umklammert. Nur weg hier! Hinauf zum Friedhof, sich einfach fallen lassen, hinter einem Grabstein auf die feuchte Wiese. Die Wange an den kühlen Stein drücken. Wie ein vorbeirasender Schnellzug läuft das eben Vollendete vor seinen Augen ab, und es fühlt sich gut an, verdammt gut.

1

Adelheid beschloss, nachdem sie Bessie vom Spaziergang nach Hause gebracht hatte, in die Kirche zu gehen und dem Orgelspiel zu lauschen. Sie saß oft in der ersten Reihe, hörte dem Kantor bei der Probe zu, genoss es, die Einzige zu sein.

Komisch, dachte sie, als sie die hölzerne Pforte der Kirche öffnete. War sie zu spät? War die Probe schon vorbei? Dann hätte sie ihm begegnen müssen auf dem Weg hierher.

»Herr Gabriel? Herr Gabriel, sind Sie noch oben?«

Gegen ihre Gewohnheit setzte sie sich heute in die letzte Reihe und lauschte. Eine merkwürdige Stille durchflutete das Hauptschiff der Kirche.

Vielleicht ist er gar nicht oben, überlegte Adelheid und stand wieder auf.

Sie musste sich konzentrieren, als sie die Treppe emporstieg, aufpassen, dass sie nicht stolperte. Auf der Empore angekommen, wartete sie einen Augenblick, versuchte, durch ein paar kräftige Atemzüge ihre Kurzatmigkeit zu besiegen. Mehr Sport und weniger Essen, das hatte sie sich zum Jahreswechsel vorgenommen – ja, *hatte*. Aber der Weg zur Hölle war ja bekanntlich mit guten Vorsätzen gepflastert.

Sie tastete nach dem Lichtschalter und rief erneut: »Herr Gabriel? Sind Sie noch da oben? Ist was passiert? Geht's Ihnen nicht gut?«

Der Schalter, endlich. Der Neonbalken flatterte, es wurde taghell.

Da sah sie ihn, umgeben von Blut, Unmengen von Blut, auf dem Boden liegen, den Kopf unkenntlich gemacht, zu Brei geschlagen, und hätte er nicht seinen grün karierten Trachtenjanker angehabt, sie hätte ihn nicht wiedererkannt.

Der Geruch von Urin vermischt mit dem metallischen Gestank des Blutes drängte in ihre Nase. Sie spürte, wie ihr Magen zu rebellieren begann, spürte ein Würgen im Hals, hielt die Hand vor den Mund, wollte die Stufen hinuntereilen, stolperte, zog sich am Geländer wieder hoch. Erbrochenes rann zwischen ihren Fingern hindurch.

Vor dem Kirchenportal angekommen, lehnte sie sich an die Mauer, übergab sich.

Der Haller Felix, ein fünfzehnjähriger Bengel vom Kinderheim, schlenderte mit dem Dorfer Peter in ein Gespräch vertieft an Adelheid vorbei, murmelte einen Gruß, wollte seinen Weg fortsetzen, da krächzte sie ihm nach: »Felix, Felix! Der Herr Gabriel, ich mein, der Herr Bertl … der Kantor …« Ihre Stimme versagte, sie räusperte sich. »Du musst die Polizei rufen! Der Herr Gabriel. Ich glaub, der ist tot.«

Ihre Beine versagten, sie rutschte an der Mauer zu Boden. Während Felix telefonierte, half ihr Peter wieder auf, stützte sie bis zur nächsten Parkbank. Es schien eine Ewigkeit zu dauern, bis sie endlich das erlösende Tatütata des Polizeiwagens hörte, zwar noch in weiter Ferne, doch es kam rasch näher, bis das Blaulicht mit seinen zuckenden Bewegungen den Kirchenplatz in eine Disco zu verwandeln schien.

2

Inspektor Wurz stieg aus dem Wagen, drängte sich durch die kleine Gruppe Neugieriger, die sich mittlerweile vor dem Eingang versammelt hatte, und verschwand mit zwei Kollegen mit Metallkoffern in den Händen im Inneren der Kirche. Dort zogen sie sich weiße Overalls, Handschuhe, Mundschutz und Überzieher für die Schuhe an und marschierten die Stufen zur Empore hinauf bis neben den Ermordeten.

»So eine Schweinerei! Irgendwer muss den ganz schön g'hasst haben«, sagte Dr. Kleirer, der immer zu solchen Fällen gerufen wurde.

Kleirer sah in seinem weißen Papieroverall wie ein Michelin-Männchen aus. Schwer atmend kniete er sich neben den Leichnam. Wollte den Puls fühlen, zuerst an der Halsschlagader, dann am Handgelenk.

»Ach du heilige Scheiße«, entfuhr es ihm. »Wurz! He, Wurz, kommen S' her. Schauen S' einmal! Was fällt Ihnen denn auf?«

»Wie, was? Was soll mir auffallen? Außer dass mich der Schädel an eine Wassermelone erinnert, die vom zweiten Stock aus dem Fenster geworfen wurde. Aber sonst – ich wüsste jetzt nicht –«

»Na, schauen S' genauer, Wurz, strengen S' sich an. Ein Tipp: Wenn man die nicht hat, ist man ziemlich aufg'schmissen, würd ich jetzt einmal sagen.« Kleirer lachte.

Wurz betrachtete den Toten eindringlich, fasste sich ans Kinn, wurde blass. »Die Hände, oh mein Gott, die Hände, die sind ja –«

»Abg'hackt!«, vollendete der Mediziner den Satz. »Ad hoc würde ich jetzt einmal sagen, die Hände sind mit einer Axt von den Gelenken abgetrennt worden. Aber da war der Kerl höchstwahrscheinlich schon tot. Was ich so auf den ersten Blick feststellen kann, ist Folgendes: Man hat dem Opfer zuerst den Schädel eingeschlagen und danach die Hände amputiert, quasi.« Er hielt Wurz die abgeschlagene Hand hin. »Schauen S', die

Schneide war wahrscheinlich nicht besonders scharf, der Täter hat mehrmals hacken müssen, bis die Hände endlich von den Armen getrennt waren.«

Wurz schluckte, versuchte so, die aufkommende Übelkeit zu unterdrücken. Nie würde er sich an diese Barbarei gewöhnen, und insgeheim verfluchte er wieder einmal seinen Vater, der eigentlich schuld daran war, dass er jetzt hier vor einem handamputierten Orgelspieler mit eingeschlagenem Schädel stand. Schauspieler, das war sein Traumberuf gewesen. »Nix da, Bub, du lernst einen anständigen Beruf, so wie ich«, hatte sein Vater gesagt. Wurz war zu schwach gewesen, sich gegen diese Entscheidung zu wehren, und so war er eben Polizist geworden – wie sein Vater. Doch so richtig losgelassen hatte ihn die Schauspielerei nie. Hier in Rotenturm konnte er seine Leidenschaft ausleben. Und es schien, dass er doch Talent besaß, denn seit zwei Jahren war er hochgeschätztes Mitglied des Theatervereins.

»He, Wurz, geht's Ihnen gut?«

»Ja, ja, alles bestens. Ist ja nur eine Leiche ohne Hände und mit gespaltenem Kopf, reine Routine. Gibt es außerdem noch was Wichtiges? Irgendwas, das ich wissen sollte? Sonst würde ich jetzt gehen, den Leuten von der Spurensicherung den Vortritt lassen. Sie wissen ja, zu viele Leute am Tatort, das hat schon so manche Spur unbrauchbar gemacht.«

Frische Luft, das war es, was er jetzt brauchte. Er wollte seine Nase nur mehr von diesem süßlichen Geruch geronnenen Blutes befreien, untermalt von Urin und Weihwasser, torkelte wie ein Betrunkener die Treppe hinab und weiter hinaus zur Eingangspforte. Dort angekommen, atmete er durch, als wollte er die ganze Welt in seine Lungen einsaugen.

Inspektor Hafner tippte ihm auf die Schulter.

»Die Horvath sitzt da drüben, die hat den Toten g'funden. Wenn'st mit ihr reden möchtest.«

»Die schon wieder. Komisch, die zieht das Unglück regelrecht an, wie ein Magnet die Nägel«, sagte Wurz, machte einen weiteren tiefen Lungenzug, versuchte, sich zu sammeln, und ging dann zu ihr hinüber. »Na, Frau Horvath, wir zwei schon wieder. Was haben Sie denn um diese Zeit noch in der Kirchen gemacht? Da gibt es ja gar keinen Gottesdienst mehr, oder?«

»Zuhör'n wollt ich halt dem Herrn Gabriel, nur unten sitzen in der ersten Reihe und mir sein Orgelspiel anhören. Der spielt so schön, der Herr Kantor, äh, ich mein, der hat so schön g'spielt.« Adelheid wischte sich mit dem Ärmel die Tränen von den Wangen. »Aber heut, wie ich da in die Kirche hinein bin, da war es ziemlich finster drinnen, nur ein paar Kerzerl haben gebrannt, und er hat nicht g'spielt. Ich hab mich dann in die letzte Bank g'setzt und g'wartet. Und wie er nach einiger Zeit immer noch nicht ang'fangen hat zum Spielen, da bin ich nach hinten gegangen, zur Stiege, hab hinaufgerufen: ›Herr Gabriel, Herr Gabriel, sind S' da oben?‹ Aber er hat sich nicht g'meldet, da bin ich hinaufg'stiegen, und dann, ich darf gar nicht daran denken, wie der so dag'legen ist. Und überall das Blut! Dass ein einzelner Mensch so viel Blut haben kann, Herr Inspektor, haben Sie das g'wusst? Der arme Herr Gabriel, er war so ein herzensguter Mensch, hat niemandem was zuleide getan, und jetzt liegt er da oben, tot, niedergemetzelt! Ich frag Sie, Herr Inspektor, wer tut so was?« Adelheid begann zu schluchzen, kramte in ihrer Hosentasche verzweifelt nach einem Taschentuch.

Wurz reichte Adelheid eine Packung Taschentücher. »Jetzt beruhigen Sie sich erst einmal. Atmen Sie tief durch, Frau Horvath. Geht es wieder?«

Adelheid nickte.

»Ich hätte da noch ein paar Fragen an Sie.«

»Fragen Sie nur, Herr Inspektor. Es ist halt, weil er mir so leidtut.«

»Schon gut. Nachdem Sie ihn gefunden hatten, sind Sie die Stiegen hinunter und wieder hinaus ins Freie. Was haben Sie dann gemacht?«

»Also, wenn ich ehrlich bin, ich habe neben der Kirche hing'spiebn, weil das viele Blut und der Schädel vom Herrn Gabriel … Ich darf gar nicht daran denken, da wird mir gleich wieder schlecht.«

»Frau Horvath«, unterbrach Wurz ihren Redeschwall, »beruhigen Sie sich. Was ist danach passiert?«

»Der Haller Felix ist vorbei'kommen mit seinem Freund, den habe ich ang'sprochen, hab zu ihm g'sagt: ›Felix, du musst die Polizei rufen, der Herr Gabriel, der ist tot.‹ Na ja, und den Rest wissen S' eh. Aber warum grad er, Herr Inspektor? Er hat niemandem etwas getan, und er war so beliebt im Dorf bei jedem.« Adelheid weinte wieder, und Tränen rollten über ihre Wangen.

»Bei jedem? Das kann ich mir jetzt aber nicht vorstellen, irgendwer muss den ganz schön gehasst haben, so wie der zugerichtet ist.«

»Wie, was, was meinen Sie damit? Zug'richtet?«

»Na, die Hände hat ihm der Täter oder die Täterin abgehackt, und der Schädel ist beinahe bis zur Unkenntlichkeit eingeschlagen.«

»Die Hände abg'hackt, sagen Sie? Und warum Täter*in*? Sie meinen, dass das auch eine Frau g'wesen sein könnt? Ich versteh die Welt nicht mehr! Er war so ein netter, umgänglicher Mensch und immer so hilfsbereit. Sogar mein Herr Schnurr ist immer auf seinem Schoß g'legen, obwohl der nicht an jeden mag, und erst die Frauen, die haben ihn vergöttert, eine mehr als die andere.«

»Genau deshalb können wir das weibliche Geschlecht bei der Suche nach dem Täter nicht ausschließen. Eifersucht ist oft das Motiv für so ein Delikt, und Frauen untereinander können ganz schön garstig sein. Aber was ich noch fragen wollte, haben Sie jemanden gesehen, der aus der Kirche gerannt ist, auf der Flucht war? Fremde?«

»Nein, aber ich hab ja auch nicht wirklich darauf geachtet. Aber sagen S', Herr Inspektor, was ist denn momentan los in unserer kleinen Ortschaft? Zuerst das mit dem Haller Tobias, und jetzt hat man auch noch den Herrn Gabriel erschlagen.« Adelheid schluchzte abermals auf, wischte sich mit dem Taschentuch die neuerlich aufsteigenden Wasserpegel aus den Augen. »Habts den Tobias schon g'funden?«, wimmerte sie.

»Leider nicht, aber wir sind nah dran, wir verfolgen da eine Spur, und in ein paar Tagen ist der Tobias bestimmt wieder zu

Hause«, log Wurz, weil ihm die Horvath jetzt leidtat. Schön wäre es, das mit der Spur – nicht einmal ein Quäntchen von irgendeinem Lebenszeichen hatten sie, geschweige denn eine vernünftige Idee, was mit dem jungen Mann passiert sein könnte.

»Gut, Frau Horvath, das wär's fürs Erste. Wir kommen heute ohnehin noch bei Ihnen vorbei mit den Kollegen von der Spurensicherung, müssen das Zimmer des Kantors nach Indizien absuchen. Am besten ist, Frau Horvath, Sie gehen gar nicht hinein in das Zimmer.«

Adelheid nickte stumm. Sie wollte nur noch heim, wollte die Loni anrufen, brauchte jetzt jemanden, der ihr zuhörte, einfach nur zuhörte, keine Fragen stellte, kein Wenn und Aber.

3

Zu Hause angekommen, brühte sich Adelheid eine Tasse Melissentee auf und ließ sich in ihren Ohrensessel sinken. Sie schloss die Augen und nippte an dem heißen Getränk. Bilder tauchten auf.

Es war früher Nachmittag gewesen, als sie dem Herrn Gabriel das erste Mal begegnet war. Sie hatte sich gerade Kaffee aufgebrüht und einen Blick durch ihr PowerSeeker geworfen. Seit ihr Josef sie so früh verlassen hatte, war der Blick durchs Teleskop oft die einzige Zerstreuung des Tages. So wirklich verziehen hatte sie es dem Josef eigentlich nie, dass er eines Abends im Badezimmer tot auf dem kalten Fliesenboden gelegen und sie allein zurückgelassen hatte, ohne Vorwarnung. Pumperlg'sund war er immer gewesen, der Josef. Unkraut verdirbt nicht, hatte er zeit seines Lebens gesagt und gelacht, und sie sah ihn noch vor sich mit seinem grünen Steirerhut und dem Gamsbart drauf, das Gewehr umgehängt, so war er immer in den Wald gegangen.

Und dann das: massive Gehirnblutung. Zu spät hatte sie ihn gefunden.

Adelheid nahm einen großen Schluck vom Melissentee, der in der Zwischenzeit nur mehr lauwarm war und einen schalen Geschmack in der Mundhöhle hinterließ. Es war einsam geworden um sie, seit man sie einfach noch vor ihrem Sechzigsten in den Ruhestand geschickt hatte und die Bibliothek von einer Jüngeren übernommen worden war, die ihre Erfahrung nicht mehr brauchte. »Es geht alles übers Netz und übern PC, Frau Horvath«, hatte Adelheid die Worte der jungen Frau noch im Ohr, »das ist halt nichts mehr für Sie, damit muss man sich auskennen. Aber zum Vorlesen können Sie gern kommen, so alle zwei Monate mal, denn öfter interessiert es die Kinder auch nicht, haben ja den Fernseher und die Computerspiele.«

Geht alles übers Netz – die Neue glaubte wohl, der Fortschritt sei noch nicht bis zu ihr durchgesickert. So ein bisserl kannte sie sich ja aus mit dem Computer, und erklären hätte es diese blöde Gans ihr sowieso können. Adelheid war für alles offen, und der Fernseher ersetzte noch lange nicht einen Vorlesenachmittag. Flimmerkiste, Ballerspiele, wo sollte das noch hinführen? Sie schüttelte den Kopf, hörte, wie das Katzentürl, das ihr der Heinzl, der Nachbar und Pirschfreund ihres seligen Josef, eingebaut hatte, auf- und wieder zuklappte. Herr Schnurr war nach Hause gekommen und kündigte seine Anwesenheit durch lautstarkes Miauen an. Er sprang auf Adelheids Schoß, und beinahe hätte sie den Rest des Tees verschüttet, so stürmisch drückte er den Kopf gegen ihre Brüste und verlangte nach seinen Streicheleinheiten.

Während sie ihn kraulte, erinnerte sie sich, wie das alles begonnen hatte, die Idee mit dem Jagdstüberl und der Vermietung. Der Josef würde ihr das sicher verzeihen, obwohl es sein Heiligtum gewesen war. Wie hatte er immer gesagt? A guter Jäger braucht sein Jagdstüberl. Sie hatte das Stüberl mit all dem toten Getier und den noch toteren Glasaugen immer gehasst. Verzeihen oder auch nicht, die Aussicht auf Abwechslung, auf Gesellschaft, auf jemanden, mit dem man sich wirklich unterhalten konnte, hatte sie nach dem Tod ihres Mannes heiter gestimmt. Eines Tages, es war so ein Jahr nach Josefs Tod, war sie in den Baumarkt gefahren und hatte sich Farbe besorgt. Es war das erste Mal gewesen, dass sie etwas malerte, und sie war mit sich zufrieden. Ein Meisterwerk war es keines geworden, dennoch, das Zimmer wirkte wieder sauber, und das Polarweiß an den Wänden unterstrich diese Sauberkeit. Die ausgestopften Tiere, die ihres Lebens beraubt worden waren, nur um von irgendwelchen Wänden herunterzuglotzen, transferierte sie vorübergehend in den Garten. Es war eine Heidenarbeit, und Adelheid fiel am Abend ziemlich erschöpft ins Bett.

Dankenswerterweise nahm sich Heinzl dann der Kuriositäten an. »Sind alles Unikate, Frau Horvath«, sagte er zu ihr. Und außerdem: praktisch wertlos. Der verlogene Hund. »Aber das bin ich dem Josef schuldig, dass ich sie nehm, und irgendwo werde ich schon ein schönes Platzerl finden.«

Wie war sie erstaunt, als sie wie jeden ersten Samstag des Monats den Flohmarkt besuchte. Eher zufällig kam sie am Stand vom Heinzl vorbei und entdeckte die Preisausschilderung der angeblich wertlosen Unikate. Für Emma, wie der Josef seine Schleiereule immer liebevoll genannt hatte, bezahlte ein Mann in grüner Kleidung und brauner Feder am Hut, wohl auch ein Waidmann, gerade neunzig Euro. In bar. Wenn sie das gewusst hätte!

Herrn Heinzl war es sichtlich peinlich, wie sie dann so unverhofft vor seinem Stand auftauchte.

»Ein gutes Platzerl haben S' gefunden für dem Josef seine wertlosen Unikate, Herr Heinzl. Schad, dass das mir nicht eingefallen ist!«, tat sie ihren Unmut kund.

Darauf hatte er nur gemurmelt, dass das der Josef auch so gewollt hätte, und sich rasch dem nächsten Kunden zugewandt, der unbedingt den aufgebahrten Fasan auf dem blauen Holzteller für achtzig Euro hatte mitnehmen wollen.

Achtzig Euro für einen toten Vogel. Dafür hätte sie beinahe die Möblage für das Gästezimmer kaufen können.

Sie seufzte und kraulte Herrn Schnurr zwischen den Ohren, der es ihr mit einem ausgiebigen Schnurrkonzert dankte. Es war zum Glück auch so nett geworden, geradezu heimelig mit dem orangefarbenen Shaggy in der Mitte des Zimmers.

Shaggy, dachte sie jetzt, muss wohl aus dem Englischen kommen, wie so vieles heute. Früher war der Shaggy einfach nur ein Flokati.

Die neuen maisgelben Vorhänge gefielen ihr. Sie strahlten eine sonnige Wärme aus, und nichts, Gott sei Dank, erinnerte mehr an die einstige Funktion des Raumes als Jagdzimmer. Tisch, Sessel, Kasten und das Bett in einem satten Dunkelbraun, wie es jetzt modern war, hatte Adelheid günstig im Internet erstanden, mit dem sie sehr wohl umzugehen vermochte. Und weil von Josefs Lebensversicherung sogar noch Geld übrig gewesen war, hatte sie sich einen Fernsehtisch mit einem Flachbildschirm geleistet.

Das Zimmer war rasch bezugsfertig. Dennoch, einen passenden Mieter zu finden gestaltete sich äußerst schwierig. Na ja, ein bisschen wählerisch durfte sie schon sein, und eigentlich hoffte sie, dass ein junges Mädchen einziehen würde, weil die ja ordentlicher sein sollten als die Buben.

Stimmte nicht.

Und so stand das Zimmer nach kurzer Zeit und vom Müll befreit, der sich während der drei Wochen der Miete angesammelt hatte, wieder zur Verfügung.

Also kam sie doch wieder zurück zu den Männern. Die waren meistens auch in technischen Angelegenheiten brauchbarer. Mit diesem Gedanken freundete sie sich damals an. Sie würde alle Anwärterinnen abwimmeln und nur mit den männlichen einen Besichtigungstermin vereinbaren. Das war der Plan.

Die Tage vergingen, ohne dass sich auch nur ein einziger Mann für das Zimmer interessiert hätte. Dann endlich kam Hilfe von oberster Stelle. Der Herr Pfarrer läutete an der Eingangstür, und er war nicht allein.

Sie sah die beiden noch vor sich. Hochwürden wünschte ihr ein »Gott zum Gruße« und schob seine Begleitung zur Tür hinein. Sie fühlte sich geehrt über diesen hohen Besuch, hatte aber gleich ein schlechtes Gewissen, wegen der letzten Messe, die sie dem Josef hatte lesen lassen. Hatte sie die Rechnung noch nicht bezahlt?

Der Herr Pfarrer versicherte ihr mit einem »Vergelt's Gott!«, dass das nicht der Grund für seinen Besuch war, und stellte ihr den neuen Kantor und Organisten, Herrn Gabriel Bertl, vor. Woraufhin Adelheid ihm versicherte, dass sie ja gänzlich unmusikalisch sei und dem Herrn Kantor nicht dienlich sein könne. Es gehe nicht um das Musikalische, sagte Hochwürden, eigentlich sei man da wegen des Zimmers. Er habe nämlich keinen Platz im Pfarrhaus, da es leider zurzeit renoviert werde und er selbst schon in Oberwart beim Kollegen Wallner eingemietet sei.

Adelheid wollte ein Mannsbild im Haus haben, und jetzt hatte sie eines. Aber ob der in Sachen Technik Bescheid wusste, da kamen ihr so die Zweifel. In Gottes Namen, probieren kann ich es ja, dachte sie und führte die beiden Männer ins Gästezimmer.

Das fehlende Kreuz beanstandete Hochwürden natürlich sofort, aber man einigte sich, dass Herr Gabriel für die Zeit der Renovierung bei ihr einzog.

Links und rechts bepackt mit einem braunen Lederkoffer und

unter dem Arm einen Stapel Notenblätter, so stand er am nächsten Morgen vor ihrer Tür. Groß war er nicht gewachsen, in etwa wie Josef, einhundertvierundsiebzig Zentimeter, aber schlank, noch keine fünfunddreißig, ein richtiges Bürscherl halt und trotzdem schmuck in seiner Erscheinung. Schwarze Hose, grün karierter Trachtenjanker, weißes Hemd mit Stehkragen, die letzten beiden Knöpfe geöffnet. Brusthaare quollen hervor, schwarz, sexy, wenn man Brusthaare mochte, genauso dicht wie das Haar auf seinem Kopf. Leicht gewellt, dunkelbraun, nach hinten gekämmt, um die hohe Stirn und sein knochiges Gesicht noch besser zur Geltung zu bringen. Die Lippen hingegen waren voll, prall, ein richtiger Kussmund, hätte der Josef gesagt, viel zu weiblich.

Mit dem Kantor war auch Leben in Adelheids Haus eingezogen. Fast wie in einem Bienenstock war es gewesen, erinnerte sie sich jetzt, ein beinahe nicht enden wollendes Kommen und Gehen. In den ersten Wochen besserte sich der Kantor sein eher karges Gehalt mit Orgelspielen in den umliegenden Gemeinden auf, und unter der Woche gab er nachmittags auch Klavierstunden.

Das hatte sich so ergeben mit dem Pianino: Eva, eine gute Bekannte von Adelheid, hatte eines Tages diesen Schlaganfall gehabt und war seitdem halbseitig gelähmt, verwirrt und musste irgendwann ins Altersheim. Als die Verwandtschaft das Haus geräumt und zum Verkauf angeboten hatte, hatte keiner gewusst, wohin mit dem Klavier und der Bessie. Adelheid hatte Erbarmen mit dem entzückenden reinrassigen West Highland White Terrier, sogar mit Stammbaum, noch keine zwei Jahre alt. Und der Kantor hatte eben Erbarmen mit dem Pianino. Mit einem Fünfhundert-Euro-Schein winkte er den Hinterbliebenen zu, die gierig danach langten. Seitdem besaß Adelheid ein zweites Haustier, und der Kantor gab Klavierunterricht für jeden, der sich die fünfunddreißig Euro für eine Stunde leisten wollte. Und das waren viele, vornehmlich Frauen mittleren Alters, die ihre Liebe und ihr Talent für dieses Instrument plötzlich entdeckten. Sie suchten nach neuen Hobbys, denn die Kinder waren aus dem Haus, erwachsen, und man hatte sich auseinandergelebt nach dreißig Jahren Ehe, suchte nach neuen Herausforderungen, besonders aber nach der Nähe zu Herrn Gabriel. Das weibliche Geschlecht im Ort war sehr bemüht um des Kantors Wohlbefinden, und die Zahl der Mitglieder im örtlichen Kirchenchor hatte sich in den ersten Wochen nahezu verdoppelt.

Adelheid musste lächeln. Nur für das Technische, da hatte sie noch immer einen Fachmann oder den Heinzl gebraucht – dafür war sie vom Herrn Gabriel mit Klassikern wie Bach, Händel oder Beethoven versorgt worden. Josefs Stereoanlage hatte sie ihm auch vererbt, bei ihr stand sie ja sowieso nur unbenutzt herum, war zum Staubfänger geworden. Ob das Josef so gewollt hätte, da war sie sich nicht so sicher, er hatte es ja nicht so mit der Heiligkeit und den Klassikern gehabt. Die alten Schlager von Peter Kraus, Conny Froboess oder Bill Ramsey mit seiner Zuckerpuppe, die hatte der Josef gemocht, die hatte er oft den ganzen Tag rauf und runter gespielt, dafür hätte sie ihn hassen können.

Dabei fiel ihr ein, sie hatte es gar nicht mit ihm besprochen, letztes Mal, als sie bei ihm auf dem Friedhof gewesen war. Überhaupt hatte sie ihm so einiges verschwiegen, seit der Herr Gabriel bei ihr wohnte. Sie überfiel ein schlechtes Gewissen, denn die Besuche an seiner letzten Ruhestätte waren nicht mehr so zahlreich wie einst. Wenn der Kantor für einige Tage verreist war und seine Familie besuchte, und das war so alle fünf bis sechs Wochen passiert, war wieder Ruhe eingekehrt, und sie hatte diese Tage mittlerweile zu genießen begonnen. Manchmal war ihr der Trubel doch zu viel geworden, war sie doch keine dreißig mehr. Sie hatte es ausgekostet, wieder einmal ungestört vor ihrem PowerSeeker zu sitzen und ihrer Lieblingsbeschäftigung zu frönen, nicht nur den Sternenhimmel, sondern auch ihre nähere Umgebung in den Fokus zu nehmen.

Tief in Gedanken versunken, saß sie in ihrem gemütlichen Ohrensessel, eingewickelt in eine flauschige Kamelhaardecke, Herrn Schnurr auf dem Schoß und Bessie zu ihren Füßen, da wurde sie durch ein Geräusch aus den Erinnerungen gerissen. Es war ein energisches Klopfen. Es kam direkt von der Eingangstür.

4

Das Geschrei spielender Kinder weckte Alessandro Tremente. Er musste eingeschlafen sein. Er wusste nicht, wie lange er so dalag, spürte aber ein leichtes Brennen auf seinem Rücken. Nur kurz rasten hatte er wollen, sein Kaffeebraun ein bisschen vertiefen, durchatmen.

Was war nur los mit ihm?

Noch vor einigen Jahren hatte er die acht Kilometer zur nächsten Bucht problemlos hinter sich gebracht. Aber jetzt, ein Jahr nach seinem sechzigsten Geburtstag, war er erschöpft, hatte nach einem Drittel des Weges zurückschwimmen, sich in den warmen Sand legen und verschnaufen müssen. Er war nach wie vor attraktiv, der Commissario im Ruhestand. Seine athletische Figur zog noch immer so manch bewundernden Blick vorübergehender Frauen auf sich. Sein strubbelig weißes Haar hing ihm verwegen ins Gesicht. Der Walrossbart an seiner Oberlippe erinnerte ein bisschen an Nietzsche, und wäre das mit dem Schuss ins rechte Knie nicht gewesen, würde er wie eh und je als Commissario in der Questura in der Via di Tor Bandena seinen Dienst verrichten.

Aus dem Hinterhalt hatte er auf ihn geschossen, dieser zweitklassige Drogendealer, der ihm nicht einmal bis zur Schulter reichte, hatte ihn mit einer .44 Magnum außer Gefecht gesetzt. Tremente war zurückgetaumelt, gestolpert und mit dem Kopf auf der Gehsteigkante zu hart aufgeschlagen. Sie versetzten ihn in künstlichen Tiefschlaf. Nach einer Woche wachte er auf mit einem dicken Verband um den Kopf und einem Knie, das nicht mehr zusammenwachsen wollte. Dann ging das los mit den Operationen, eine folgte der anderen, bis er endlich mit seinem neuen Knie wieder am Lebensalltag teilnehmen konnte. Trotz der täglichen gymnastischen Übungen, Stromtherapien und Moorpackungen konnte er längere Strecken nicht ohne seinen Bambusstock zurücklegen. Aber gerade das machte ihn noch interessanter für das andere Geschlecht und erweckte das Mitleid so mancher Signora.

Tremente war seit neun Jahren Witwer. Es geschah bei dieser Klettertour auf die Nordwand der Zinnen. Paulina war allein unterwegs gewesen, sie hatte diese einsamen Touren geliebt. Diesmal war alles anders gewesen. Plötzlich hatte sich der Bohrhaken aus dem Felsen gelöst und sie mit in die Tiefe gerissen. Erst Tage später war ihr lebloser Körper aus den Seilen geschnitten worden.

Paulina, wie sehr sie ihm fehlte, auch heute noch nach all den Jahren. Tremente setzte sich auf, schaute den Kindern beim Sandburgbauen zu. Blickte zum Horizont. Das kleine Hotel, das Paulina von ihren Eltern geerbt hatte, tauchte vor seinen Augen auf. Als Sachbuchautorin hatte sie natürlich nur wenig Ahnung von der Gastronomie gehabt, selbst wenn die Eltern das Hotel schon lange gehabt hatten. Aber das hatte sie in ihrer Jugend nie interessiert. Schreiben, das war ihre große Leidenschaft gewesen, über die Gebirgswelt Mitteleuropas, nicht ein Hotel, noch dazu so eines, dessen Fassade in die Jahre gekommen und dessen Zimmer mit Moder behaftet waren. Selten, dass sich ein Tourist hineinverirrte, und wenn, dann höchstens für eine Nacht. Außerdem wollte sie nicht als *albergatrice*, als Gastwirtin, ihren Lebensabend verbringen, sondern schleunigst dieses Hotel veräußern. Aber niemand interessierte sich dafür, und so überdauerte es die Jahre im Dornröschenschlaf.

Eines Tages, es war Anfang 2000, fand wie immer das jährliche Triester Literaturfestival »NOVI LIBRI« statt, da kam Paulina die Idee, das »Gapitelli« zu modernisieren und Zimmer an schreibwütige Autoren zu vermieten. Und tatsächlich: Ihr Plan ging auf. Es gab kaum eine Jahreszeit, in der das kleine Hotel nicht ausgebucht war, und Paulina war glücklich gewesen, von ihresgleichen umgeben zu sein.

Der Schrei einer Möwe ließ ihn hochschrecken. Tremente blickte auf die Armbanduhr. Kurz nach zwölf, und wenn er das Mittagessen mit Sofie nicht verpassen wollte, dann musste er sich unverzüglich auf den Weg machen. Die Via Trauner war keine Viertelstunde von seinem Lieblingsplatz am Strand entfernt, und Tremente war froh, dass er bei dieser Hitze nicht in seinen Fiat klettern und sich den Weg zum »Gapitelli« durch den täglichen Triester Mittagsstau bahnen musste.

Nach Paulinas Tod hatte ihre Tochter Sofie das Hotel übernommen und in ihrem Sinne weitergeführt, und manchmal, so wie heute, stand sie sogar selbst in der Küche und bereitete Ravioli mit dieser herrlichen Soße aus Tomaten und frischem Basilikum zu. Diese Tage liebte Tremente, und als er am offenen Küchenfenster vorbeiging und ihm dieser einzigartig würzige Duft entgegenwehte, wurde ihm ein bisschen schwer ums Herz. Unweigerlich musste er wieder an seine Frau denken.

An der Eingangstür kam ihm Sofie entgegen, küsste ihn links und rechts und umarmte ihn herzlich. Wie ähnlich sie ihrer Mutter war, das ovale Gesicht mit den hohen Wangenknochen, die er so sehr an Paulina geliebt hatte. Nur das Haar trug sie anders, lang, und wenn sie so wie heute kochte, dann band sie es im Nacken zu einem schlampigen Knoten. Tremente genoss diese Augenblicke, vor allem das gemeinsame Mittagessen. Zu selten hatte er Gelegenheit. Sofie war eine viel beschäftigte junge Frau, schrieb Bücher wie ihre Mutter, für Kinder aber, und arbeitete als Kulturreferentin bei der Triester Stadtverwaltung.

Das »Gapitelli« war inzwischen zu einem richtigen kleinen Familienbetrieb geworden. Anna, Trementes Schwester, war nach dem Tod seiner Frau hier eingezogen und hatte sich um Sofie, um das Hotel, aber auch um seine geknickte Seele gekümmert, und mit der Zeit war Anna, die nicht größer war als ein dreizehnjähriges Schulkind, zur Grande Dame des Hauses gewachsen. Alle Angestellten, Tremente und Sofie miteinbezogen, täuschten emsiges Treiben vor, wenn das Klackern ihrer Stöckel auf dem Fliesenboden erklang und das Rauschen ihrer langen Röcke ihr promptes Erscheinen ankündigte. Anna trug immer Schuhe mit Absätzen, damit konnte sie an Größe gewinnen, mindestens fünf, sechs Zentimeter. Was die Arbeit anbelangte, war sie gnadenlos streng – im Innersten jedoch war sie *la mamma*, die liebende Mutter, die schnell weich wurde, wenn ihr jemand ein Kümmernis anvertraute.

Auch Tremente arbeitete mittlerweile regelmäßig im »Gapitelli«, und so würde er wie heute Nachmittag im Hotel den Empfang der Gäste übernehmen, ihre Wünsche und Beschwerden weiterleiten und ein bisschen Seelsorger sein. Zuhören, wenn sie ihm von ihrem Leben erzählten, das konnte er. Zeit hatte er ja jetzt genug. Die Arbeit machte ihm auch Spaß und brachte etwas Abwechslung in sein Leben. Nebenbei spielte er schon länger mit dem Gedanken, eine Privatdetektei zu eröffnen. Er hatte sich ein kleines Büro in der Via Udine angeschaut und ein Inserat in der »La Repubblica« aufgegeben.

Und wirklich, gestern am frühen Abend war ein Anruf von einer Signora Bertani eingegangen, seiner ersten Klientin. Sie hatte aufgeregt am Telefon geklungen, bedurfte seiner Hilfe, wollte Referenzen von ihm haben, brauchte dringend jemanden, der Klarheit in ihr Leben brachte. Heute am Abend nach seinem Dienst an der Rezeption würde er sich mit ihr bei »Peppino« in Porto-Vecchio treffen.

»Peppino« war so eine Art Zweitbüro für die Polizei geworden, vor allem im Sommer. Es sprach sich leichter, wenn einem das Meer am Abend eine kühle Brise zufächelte und die Wellen sanft plätschernd am Felsen aufschlugen. Das beruhigte die Aufgekratztheit des Tages.

Tremente blickte öfter auf die Uhr in der Hotelhalle als sonst. Noch eine knappe Stunde, dann war sein Dienst für heute beendet. Das Quietschen der Drehtür ließ seine Augen von der Uhr zum Eingang wandern, der einströmenden japanischen Touristengruppe entgegen.

»Santa Lucia!«, kam es flüsternd über seine Lippen.

Die hatte er total vergessen. Und es war alles andere als einfach, dreißig Japaner in knapp einer Stunde einzuchecken, die Zimmerwünsche zu berücksichtigen, ihnen klarzumachen, dass das Haus schon älter war und leider über keinen Lift und keinen Concierge verfügte. Deshalb waren Trementes starke Arme gefordert, er musste mithelfen und etliche Koffer in die gewünschte Etage schleppen, was seinem Knie nicht gerade guttat.

Verschwitzt und mit einem Kopf, der überfüllt war mit den Wünschen und Beschwerden der Reisenden, verließ er keine Minute zu früh das »Gapitelli«.

Referenzen wollte sie haben, die Bertani, fiel ihm jetzt wieder ein. Wo sollte er jetzt auch noch Referenzen hernehmen? Sie bedurfte seiner Hilfe, welcher auch immer. Vielleicht war sie nur eine gelangweilte Hausfrau, die von ihrem Ehemann betrogen wurde, und er sollte Klarheit in die Sache bringen. Aber am Telefon hatte ihre Stimme ziemlich angespannt geklungen. Was, wenn doch mehr dahintersteckte?

5

Adelheid blickte auf ihre Armbanduhr. Kurz nach halb zehn. Sie befreite sich von der Belagerung ihrer Haustiere, stemmte sich aus dem Sessel, rieb sich kurz am Knie, um die Steifheit zu vertreiben, und ging zur Eichentür, um nachzusehen, wer zu so später Stunde noch um Einlass bat.

Inspektor Wurz und die Männer von der Spurensicherung waren gleichzeitig mit Loni eingetroffen.

Unendlich erleichtert umarmte Adelheid ihre Schwester, drückte sie und wischte sich verstohlen eine Träne aus dem Auge.

»Loni, dass du so schnell kommen bist! Der Herrgott schickt dich, weißt, es ist halt alles ein bisserl viel g'worden.«

»Dafür hab ich mir gedacht, fahrst gleich hinunter, die Adelheid kann sicher ein bisschen Schützenhilfe gebrauchen. Du hast Glück gehabt, die Verena, die Krautsack, war gerade bei mir, die aus Kemeten, die kennst ja. Die hat sich Marillen geholt, wie du angerufen hast, und da hab ich halt die Gunst der Stunde genutzt und bin mit ihr gleich mitgefahren. Bis vor die Haustür hat sie mich gebracht, ja, und da bin ich jetzt. Aber was will die Polizei um die Uhrzeit noch bei dir?«

»Das Zimmer vom Kantor müssen wir versiegeln, und da die Herren von der Spurensicherung noch da sind, werden wir uns gleich umschauen, ob wir Indizien finden. Irgendetwas, das uns weiterhilft. Notizen, die auf die Tat hinweisen«, antwortete Wurz.

»Da, da drüben, gleich die Tür gegenüber vom Bad, Herr Inspektor, das ist, nein das *war* das Zimmer vom Herrn Gabriel, äh, ich mein, vom Herrn Bertl. Sie müssen nämlich wissen, bevor ich es vermietet hab, war es das Jagdstüberl von meinem seligen Josef. Mein Gott, wie konnte das nur passieren? Der war doch so beliebt im Ort, bei allen. Und so schön g'spielt hat er auf der Orgel, gelt, Loni, du hast ihn auch g'hört am Ostersonntag beim Festtagsgottesdienst. Die Kirche war randvoll, müssen S' wissen, kein Platz war mehr frei, so gern haben ihn die Leut' g'habt.«

Loni nickte zustimmend, erinnerte aber Adelheid daran, dass der Herr Inspektor nur seiner Pflicht nachkomme und alles tun werde, um den Mörder zu finden.

Wurz salutierte zackig und sagte: »Wir müssen jetzt anfangen. Jede Sekunde, die wir dem Täter oder auch der Täterin als Vorsprung lassen, zählt. Das verstehen Sie doch, Frau Horvath?«

Adelheid nickte, und Loni schob sie in die Küche, drückte sie auf den Sessel und setzte Teewasser auf. Sie kramte im Küchenkastel nach einem Hopfenblütentee, übergoss diesen mit blubberndem Wasser, reichte das Häferl ihrer Schwester.

Da brach es aus Adelheid heraus. »Blut, so viel Blut, Loni, das war der reinste Wahnsinn. Ich hab 'glaubt, ein Mensch hat nur maximal sieben Liter im Körper, aber das, das müssen mehr g'wesen sein. Und hätt der Herr Gabriel nicht seinen Trachtenjanker ang'habt, ich hätt ihn nicht wiedererkannt. Mein Gott, Loni, wer tut so was?«

»Ich weiß auch nicht, aber der Herr Inspektor hat was von einer Täter*in* gesagt. Wie kommt er auf die Idee? Eine Frau, hat die überhaupt die Kraft dazu?«

»Ja weißt, Loni, der Wurz hat g'meint, ausschließen kann man das nie, wo die Weiber total narrisch waren auf ihn – und nicht nur die aus unserm Ort, nein, die sind sogar aus dem Steirischen, aus Hartberg, zum Klavierunterricht 'kommen, musst dir vorstellen. Drum meint der Herr Inspektor, dass halt ein Mord aus Eifersucht auch nicht so abwegig ist. Weißt, und wenn so eine einmal in Rage ist, dann gnade dir Gott. Aber es könnt genauso gut ein betrogener Ehemann sein. Was weiß ich.«

Inspektor Wurz blickte zur Tür herein, sagte, dass so weit alles gesichert sei, und mahnte nochmals eindringlich, das Zimmer nicht zu betreten. Vorläufig habe man nichts gefunden, er werde nochmals vorbeischauen, bei Tageslicht, könnt ja sein, dass sie irgendetwas übersehen hätten. Er setzte seine Dienstkappe auf. Obwohl er nicht verpflichtet war, Uniform zu tragen, weil das, wie überall in Österreich, der Schutzpolizei vorbehalten war, sah man ihn nie in etwas anderem als dem schicken Einreiher in dunklem Blau. Zum einen, weil er fand, dass ihm der Anzug mehr Schneid verlieh, zum anderen, weil er dank ihm das Gefühl hatte, eine Hauptrolle in den Kriminalfällen zu spielen, was ihm aufgrund seiner heimlichen Leidenschaft, dem Laienschauspiel, sehr entgegenkam. Er war ein kleiner Mann, der auf jeden Quadratzentimeter Autorität angewiesen war. Selbst wenn das bedeutete, im Winter in den dünnen Stoffhosen zu frieren und im Sommer in dem undurchlässigen Polyester zu schwitzen wie ein Schwein.

Er wünschte den Damen eine gute Nacht und verschwand mit denen von der Spurensicherung durch die schwere Eichentür.

6

Nach dieser Nacht, Adelheid hatte trotz Schlaftablette kaum geschlafen, war bestenfalls kurz eingenickt, während sie immer wieder den Kantor am Boden liegen sah, blutverschmiert, stand sie entgegen ihrer Gewohnheit bereits um kurz vor sechs Uhr auf. Sie machte sich einen Kaffee, ging ins Wohnzimmer zu ihrem Lieblingsplatz und öffnete die Terrassentür. Setzte sich in ihren Ohrensessel, lauschte dem Gezwitscher der Vögel. Ein angenehmes Lüfterl wehte ins Zimmer, erfrischte ihren Geist. Hoffentlich würde die Kripo bald das Zimmer vom Herrn Gabriel freigeben, dann könnte sie seine Sachen zusammenpacken und zu Hochwürden bringen.

Wenn Adelheid jetzt so nachdachte über den Kantor, musste sie sich eingestehen, dass sie kaum etwas über ihn wusste. Nie hatte er mit ihr über seine Vergangenheit oder gar über seine Familie gesprochen. Sehr geheimnisvoll hatte er immer getan, der Herr Gabriel, nur hier und da eine vage Andeutung gemacht über sein Leben, und bei der Frage über seine Heimat hatte er sich meistens mit Schulterzucken und einem unschuldigen Blick aus der Affäre gezogen. Irgendwann war dann das Gerücht aufgekommen, dass er aus der Schweiz komme. Warum? Das Paket, das eines Tages an Adelheids Adresse geliefert wurde, ziemlich lang, länger als ein normales Paket und schmal, erregte so einiges Aufsehen – und dann der Absender aus der Schweiz: »Alphornshop Edelweiß«. Was Adelheid noch mehr verwunderte, war die Tatsache, dass dieses Paket gar nicht schwer war, wenn wirklich das drinnen war, was daraufstand. Sie hatte immer gedacht, diese Dinger müssten eine Menge wiegen. Falsch gedacht.

Das erste Mal hatte Herr Gabriel das Alphorn mit den handgemalten Edelweißblumen am Schlossparkplatz aufgebaut, an einem Samstagnachmittag. Beinahe ganz Rotenturm war zusammengelaufen, um diesem Spektakel beizuwohnen. Seit damals war für alle klar, der Kantor, der war ein Schweizer, ein

Eidgenosse. Doch über seine Eltern oder Geschwister hatte er nie mit ihr gesprochen.

Sie, Adelheid, war froh, dass sie eine Schwester hatte. Obwohl sie Loni zeitweise gehasst hatte. Immer war sie der Liebling aller gewesen, egal ob bei Lehrern oder Schülern, und Loni hatte mit dreizehn ihren ersten BH bekommen. Adelheid dagegen war mit siebzehn noch immer flachbrüstig gewesen und hatte sich eine doppelte Ladung Papiertaschentücher in ihren Büstenhalter gesteckt, wenn sie einmal von einem Burschen zum Kino eingeladen worden war, und das war leider äußerst selten geschehen. Irgendwann hatte sich das geändert, und so manch verstohlener Blick des anderen Geschlechtes hatte Adelheids Silhouette gestreift. Da hatte sie das aber schon gar nicht mehr interessiert, denn da hatte sie ja bereits den Josef gehabt.

Loni war aufgewacht, gesellte sich ebenfalls mit einer Tasse Kaffee zu ihr, schwarz und dampfend heiß.

»Na, wie geht's dir? Hast wenigstens ein bisserl geschlafen?«

»Kaum. Immer wenn ich beinahe eing'schlafen bin, hat mir der Wurz die abg'hackten Hände vom Herrn Gabriel entgegeng'streckt, und da bin ich hochg'schreckt und war wieder putzmunter. Grauslich war das, ich sag dir's, Loni! Hoffentlich kann ich das Zimmer bald ausräumen. Sachen von einem Toten im Haus zu haben, das bringt nur Unglück.«

»Geh, Adelheid, du bist doch sonst nicht so abergläubisch.«

»Na ja, im Fernsehen zeigen s' immer solche Geschichten. Der Geist des Ermordeten findet keine Ruhe, irrt herum, oft jahrelang.«

»Lässt es halt ausräuchern, das Zimmer.«

»Meinst, Loni, dass das was hilft?«

»Hilft's nicht, schadt's auch nicht.«

Gleich nach dem deliziösen Mittagsmahl, Adelheid hatte sich diesmal selbst übertroffen, die Putenschnitzerl zart angebraten, mit Mozzarella überbacken, dazu Wildreis und einen gemischten Salat mit frischen Paradeisern, Paprika und Rucola, nachgelesen in ihrem italienischen Kochbuch, hatten sich die Schwestern aufgemacht, auf den Friedhof zu fahren, um den Josef zu besuchen. Loni hatte beschlossen, noch ein, zwei Tage bei Adelheid zu bleiben, sie abzulenken, vielleicht sogar ihr beim Ausräuchern zu helfen. Adelheid holte den Grafen Carello aus der Garage, und mit Bessie auf Lonis Schoß fuhren sie los. Sie liebte dieses Golfwägelchen mit Überdachung, großer Panoramafrontscheibe und gläsernen Türen, das beinahe wie ein echtes Auto war und das sie sich von der Lebensversicherung ihres Josef gekauft hatte. Damit konnte sie mühelos die steile Auffahrt zu seiner letzten Ruhestätte bewältigen. Sie hatte sich damals unter anderem für dieses Vehikel entschieden, weil sie keinen Führerschein besaß und für den Grafen keinen brauchte.

»Es besteht keine Notwendigkeit«, hatte Josef immer gesagt, »hast ja eh mich.«

Nach seinem Tod hatte sie ihn nicht mehr gehabt, und so ohne Fahrzeug zu sein, immer abhängig von den Nachbarn, hatte ihr nicht besonders behagt, und da hatte sie eben beim Autohaus Grabner den Carello günstig erstanden, noch dazu in Testarossarot, ihrer Lieblingsfarbe, was ihm wirklich ein schnittiges Aussehen verlieh. Auch diesmal brachte er die drei bequem zum Friedhof hinauf, wollte sie doch Josef ein Kerzerl anzünden.

Josef hatte Loni gemocht, auch ihre Späße, die sie immer mit ihm gemacht hatte. Doch einmal, da wäre er beinahe böse geworden. Nein, er *war* böse geworden, aber nur kurz, damals, als er sie zum Ansitzen mitgenommen hatte. Einen geraden Zehnender hatte er im Visier gehabt, selten genug, so ein Vieh, und gerade in dem Moment, als er abdrücken wollte, läutete Lonis Handy, blies zum Radetzkymarsch. Das war das Zeichen für den Zehnender, im Dickicht zu verschwinden. Es wäre Josefs erster gewesen, und er hätte sich damit bei seinen Jagdkumpanen eine gehörige Portion Hochachtung einhandeln können, doch dann das. Den ganzen Tag und den darauffolgenden hatte er nicht mit Loni gesprochen, war ihr aus dem Weg gegangen. Erst als er sie zum Busbahnhof führte, küsste er sie zum Abschied wie gewohnt auf die Wange und sagte: »Hat halt nicht sein sollen, wär eh schad g'wesen um das majestätische Viech.«

Später hatte ihr Loni einmal gestanden, dass sie so viel Mitleid mit dem Hirschen gehabt hatte, dass sie heimlich in ihre Tasche gegriffen, zufällig den Johann Strauss ausgewählt und so dem Zehnender zur Flucht verholfen hatte.

Weil der Nachmittag noch jung war, beschloss Adelheid, Loni das »Karussell« zu zeigen. »Weißt was, Loni, wir besuchen noch die Luise, die Pommer, die Leiterin von diesem Kinderheim, nein von der Wohngemeinschaft, wie man jetzt so sagt, meine ich. Ich bin öfters dort, helfe den Kindern bei den Englischhausübungen, aber jetzt ist mein Besuch schon einige Wochen her, und da wollt ich mal nachfragen, ob sie vielleicht meine Hilfe brauchen.«

»Ja, wenn'st meinst, Adelheid, aber da steckt doch sicher noch was anderes dahinter. Ich erinnere mich, heute Morgen am Klo in der ›Krone‹ irgendwas von einem Karussell gelesen zu haben, dass dort ein siebenjähriger Bub verschwunden ist, ein gewisser Paller oder so ähnlich. Ist der Detektiv in dir etwa schon wieder erwacht? Lass die Finger davon! Kannst dich nicht an letztes Mal erinnern? Grad, dass er dich nicht auch abgemurkst hat, der Mörder von der Mareike. Damals hast 'glaubt, du löst den Fall alleine, aber wenn der Wurz nicht g'wesen wäre, würden wir heute nicht mehr dahinkutschieren mit deinem Grafen.«

»Aber Loni, das kannst du nicht vergleichen. Der Tobias, so heißt der Haller mit Vornamen, der ist ja kein Mörder, der ist bloß verschwunden. Da kann nix passieren. Von wegen Detektiv geweckt, vielleicht können wir ihr helfen, der Luise. Ich kenn ihn gut, den Tobias, der ist öfters beim Herrn Gabriel g'wesen wegen der Klavierstunde. Aus therapeutischen Gründen, so sagt man, musste seine Kindheitstraumata aufarbeiten, musste lernen, mit der Krankheit seiner Mutter umzugehen. Er war begabt. Einen neuen Mozart haben wir da, hat der Herr Gabriel immer g'sagt, und er kümmerte sich rührend um ihn, war bei jedem Vorspielabend stolz auf ihn wie ein Vater. Und ich hab oft mit ihm 'plaudert nach der Klavierstunde, hab ihm immer, wenn ich da war, einen Kakao g'macht und süße Schnitten, die liebte er, die Schnitten, und er hat mir auch so einiges über sich erzählt. Er hat immer darüber g'sprochen, dass sein älterer Bruder, der Felix, und er bald wieder bei der Mama zu Hause sein würden. Rote Backerl hat er bekommen vor Aufregung, wenn er mir das erzählt hat.«

Adelheid musste lächeln, als sie an die Aufregung vom Tobias dachte, wenn sie ihn so hatte sprechen hören. Dann aber fiel ihr ein, wie er sich verändert hatte.

»In letzter Zeit ist er immer stiller g'worden. Aber einmal, da hat's Streit geben mit dem Herrn Gabriel. Ich wollte horchen, doch dann hat es g'läutet, und der Heinzl ist vor der Tür g'standen. Und wie ich so g'redet hab mit dem Heinzl, frag mich jetzt nicht, worüber, da ist plötzlich der Tobias zur Tür hinausg'stürmt, hat uns zur Seite g'stoßen und ist auf und davon, wie wenn der Leibhaftige hinter ihm her g'wesen wär. Ich hab ihm nachg'schrien, aber er hat sich nicht einmal um'dreht.«

»Und den Herrn Kantor hast nicht g'fragt, was los war?«

»Ja, schon, aber der hat irgendwas von undankbarem Fratzen g'sagt, hat sich ins Auto g'setzt, ist dann so aufs Gas g'stiegen, dass die Räder von seinem Auto durch'dreht sind, und ist erst nach Stunden, bestens gelaunt, wiedergekommen. Wahrscheinlich war er bei einem Weibsbild. Aber geh, komm Loni, lass uns hinfahren, es interessiert mich halt.«

7

Das »Karussell« lag etwas abseits von Rotenturm, was die Bewohner der kleinen Gemeinde mit Wohlwollen quittierten. Lebten dort ja auch Kinder mit dubioser Vergangenheit und mit der Neigung zur Gewalt.

Adelheid spähte durch die massiven Gitterstäbe des elektrischen Eisentores und erblickte ein schmuckes zweistöckiges Haus mit blassblauer Fassade und weißen Fensterläden. Im Garten war ein Spielplatz, ein richtiger Spielplatz mit Schaukel, Rutsche und Sandkasten, was sie darauf schließen ließ, dass auch jüngere Kinder hier eine Bleibe gefunden hatten. »Fehlt nur noch der Stacheldraht«, sagte sie und blickte die drei Meter hohe Mauer entlang, die das Grundstück umgab. »Da schau, sogar eine Überwachungskamera ist angebracht. Wie wenn die etwas zum Verbergen hätten.«

Adelheid, was du dir da wieder zusammenreimst, schalt sie sich selbst. Das dient sicher nur dem Wohle der Kinder und schützt sie vor ungewollten Besuchern. Genau, das wird der Grund für die Befestigungsanlage sein.

Adelheid läutete. Eine männliche Stimme fragte nach ihrem Begehr.

»Grüß Gott, ich möchte gern zur Frau Pommer, zur Luise. Sagen Sie ihr, die Adelheid ist da, die Horvath, dann weiß sie schon Bescheid.«

Luise freute sich ehrlich über den Besuch, bat sie gleich ins Wohnzimmer und bot ihnen Kaffee und einen Rehrücken an, mit echten Mandelstiften, die in der Schokoladenglasur steckten, und recht viel Schlagobers, grad so, wie es Adelheid mochte. Dr. Frühmann würde wieder die Augen verdrehen. »Schlagobers, Frau Horvath, Schlagobers, das ist der Tod für die Menschheit! Zwanzig Kilo weniger und eine Operation des rechten Knies, und sie hätten wieder so was Ähnliches wie Lebensqualität.«

Seit Jahren sagte er ihr das jetzt schon, aber gestorben war sie noch immer nicht. Seit Josef nicht mehr lebte, hatte das angefangen mit der Völlerei. War doch manchmal das Kulinarische neben dem Blick durchs Teleskop das Einzige, was Abwechslung in ihr Dasein brachte, und so schlank war sie nie gewesen, eher vollschlank. Von dem Zeitpunkt an, wo der Kantor im Haus gewohnt hatte, war zwar vieles anders geworden, die ersehnte Abwechslung war da, die Völlerei aber nicht verschwunden. Leider.

Sie schlürften Kaffee, plauderten und erzählten sich Geschichten von früher und kamen irgendwann auf die Haller-Buben zu sprechen.

»Der Tobias, der ist der Ruhigere der beiden. Er hat seine Mutter gefunden, damals, da war er erst fünf. Bewusstlos ist sie am Küchenboden gelegen, zu viel Alkohol, zu viele Tabletten. Ich glaube, der hat das trotz der ganzen Sitzungen bei den Psychologen noch immer nicht verarbeitet. Im Gegenteil, mir kommt es vor, dass der Bub in letzter Zeit noch stiller geworden ist. Da ist der Felix anders, immer laut, immer ausfallend in seiner Wortwahl. Seit das mit dem Tobias passiert ist, ist es aus mit ihm. Er hat sich immer verantwortlich gefühlt für den kleineren Bruder. Na ja, die beiden sind fast acht Jahre auseinander. Der Tobias ist eben ein Nachzügler gewesen. Und jetzt ist er weg, unauffindbar.«

»Ja, aber, Luise, hast du denn keine Ahnung, wo er sein könnte?«, fragte Adelheid.

»Es ist nicht das erste Mal, dass der Tobias verschwunden ist. Das passiert regelmäßig, so alle paar Monate. Meistens hat ihn die Polizei nach zwei, drei Tagen irgendwo aufgelesen und zurückgebracht. Dieses Mal ist er über eine Woche weg. Ich versteh es auch nicht.« Luise zuckte mit den Schultern und bot Adelheid ein weiteres Stück vom Rehrücken an.

Beinahe den ganzen Nachmittag verbrachten sie in der Wohngemeinschaft. Nach der Kaffeepause folgte eine Führung durch das Haus, dabei lernten sie die anderen Zöglinge von Luise kennen.

Adelheid wollte mehr wissen über die Haller-Brüder, aber Luise wechselte geschickt das Gesprächsthema, verwies auf ihre

Schweigepflicht und darauf, dass es ihr grad so ging wie einem Pfarrer oder Arzt, außerdem habe sie viel zu viel verraten. Dann blickte sie auf ihre Armbanduhr und rief: »Ach du meine Güte, ich hab ja noch einen Termin mit dem Jugendamt in Oberwart!« Anschließend geleitete sie die beiden Schwestern zur Tür hinaus.

»Das war doch ein glatter Rauswurf. Mir kommt es so vor, Loni, die Luise hat was zum Verbergen«, sagte Adelheid, als sie wieder im Wagen saßen. »Findest nicht? Erstens die Mauer rundherum, dann das Eisentor, Überwachungskameras, und vorm Klo hat sie auf mich g'wartet. Dass ich mich nicht verlaufe, hat sie g'meint. Ich hab's zwar in den Beinen, aber deppert bin ich noch nicht. Und jetzt diese dünne Ausrede. Termin beim Jugendamt um diese Zeit … Wer's glaubt.«

»Du warst ja ärger als der Columbo mit deiner Fragerei, und das mit der Schweigepflicht, da hat sie wohl recht.«

»Aber geh, Loni, was du redest! Ich sag's dir, da stimmt was nicht. Weißt, warum? Vor ein paar Wochen circa ist in der ›Schaukel‹ in Fürstenfeld auch ein Bub verschwunden. Eine Großfahndung wurde eingeleitet, aber den Buben haben s' nie wiederg'funden, bis heut nicht.«

»Ja, aber was hat die ›Schaukel‹ mit dem ›Karussell‹ zu tun?«, fragte Loni, die jetzt doch neugierig geworden war.

»Beides g'hörte oder g'hört der Luise. Scheint ein rentables Geschäft zu sein mit diesen gestrandeten Wesen.«

»Jetzt bist aber ungerecht zu ihr! Die setzt sich so ein für die Kinder, hat nicht einmal g'heiratet, hat keine eigenen bekommen, konnte nicht, hast ja gehört. Nein, die Pommer Luise eine Kriminelle, das kann ich mir nicht vorstellen. Die mag Kinder.«

»Wie'st meinst, Loni.«

Auf dem Rückweg schwiegen sie sich an, und nur die abrupten Bremsmanöver und der harte Tritt aufs Gaspedal ließen erahnen, dass Adelheid mit ihren Gedanken noch immer im »Karussell« war.

Zu Hause angekommen, ging sie über zur Tagesordnung, stellte Herrn Schnurr ein Schüsserl mit Trockenfutter hin und leerte Katzenmilch in ein anderes. Bessie mochte das Trockenfutter nicht, sie bekam Katzenfutter aus der Dose, weil ein kleiner Hund nur eine kleine Dose braucht, war ihre Theorie jedenfalls.

»Pass bloß auf, eines Tages wird Bessie morgens aufwachen und miauen«, sagte Loni und strich sich genüsslich Schmalz auf das frische Bauernbrot, das Adelheid von Karls fahrendem Biobauernladen gekauft hatte.

Wie immer, wenn die zwei zusammen waren, was leider zu selten vorkam, spielten sie am Abend Halma. Seit ihrer Volksschulzeit machten sie das so. Auf die erste Partie folgte eine Revanche und noch eine und noch eine. Adelheid war zeitlebens eine schlechte Verliererin gewesen. Und so spielten sie bis in die frühen Stunden.

Als draußen der Morgen dämmerte, lag Adelheid geraume Zeit wach im Bett. Sie schaltete das Radio neben sich am Nachtkasterl ein.

»Es ist in zehn Minuten fünf Uhr, und bis zu den Nachrichten spielen wir ein paar Muntermacher für unsere Frühaufsteher.« Gleich darauf ertönte »I'm Walking on Sunshine«. Einer ihrer Lieblingssongs.

Durch die schwungvolle Melodie motiviert, schwang Adelheid die Beine aus dem Bett. Ging, mit den Hüften schwingend, zum Fenster, um der frischen Morgenluft Einlass zu gewähren. Anschließend schlüpfte sie wieder unter die Decke, schloss die Augen und wippte mit den Zehen im Takt. Sie konnte es nicht verhindern, dass sie wieder an das »Karussell« und an Luise denken musste. Sie war oft bei ihr auf einen Kaffee gewesen, sie hatten geplaudert, meist von längst Vergangenem, von Adelheids Hochzeit, wo sie, die Luise, Trauzeugin gewesen war.

Adelheids Gedanken drifteten ab in die Vergangenheit. Sie war in England gewesen in ihrer Jugend, beinahe zehn Jahre, hatte diesen Nanny-Job gemacht, und es hatte ihr Freude bereitet. Warum war sie eigentlich zurückgekehrt? War es das Heimweh? Nein, nein, sie war gekränkt und wütend, gekränkt worden durch Victor, indem er sie verlassen hatte, und wütend auf diese Brenda Wood, weil sie in ihr und Victors Leben eingedrungen war. Mein Gott, was war er für ein leidenschaftlicher

Liebhaber gewesen, zärtlich und einfühlsam. So total anders als der Josef.

Adelheid, es ist vorbei, ermahnte sie sich. Du warst ja auch glücklich mit dem Josef. Das mit dem Sex, das war nicht seine große Leidenschaft. Das Kulinarische und seine Jägerei, dafür konnte er sich begeistern. Aber hast doch sonst viel erlebt mit ihm, oder?

Sie dachte nach, viel erlebt, nein, gar nicht viel erlebt hatte sie mit ihm. In den Urlaub fahren, das mochte er überhaupt nicht. »Kostet nur unnötig Geld, wo es doch zu Hause so gemütlich ist, unter dem schattigen Blätterdach des Nussbaums nach einem guten Schweinsbraten mit Semmelknödeln sein Mittagsschläfchen zu genießen.«

Wirkliches Vergnügen brachten nur die Sonntage, der Besuch bei McBurger, nach der öden Inspizierung sämtlicher Hochsitze in der Gegend, die sie früher aus Liebe zu ihrem Josef, später eben aus Gewohnheit mitgemacht hatte. Hinaufgeklettert, nein, das war sie nie, er schon, der Josef, schilderte ihr die herrliche Aussicht von oben und lobte den robusten Bau des Hochsitzes. Das gemeinsam Erlebte war rar, Hochsitze, ein klebriger Brownie mit einem Instant-Cappuccino. Dennoch, sie hatte sich verliebt in ihn, damals, als er auf der Heimreise von London neben ihr im Flieger gesessen hatte, hatte ihn geheiratet und dreißig Jahre mit ihm verbracht.

Die Spülung des Klos erinnerte sie daran, dass sie nicht allein war. Loni, konnte sie auch nicht schlafen? Heute bereits würde sie ihre Schwester wieder zum Busbahnhof bringen. Irgendwie war sie traurig. Sie blinzelte mehrfach, um die aufkommenden Tränen zu vertreiben, und atmete tief die kühle Morgenluft ein.

Ach ja, wo war sie mit ihren Gedanken stehen geblieben? Beim »Karussell«, bei Luise, die war irgendwie unkonzentriert, wirkte nervös, und dann die Bitte, zu gehen. Sie würde nächste Woche noch mal in der Wohngemeinschaft vorbeischauen, vielleicht hatte sie wirklich zu viele Fragen gestellt und Luise damit verschreckt.

Da steckte Loni den Kopf zu ihr herein. »Guten Morgen, Adelheid, ausgeschlafen? Die Bessie und ich waren schon Gassi.

Ich werde jetzt meine Sachen packen, was hältst davon, wenn wir beim McBurger frühstücken, bevor ich wieder heimfahr?«

Für den größten Junkfood-Fan überhaupt konnte der Tag nicht schöner beginnen. Die Aussicht auf ein Croissant, warm und gefüllt mit Schinkenstreifen und Schmelzkäse, dazu einen Cappuccino und als Abschluss was Süßes, einen Pancake mit Haselnusscreme, machte Adelheid augenblicklich putzmunter, und sie verstand das bevorstehende Festmahl als eine Art Entschädigung für die Hetze der letzten Tage. Obwohl der Dr. Frühmann wieder schimpfen würde, viel zu fett, das amerikanische Zeug, Frau Horvath, viel zu viele Kalorien, und denken S' an den Dickdarmkrebs, zu wenig Ballaststoffe. Aber heute war es ihr egal, berührte sie nicht im Entferntesten. Morgen, wenn wieder der Alltag ihr Leben beherrschte, würde sie ernsthaft mit dem Abnehmen beginnen und endlich wieder mit dem Hometrainer den »Großglockner« rauf- und runterradeln.

Zum Geburtstag hatte ihr Josef diese Foltermaschine geschenkt, zum wievielten, wusste sie gar nicht mehr, so lange stand der schon im Wohnzimmer in der Ecke. Über die Jahre war er zu so einer Art Kleiderständer mutiert. Jeden Tag, nahm sie sich vor, würde sie eine Stunde auf dem Hometrainer radeln. Und sie würde Light-Produkte bei Frau Birgit einkaufen, viel frisches Obst und keine Naschereien, keine Notfallkekse, die sie immer parat hatte für unerwarteten Besuch, in einsamen Stunden dann meistens aber selbst in sich hineinstopfte.

Das mit dem Süßen würde die Härteprobe schlechthin werden, dachte Adelheid, denn so ein Stück Schokolade oder eine noch ofenwarme Topfengolatsche waren schon was Himmlisches, nicht zu vergessen die frisch mit Schlagobers gefüllten Schaumrollen vom Karl. Aber diesmal, ja, diesmal würde sie standhaft bleiben. Sie würde diesem Dr. Frühmann schon beweisen, dass sie nicht schwächelte. Weniger Kilos hieß natürlich auch weniger Belastung fürs Knie, und die Aussicht, dass sich der Frühmann auf die Zunge beißen musste, wenn er sie das nächste Mal sah, machte sie heiter und weckte ihren Tatendrang. Einmal in der Woche würde sie zum Seniorenturnen nach Oberwart fahren, denn all die Haut musste natürlich irgendwie wieder schrumpfen, und wenn das nichts half, konnte sie noch immer vom Schönheitschirurgen den Rest wegschnippeln lassen. War sie jetzt etwa eitel geworden auf ihre alten Tage?

Nachdem sie Loni noch lange nachgewunken hatte, machte sie sich auf den Heimweg. Zu Hause angekommen, wurde sie von einem äußerst ungeduldigen Inspektor Wurz vor ihrem Eingangstor empfangen.

Was der wohl wieder will?, dachte Adelheid und seufzte, erinnerte sich plötzlich, dass er das Zimmer vom Herrn Gabriel noch einmal genauer untersuchen wollte. Nach Indizien suchen, hatte er gesagt, Spuren, die sie der Lösung des Falls näherbrachten, Telefonnummern, Tagebuchaufzeichnungen, Eintragungen im Kalender. Irgendetwas, das die Mörderin entlarvte. Ja, Mörderin, denn mittlerweile war auch Adelheid der festen Überzeugung, dass es eine Sie gewesen sein musste, bei den vielen Verehrerinnen, die alle um die Gunst des Kantors gebuhlt hatten.

Eine Mörderin in unserm Dorf? Sie schüttelte den Kopf, dieser Gedanke amüsierte sie, verleitete sie zu einem Lächeln, machte sie sogar ein bisschen stolz – als wäre das etwas, worauf man sich etwas einbilden konnte.

Wurz klopfte an die Scheibe, wollte ihr etwas mitteilen. Hatte er womöglich den Mörder gefunden?

8

Tremente hatte sein weißes Haar wieder etwas in Form gebracht, den Schnurrbart glatt gestrichen, der an eine zu lang gewachsene dichte Hecke erinnerte, ein paar Tropfen von dem Aftershave, das er für solche Notfälle immer im Handschuhfach parat hatte, auf den Handflächen verteilt und damit die Wangen sanft beklopft. Signora Bertani war seine erste Klientin, und da wollte er natürlich, soweit das eben möglich war nach dreißig Japanern, glänzen.

Dreizehn Minuten wartete er schon bei »Peppino«, hatte seinen zweiten Espresso getrunken, als endlich die Tür der Trattoria aufgestoßen wurde.

Sie war älter, wirkte verbraucht. Er schätzte sie auf fünfundsiebzig, vielleicht irrte er sich auch. Sie blieb kurz am Eingang stehen, blickte sich um und kam dann ohne Umweg auf ihn zu. »Tremente?«

Er nickte. »Signora Bertani?«

Durch den gekrümmten Rücken reichte sie ihm gerade mal bis zur Brust, als er aufstand und ihre Hand schüttelte, die in einem weißen gehäkelten Handschuh steckte. Das orangerote kinnlange Haar umrahmte ihr faltiges Gesicht, das eine Spur zu stark geschminkt war und wie eine venezianische Maske wirkte. Ohne darauf zu warten, dass er ihr einen Platz anbot, setzte sie sich auf den Stuhl ihm gegenüber. Er nickte wieder, war etwas verwirrt über ihr resolutes Auftreten, ließ es sich aber nicht anmerken.

»*Buonasera*, Signora, was kann ich für Sie tun?«

»*Allora*, Signor Tremente, ich brauche dringend Ihre Hilfe. Mein Enkel Antonio, er ist verschwunden, ich habe seit seinem letzten Besuch vor einer Woche nichts mehr von ihm gehört. Ihm ist sicher etwas zugestoßen. Wir haben ständig miteinander telefoniert, er hat sich immer bei mir gemeldet, mindestens jeden zweiten Tag. Bitte helfen Sie mir, suchen Sie meinen kleinen Antonio!«

Also keine betrogene Ehefrau, dachte Tremente.

»Waren Sie schon bei der Polizei, Signora, um eine Vermisstenanzeige zu machen?«

»Pah, dass ich nicht lache, *polizia*! Ach, hören Sie mir doch damit auf, die vergeudet nur Staatsgelder, sitzt auf ihrem Allerwertesten und lässt sich die Sonne auf den Bauch scheinen. Also übernehmen Sie den Fall oder nicht? Geld spielt keine Rolle, sagen Sie mir einen Preis.«

Tremente war verdutzt über die Beharrlichkeit, mit der Signora Bertani seine Dienste einforderte. Einen Preis solle er sagen, keine Ahnung, an vieles hatte er gedacht, aber an einen Preis, nein, das hatte er total vergessen.

Er musste so ungläubig dreinschauen, dass sie von ihrem Stuhl hochschnellte, zwei Fünfhundert-Euro-Scheine auf den Tisch knallte und etwas lauter als normal – sie schrie es fast heraus – rief: »Machen Sie es jetzt, übernehmen Sie den Fall?«

Tremente hatte das Gefühl, dass sämtlich Augenpaare im Lokal auf ihn gerichtet waren.

»*Prego*, Signora, setzen Sie sich wieder, lassen Sie uns alles in Ruhe besprechen.«

Was war er bloß für ein Dilettant! Keinen Block, kein Schreibzeug, geschweige denn einen Aktenkoffer hatte er dabei. Und die Visitenkarten würde er erst nächste Woche von der Druckerei abholen können. Sein unvorbereiteter Auftritt schien Signora Bertani in ihrer Aufregung nicht aufgefallen zu sein, und so entschuldigte sich Tremente für einen Moment, borgte sich bei seinem Freund Peppino Block und Kugelschreiber, setzte sich wieder an den Tisch und begann mit der Befragung, wie er es aus seiner jahrelangen Berufserfahrung als Commissario gewohnt war.

»Signora, wenn Antonio Ihr Enkel ist, warum beauftragen Sie mich und nicht seine Eltern?«

Signora Bertani öffnete ihr Täschchen, ignorierte das »Vietato fumare!«-Schild, das an der Wand über ihnen prangte, holte einen Zigarettenspitz aus Onyx heraus, nahm aus einem silbernen Etui eine Zigarette und steckte sie an. Tremente gab ihr Feuer. Als Peppino auf das Verbotsschild zeigte, zuckte

Tremente nur mit den Schultern und widmete sich wieder der Signora.

Die machte einen tiefen Zug, inhalierte den Rauch, blies ihn durch Nase und Mund wieder aus und begann zu erzählen.

»Seine Eltern, besser gesagt meine Tochter und ihr zweiter Mann, also Antonios Stiefvater, sind bei einem Unfall ums Leben gekommen, dreißig Jahre ist das jetzt her. Mein kleiner Liebling war gerade mal sechs, und ich ging damals dem freien Gewerbe nach, war noch dazu Alkoholikerin, und so wurde mir das Sorgerecht verweigert. Der kleine Antonio kam in die Obhut von Monsignore Rossi nach Monfalcone. Der Monsignore führte dort gemeinsam mit Suora Clara das Waisenheim Santa Maria Maggiore. Sooft ich konnte, besuchte ich Antonio dort, kaufte Kleidung und Gianduja. Antonio liebt diese Schokolade auch heute noch. Immer wenn er nach Hause kommt, fragt er mich: ›Nonna, hast du Gianduja für mich gekauft?‹ Einmal habe ich ihm eine Flöte gebracht. Antonio ist sehr musikalisch, müssen Sie wissen, Signor Tremente. Das hat der Monsignore bemerkt, und so bekam mein kleiner Junge Klavierunterricht. Er spielt brillant, er liebt Musik!« Signora Bertani schien abzugleiten, war in Gedanken.

Tremente räusperte sich. »Aber warum glauben Sie, dass ihm etwas zugestoßen ist? Junge Menschen leben oft in den Tag hinein, verlieben sich, vergessen die ganze Welt, schweben auf Wolke sieben. Da kann es schon mal passieren, dass sie sich eine Zeit lang nicht melden.«

»*No, no, no*, nicht Antonio!« Dabei deutete sie energisch mit dem Zeigefinger, so als wollte sie ihn rügen. »Der war nicht so einer. Auf ihn konnte ich mich immer verlassen. Als er sechzehn war, da hat er auf mich aufgepasst. Hat versucht, mich vom Alkohol und von diesem Hurenleben wegzubekommen.«

Sie winkte dem Ober, bestellte sich ein Glas Ribolla, den Wein, der nach Lindenblüten und Honig schmeckte.

»Aber wovon hätten wir denn leben sollen? Ich habe ja sonst nichts gelernt, also stellte ich mich weiter auf die Straße. Ich habe ihm versprochen, mit der Trinkerei aufzuhören, es ist mir beinahe gelungen, nur hin und wieder ein Gläschen, wenn das

Leben gar zu trostlos war.« Sie brach das Gespräch abrupt ab, schüttelte sich, so als wollte sie sich von ihrer Vergangenheit abnabeln, und prostete Tremente zu. »Was ist, helfen Sie mir jetzt, meinen Antonio zu finden?« Sie schob die Fünfhundert-Euro-Scheine zu Tremente herüber.

»Wenn ich Ihren Enkel finden soll, dann brauche ich Informationen.«

Wieder einmal kam ihm zugute, dass er so lange bei der Polizei gearbeitet hatte. Hunderte von Vermisstenanzeigen hatte er aufgenommen, und so war die Fragerei reine Routine. Er versicherte ihr, sein Möglichstes zu tun und sofort mit den Nachforschungen zu beginnen.

»*Mille grazie*, Signor Tremente, der Herrgott wird Sie dafür belohnen.«

Sie trank das noch bis über die Hälfte gefüllte Glas leer, ohne einmal abzusetzen, tupfte sich mit den Fingerspitzen die Lippen ab, erhob sich, reichte ihm die Hand, und nur das Schwingen der Eingangstür erinnerte wenige Sekunden später an sie.

Tremente schaute auf den Block, versuchte, das in der Eile Mitgeschriebene zu enträtseln, und kam zu dem Schluss, dass sie eigentlich nicht sehr viel über ihren Enkelsohn wusste. Er war sechsunddreißig, hatte eine Wohnung in Triest, in der Via Udine, und arbeitete zurzeit irgendwo außerhalb der Stadt. Wo genau, das hatte sie nicht sagen können. Antonio hatte nie wirklich mit ihr darüber gesprochen, und ein Foto, ja, ein Foto hatte sie mitgehabt, da war Antonio so um die zwanzig gewesen. »Er hat sich kaum verändert, glauben Sie mir, Signor Tremente«, hatte sie ihm versichert. Das konnte stimmen oder auch nicht.

Dennoch, einen wichtigen Anhaltspunkt hatte er, das Kinderheim, dort hatte der Junge gelebt, bis er siebzehn war. Anschließend hatte er eine Lehre als Koch im »Continentale« gemacht, in einem der ersten Häuser am Platz. Nebenbei hatte er immer noch Klavier gespielt, manchmal in der Hotelbar am Abend für die Gäste, und damit sein karges Gehalt aufgebessert. Aber später, ab seinem zwanzigsten Geburtstag, da wurde der Lebenslauf lückenhaft. Jedes Mal, wenn er seine Großmutter besuchte und sie ihn nach seiner Arbeit, seiner Bleibe fragte, sagte er immer nur ausweichend: »Mal hier, mal da, Nonna, ich bin jung, ich muss die Welt erobern«, und sie ließ ihn gewähren, fragte in all den Jahren nicht nach, war einfach glücklich, wenn er glücklich war und wenn er sie besuchte.

Tremente kratzte sich mit dem Kugelschreiber am Hinterkopf, klappte den Block zusammen und steckte die Euroscheine ein. Es war ihm irgendwie peinlich, das Geld an sich zu nehmen. Er bezahlte die Rechnung, seine und die der Bertani, und machte sich auf den Heimweg, nicht ohne vorher bei Sofie im »Gapitelli« vorbeizuschauen.

Sofie saß im Garten, einen Teller mit Honigmelone und Parmaschinken vor sich, dazu Ciabatta, noch ofenwarm. Tremente schloss für einen kurzen Moment die Augen, atmete durch die Nase, sog den Geruch in sich auf. Er liebte dieses grobporige Brot mit der kräftigen Kruste, das einem Pantoffel in Form und Gestalt nicht unähnlich war.

Sofie hatte ihn schon am Eingang entdeckt, winkte ihn zu sich. »Komm, setz dich zu mir, leiste mir ein bisschen Gesellschaft! Wo warst du denn? Hast du dich heimlich mit einer Frau getroffen?«

»Frau ja, aber nicht, wie du denkst.«

»Wie willst du wissen, wie ich denke, Papa?« Sie lachte laut auf und steckte sich ein Melonenstück in den Mund.

»Es war rein geschäftlich. Schau, Sofie, da ich viel Zeit habe, du mich nicht immer brauchst und Anna die Führung übernommen hat, habe ich beschlossen, in der Via Udine ein kleines Detektivbüro zu eröffnen. Heute habe ich mich bei ›Peppino‹ mit meiner ersten Klientin, Signora Bertani, getroffen.« Er zog die zwei Fünfhundert-Euro-Scheine aus der Tasche, fächelte sich damit frische Luft zu, lachte und sagte: »Ein Vorschuss für meine noch nicht geleistete Arbeit.«

Da wurde Sofie neugierig, wollte alles haargenau wissen – doch eigentlich unterlag er ja genau wie ein Arzt oder Pfarrer der Schweigepflicht, wenn auch nicht von Rechts wegen her, dann zumindest aus moralischen Gründen, und so gab er nur vage Auskunft, um ihre Neugierde halbwegs zu befriedigen.

Fast hastig verabschiedete er sich kurz darauf mit einem Kuss auf ihre Stirn und der maroden Ausrede, dass der Tag heute lang gewesen und er aufgrund seiner Jahre etwas müde sei.

Auf dem Nachhauseweg dachte er über seinen ersten Auftrag nach. Griff in seine Hosentasche, tastete nochmals nach den Scheinen. Sollte er diesen jungen Mann nicht finden, würde er ihr das Geld zurückgeben. Das hatte er sich fest vorgenommen. Er war zuversichtlich, die Jugend war wild und unberechenbar, und wahrscheinlich würde dieser Antonio bald wieder den Heimathafen ansteuern. Er konnte ja mal unverbindlich in der Wohnung des Enkels vorbeischauen.

9

Adelheid stellte den Motor ab und stieg aus dem Grafen. »Ach ja, der Herr Inspektor. Tut mir leid, aber ich war in Gedanken. Wissen S' was? Ich hab darüber nachg'dacht, dass das mit der Mörderin gar nicht so abwegig ist. Ganz närrisch waren die Frauen im Dorf nach ihm, und jede hat noch eine bessere Mehlspeise zur Klavierstunde mitg'bracht. Was glauben denn Sie, warum ich so zug'nommen hab? Und jede hat einen kürzeren Rock und einen weiteren Ausschnitt bei der Chorprobe getragen. Aber ich red und red, und Sie wollten noch einmal ins Zimmer vom Herrn Gabriel, oder?«

»Genau, Frau Horvath. Leider muss ich Sie noch einmal stören, wir haben nämlich einen kleinen Schlüssel beim Toten gefunden. Sieht so aus, als wenn er zu einer Schatulle gehören würde.« Er griff in die Brusttasche und zog einen kleinen silbernen Gegenstand heraus. »Kommt Ihnen der Schlüssel irgendwie bekannt vor? Möglich, dass der Herr Bertl Ihnen den Schlüssel einmal gezeigt hat.«

Adelheid schüttelte den Kopf, ging zur Haustür und sperrte auf. Freudig wedelnd kam ihnen Bessie entgegen, blickte kurz zu Frauchen auf, um dann durch die Eingangstür zu entwischen.

»Dass du ja nicht fortlaufst, hast du mich g'hört, Bessie?«, rief sie der Hündin nach, die jedoch schon um die Ecke verschwunden war. »Wissen S', Herr Inspektor, die lauft immer zum Huberbauern sein' Misthaufen, und da frisst sie alles, was sie finden kann, und dann kriegt s' wieder einen Durchfall, und ich hab die Scherereien mit ihr. Ich hab eh schon mit dem Klickertraining ang'fangen, aber das dauert halt, bis sich der Hund daran g'wöhnt, haben die Trainer am Abrichtplatz g'sagt. Aber kommen S' doch rein, jetzt, wo S' schon da sind. Ich wäre froh, wenn endlich alles vorbei wäre und ich das Zimmer ausräuch–« Sie hielt mitten im Satz inne. »Ich mein, das Zimmer *ausräumen* könnt. Die Habseligkeiten vom Herrn Gabriel zusammenpacken und dem Herrn Pfarrer geben. Wissen S', Herr Inspektor, die Sachen von einem Toten im Haus zu haben, das bringt nur Unglück, sagen die im Fernsehen, die da mit den Verstorbenen immer in Kontakt treten.«

Wurz wollte gerade das Siegel entfernen, da hielt er plötzlich inne, trat einen Schritt zurück. »Frau Horvath! Ich habe Ihnen doch strikt verboten, in das Zimmer zu gehen. Wir haben es versiegelt, damit niemand hineingeht, und jetzt das!«

»Aber Herr Inspektor –« Weiter kam sie nicht.

Wurz öffnete die Tür und blieb regungslos auf der Türschwelle stehen.

Adelheid, die dicht hinter ihm das Zimmer betreten wollte, prallte mit ihrem voluminösen Körper auf Wurz, der in das Zimmer taumelte. »Entschuldigung, Herr Inspektor, das habe ich jetzt wirklich nicht g'wollt. Aber du meine Güte, wie schaut's denn da aus? Hat da am End gar wer ein'brochen bei mir?«

Wurz blickte sich um, blickte in ein heilloses Durcheinander. »Ja, da hat jemand mit äußerster Gründlichkeit etwas gesucht.«

Er zog sein Handy aus der Tasche, tippte die Nummer der Spurensicherung ein und deutete Adelheid mit der rechten Hand, sie solle das Zimmer verlassen. Kurz darauf trat er zu ihr auf den Flur.

»So, Frau Horvath, trotz Wochenende ist der Buchner von der Spurensicherung so nett und kommt vorbei. Und Sie sind sich sicher, dass das erst während Ihrer Abwesenheit passiert ist? Ja, wo waren Sie denn überhaupt in aller Herrgottsfrühe?«

»Die Loni, meine Schwester, hab ich zum Bus 'bracht, und vorher waren wir noch beim McBurger frühstücken. Ich hab da so ein Croissant mit Schinkenstreifen und Schmelzkäse g'essen und einen Cappu–«

»Frau Horvath, so genau will ich das gar nicht wissen, nur die Uhrzeit, wenn Sie sich noch erinnern möchten. Von wann bis wann waren Sie mit Ihrer Schwester unterwegs?«

»So gegen acht sind wir wegg'fahren, eben weil wir ja noch gemeinsam frühstücken wollten, um halb elf hab ich die Loni dann am Hauptplatz aussteigen lassen. Danach hab ich mir noch ein Eis g'holt. Erdbeer, zwei Kugeln, das ist mein Lieblingseis, müssen S' nämlich wissen, Herr Inspektor. Was ist denn Ihre Lieblingssorte?«

»Banane, aber, Frau Horvath, das steht jetzt wirklich nicht zur Debatte. Und danach sind Sie gleich nach Hause gefahren?«

»Schnurstracks, Herr Inspektor.«

»Gut. Wollen Sie vielleicht in der Stube warten? Ich nehme den Buchner in Empfang, der muss jeden Moment hier aufkreuzen.«

Das mit dem Einbruch hatte sich auf Adelheids Magen geschlagen, und so beschloss sie, das traditionelle Sonntagsmenü beim Schlosswirt zu streichen. Sie ging in die Küche, machte sich einen Kaffee, setzte sich an den Tisch und wartete. Blätterte ein Frauenmagazin durch, ohne auch nur ein einziges Wort darin zu lesen, nicht einmal die Bilder sah sie sich genauer an.

Mittlerweile war Buchner eingetroffen und mit Wurz im Zimmer verschwunden. Nach gut dreißig Minuten kamen die beiden Männer wieder in die Küche. Buchner verabschiedete sich, während Wurz nochmals die Tür versiegelte und Adelheid auf Dienstag oder Mittwoch vertröstete, da werde man höchstwahrscheinlich den Raum freigeben, und sie könne mit der Aufräumerei beginnen.

»Ach ja, das wollte ich Ihnen noch sagen, durch das Fenster ist der Einbrecher eingedrungen. Mit einem Flacheisen ist der Fensterflügel aufgebrochen worden. Geht ganz einfach bei diesen alten Fenstern. Vielleicht sollten Sie sich einmal neue anschaffen, mit einer Außenjalousie. Er könnte sich auch im Haus noch umgeschaut haben – falls Ihnen was gestohlen wurde, dann melden Sie das gleich bei uns. Wünsche Ihnen noch einen schönen Sonntag, Frau Horvath.«

»Auf Wiederschaun, Herr Inspektor.«

Dass dieser Tag noch schöner werden würde, bezweifelte Adelheid, und als sie am Abend zu Bett ging, bemerkte sie ein flaues Gefühl in der Magengrube. Ein Einbrecher? Hier, in ihrem Haus? Die Bessie, die würde schon aufpassen. Sie war zwar nicht ausgebildet wie der Kommissar Rex, aber melden tat sie immer recht brav. Wenn Herr Heinzl auswärts arbeitet und seine Frau mitten in der Nacht wieder einmal aus einem fremden Auto ausstieg, da knurrte die Bessie in ihrem Körberl.

Vielleicht sollte ich mir doch eine Waffe zulegen, kam es Adelheid in den Sinn. Josef, der hat auch immer sein Gewehr zu Hause gehabt. Da fühlte man sich gleich sicherer.

Morgen würde sie nach Oberwart zum Waffenhändler fahren und eine kaufen, so einen kleinen handlichen Revolver. Mit diesem Gedanken schlief sie etwas beruhigter ein.

10

Es war Mittwoch, als Wurz erneut an Adelheids Tür klopfte.

»Grüß Sie, Frau Horvath, ich habe gute Nachrichten für Sie. Das Zimmer können Sie jetzt räumen. Ich glaube nicht, dass da noch Beweismittel verborgen sind, und wenn doch, Sie wissen ja, wo Sie mich finden.«

Na endlich, dachte Adelheid. Sie war so hocherfreut über das eben Gehörte, dass sie Wurz im Vorzimmer stehen ließ und sofort in den Keller ging, um nach Bananenkisten für die Sachen vom Herrn Gabriel zu suchen. Sie hörte nur noch, wie der Inspektor ein »Guten Tag« hinter ihr herschrie und die Tür ins Schloss fiel.

Adelheid brauchte nicht lange zu suchen, solche Kartons hatte sie viele. Aufgehoben, ja, aufgehoben hatte sie sie, falls sie einmal die Courage haben würde, sich von unnötigem Kram zu trennen, der sich über die Jahre angesammelt hatte. Wovon sie sich in Bälde trennen würde, war gewiss, und es stimmte sie heiter, als sie mit dem Zusammensuchen der Habseligkeiten von Herrn Gabriel begann.

Viel war es nicht, ein paar Hosen zum Wechseln, Hemden, Unterwäsche und Schuhe, dafür aber unzählige Notenblätter, zerrissen in handtellergroße Stücke, die über den Fußboden verstreut herumlagen und die sie erst einsammeln musste. Sie überflog die Überschriften, soweit noch vorhanden: »Orgelsonate KV 336«, »Te Deum« in A-Dur von Händel, und dann waren da selbst geschriebene Noten. »Im Elfenland, eine Kinderoper«. Davon hatte Herr Gabriel immer geträumt, eine Kinderoper zu komponieren, berühmt zu werden damit. Aus der Traum, zerplatzt wie ein Luftballon, dachte Adelheid. So schnell kann es gehen.

Das Pianino war unversehrt geblieben. Sie setzte sich auf den Hocker, begann den Flohwalzer zu spielen, auswendig, hielt abrupt inne, denn sie musste unweigerlich an die Hände, die abgehackten, vom Herrn Gabriel denken. Diese Hände hatten auch schon auf diesen Tasten gespielt. Sie zog die ihren angeekelt zurück, wischte sich an ihrer Hose die Finger ab. Eilig stand sie vom Klavierhocker auf, holte das Desinfektionsmittel und rubbelte unzählige Male erst alle Tasten, was einen Heidenlärm veranstaltete, danach den Hocker und dann das komplette Pianino damit ab. Hastig verstaute sie den Rest seines Besitztums in einer weiteren Bananenkiste und schleppte sie in die Garage. Nur raus aus dem Haus, weg mit dem Zeug. Sie rückte Bett und Tisch an ihre vorgesehenen Plätze und kippte die Stühle darauf, nur beim Schrank würde sie Hilfe brauchen, den Heinzl Günther würde sie fragen am Wochenende, wenn er wieder von der Montage in Wien zurückkam.

Sie begann mit der Reinigung des Fußbodens. Dafür schüttete sie ein halbes Kilo grobes Salz und Blätter der Zitronenmelisse ins Wasser, die zuhauf in ihrem Garten wucherte. Das mit dem Salz und der Melisse, das hatte sie nachgelesen, denn durch das Auswischen von der entferntesten Ecke bis hin zur Tür würde sich das Zimmer energetisch reinigen. Ein komisches Wort, dachte Adelheid, energetisch, was auch immer das heißen mochte. Gerade als sie ein letztes Mal den Fetzen ausgewrungen hatte und unter dem Schreibtisch wischen wollte, der neben der Tür stand, da bemerkte sie die lose Abschlussleiste.

Adelheid schob den Schreibtisch zur Seite, versuchte sich trotz ihres maroden Knies zu bücken und entfernte das lockere Brett.

»Ach du meine Güte. Was ist denn da passiert? Da ist ja die ganze Mauer ausgehöhlt«, murmelte sie. Sie führte wieder einmal einen Monolog, wie so oft, seit ihr Josef nicht mehr da war.

Adelheids detektivischer Spürsinn war geweckt, und um besser an das Versteck heranzukommen, ignorierte sie den Schmerz im Bein und kniete sich nieder. Sie steckte die Hand in das Loch in der Wand und tastete vorsichtig herum. Dann berührte sie etwas. Es war kalt. Sie zog es heraus. Eine Schatulle aus Blech, versperrt!

Sie betrachtete die Dose. Sie war reichlich mit Ornamenten verziert und wirkte antik, direkt kostbar. Der Schlüssel vom

Wurz, fiel ihr ein, der würde sicher passen. Pech für den Herrn Inspektor, dachte Adelheid, ging mit der Schatulle in die Garage und schlug so lange mit dem Hammer auf das Schloss ein, bis dieses endlich aufsprang.

Es waren mehrere Zeitungsausschnitte drinnen, vergilbte, und es waren Kinder abgebildet, Buben, und alles war in Italienisch geschrieben. Da auf dem einen war sogar das Datum oben, »Il 14 febbraio 1993«, las Adelheid. 1993, das war ja zwanzig Jahre her. Warum hob jemand so alte Zeitungsartikel auf? Sollte sie es Wurz melden? Nein, nein, erst einmal nicht. Es würde Herrn Gabriel nicht wieder lebendig machen.

Sie verstaute die Schatulle in Josefs Werkzeugkasten, dort war sie einstweilen gut aufgehoben. Adelheid brauchte jemanden, der dieser Sprache mächtig war. Sie hatte vor Jahren einmal einen Anfängerkurs in der Volkshochschule gemacht. Italienisch für Fortgeschrittene war leider nie zustande gekommen, zu wenige Teilnehmer. So hatte sie sich für Ungarisch angemeldet, einerseits wegen der Grenznähe und weil man hier und da die Dienste des östlichen Nachbarn für das Putzen der Fenster oder das Mähen des Rasens in Anspruch nahm. Leider war die Sprache vollkommen unerlernbar. Zumindest für Adelheid und alle anderen sechs Kursmitglieder, weshalb sich der Kurs bald wieder aufgelöst hatte.

In der Nacht wälzte sie sich von einer Seite auf die andere, und als sie dann endlich der Schlaf übermannte, kam dieser Alptraum wieder, mit den Händen vom Herrn Gabriel und dem Blut, überall dieses Blut. Adelheid schreckte hoch, das Nachthemd durchnässt, das Haar klebte an Stirn und Schläfen. Sie blickte auf ihren kleinen Reisewecker, es war kurz vor fünf. Es begann bereits zu dämmern, und die Vögel gaben vereinzelt erste Tirilis von sich.

Adelheid beschloss aufzustehen, schlurfte in die Küche und weckte ihre Kaffeemaschine aus dem Tiefschlaf, legte eine Kapsel ein und drückte auf »Start«. Sie sog den frischen Kaffeeduft ein, strich sich ein Vollkornbutterbrot »mit beinahe ohne Butter«, wie der Josef immer scherzhaft gesagt hatte, wenn sie wieder einmal ihrem Diätwahn verfallen war, und einer hauchdünnen Schicht Marmelade, wollte sie doch ernsthaft abnehmen. Sie drapierte alles auf einem Tablett und ging Richtung Wohnzimmer, wo sie vor ihrer Aussichtswarte Platz nahm. Sie würde sich mit ihrem PowerSeeker ein bisschen in der Gegend umschauen, beobachten, ob der Semmellieferant wieder länger als notwendig bei der Heinzl in der Wohnung blieb oder ob beim Holper wieder zwielichtige Gestalten ein und aus gingen. Sie nahm einen Schluck Kaffee, biss vom Brot ab, befreite das Objektiv vom Deckel und kniff wie immer ihr linkes Auge zusammen, um mit dem rechten die Gegend zu fokussieren.

»Schau mal einer an, der Semmellieferant ist da.«

Adelheid blickte auf ihre Armbanduhr, vierundzwanzig Minuten nach fünf. Sie schwenkte weiter zum Holper. Sein Amischlitten stand vor dem Haus, sonst war alles ruhig. Der ist sicher ein Zuhälter, hatte sie immer zu ihrem Josef gesagt, bei dem Auto und den Goldketten, die seinen Stiernacken zieren. Ihr Josef hatte mit den Schultern gezuckt und gesagt: »Wenn du meinst, Adelheid.« Ja, sie meinte das, sie war sich sicher, immer war der Holper in Begleitung auffällig gekleideter Damen, und jetzt fiel ihr auch ein, dass der Josef des Öfteren dem Holper bei kleinen Reparaturen im Haus geholfen hatte. Nachbarschaftshilfe, hatte der Josef immer gesagt. War es wirklich nur das gewesen?

Adelheid lehnte sich in ihrem Ohrensessel zurück, kam ins Grübeln. »Josef, du wirst mich doch nicht …«, murmelte sie vor sich hin. »Nein, sicher nicht, gelt, Josef? Aber wenn doch?«

Das Geräusch einer zufallenden Autotür riss sie aus den Gedanken. Rasch drückte sie wieder ihr Auge auf das Okular. Sie konnte gerade noch sehen, wie der Semmellieferant um die Ecke bog und die Heinzl ihm im Negligé nachwinkte. Dann schaute sie hinauf zu ihrer Terrassentür, und Adelheid hatte das Gefühl, dass sie ihr zunickte und die Hand leicht zum Gruße hob. »So eine blöde Gans!«, schimpfte Adelheid, schlürfte an ihrem Kaffee und begann, sich mit nützlicheren Dingen zu beschäftigen, wie zum Beispiel mit der Ausräucherung des Gästezimmers.

Sie hatte im Internet günstig einen Weihrauchschwenker in Goldfarbe erstanden und bestückte ihn jetzt mit getrocknetem Lavendel, Salbei, Drachenblutharz und Weihrauch. Dann zündete sie alles an und marschierte zuerst im Gästezimmer, danach überall im Haus herum, nur für alle Fälle. Bessie begann vor der Eingangstür zu jaulen. Ach ja, Adelheid hatte vergessen, Fenster und Türen zu öffnen, damit frische Luft hereinkam und den alten Qualm und damit all das Negative rausblies.

Adelheid blickte sich im Haus um und war zufrieden mit dem Resultat. Was sie brauchte, war viel positive Energie, deshalb tauschte sie den Inhalt des Schwenkers gegen Süßholz und wanderte erneut damit in allen Zimmern herum.

»Gott, allmächtiger, Frau Horvath, was tun Sie denn da? Man könnte fast meinen, Sie machen eine Teufelsaustreibung.«

Adelheid schrie auf. »Hochwürden, haben Sie mich erschreckt! Die schlechte Energie vom Herrn Gabriel räuchere ich aus. Man weiß ja nie, was in so einem Menschen alles g'steckt hat.«

»Sicher nicht der Leibhaftige. Der Herr Kantor, das war ein anständiger und sehr religiöser Mensch, Gott sei seiner Seele gnädig. Ich bin gekommen, um seine Sachen abzuholen. Ich wollte sie seinen Angehörigen schicken. Wenn Sie so liebenswürdig sind, Frau Horvath, und mir noch die Adresse geben würden, denn nur ›Schweiz‹ auf dem Adressfeld wird halt zu wenig sein.« Er lachte über seinen Scherz.

»Tut mir leid, da kann ich Ihnen nicht weiterhelfen, seine Adresse hat mir der Herr Gabriel nie verraten. Er hat sich selbst bei der Gemeinde ang'meldet, und überhaupt hat er nie über seine Verwandtschaft was erzählt und auch nicht, woher er stammt. Na, na, da müssen Sie auf die Gemeinde oder zum Wurz aufs Kommissariat gehen. Der weiß sicher mehr, die Polizei kriegt ja fast alles raus mit ihren Methoden.«

Adelheid spürte die Erleichterung in ihrer Brust, gerade so, als wenn ihr Herz ein bisschen gestolpert wäre, so ein kleiner Extraschlag war es, als der Pfarrer die Bananenkisten in Verwahrung nahm. Nun konnte sie endlich mit dem letzten Akt der Ausräucherung beginnen. Sie hatte weißen Flieder besorgt,

Kerzen aus Bienenwachs und Räucherstäbchen mit Jasminduft, die sie im ganzen Haus verteilte. Ihr wurde fast schwindlig beim Einatmen dieser rauchgeschwängerten Luft, und so beschloss sie, in der Zwischenzeit, während die Stäbchen abbrannten, Josef zu besuchen und bei Frau Birgit einzukaufen. Außerdem wartete Bessie mit der Leine im Maul, dass sie endlich mit ihr den ersehnten Spaziergang machte. Seitdem sie beinahe täglich mit dem Hometrainer Österreichs Bergwelt rauf- und runterradelte, war das Gehen nicht mehr so beschwerlich. Man könnte sagen, sie war beinahe leichtfüßig unterwegs; nur den Berg hinauf zum Friedhof, dafür war Bessie zuständig. Durch ihren Drang, alles zu erkunden, zog sie Adelheid gewissermaßen den Hügel hinauf, bis sie vor dem Grab ihres lieben Josef stand. Sie musste an einen Werbespruch denken und lächeln, auch eine Bessie verlieh Flügel.

»Grüß dich, Josef. Du, jetzt hab ich es g'schafft, hab das ganze Haus ausg'räuchert, und Hochwürden hat die Sachen vom Herrn Gabriel mitg'nommen. Es geht mir gleich besser, wo ich weiß, dass sein Geist, seine schlechte Energie wieder aus dem Haus draußen sind. Ach, Josef, was ich dir noch sagen wollt: Stell dir vor, ich habe mich zum Waffenführerschein ang'meldet. Gelt, da schaust? Aber man ist sich ja seines Lebens nicht mehr sicher, so viel Gesindel treibt sich herum. Da fällt mir noch was ein, was ich dich fragen wollt, es ist wegen dem Zimmer. Meinst, dass ich das wieder vermieten soll? Nicht gleich, vielleicht im Herbst, wenn die Abende wieder länger werden, da ist es ganz nett, wenn man manchmal jemanden zum Plaudern hat. Außerdem wird doch nicht gleich jeder ermordet werden, der bei mir wohnt.«

Sie schauderte, als sie an ihren Fund in der Kirche dachte. »Aber zug'richtet war der, der Herr Gabriel, das kannst mir glauben, und so ohne Hände, was das für einen Sinn haben soll? Vielleicht hat der was g'stohlen, weil, im Islam, da hacken s' ja auch die Hände ab, wenn jemand was g'stohlen hat. Mein Gott, Josef, wenn das ein Verbrecher war, ich darf gar nicht dran denken, am End hat der noch was bei mir versteckt vom Diebesgut, und die kommen ein weiteres Mal vorbei, glauben, dass ich seine Komplizin war, und bringen mich vielleicht auch um. Mir wird ganz schwindlig, Josef, ich muss mich ein bisserl zu dir setzen.«

Adelheid fächelte sich mit ihrem Strohhut frische Luft zu. Bessie winselte ungeduldig, wollte weitere Erkundungen auf dem Friedhof machen, doch ihre Leine war mit der Laterne fest verknüpft, die neben dem Grab von Josef stand.

»Ja, ja, Bessie, wir gehen gleich. Vielleicht sollte ich doch dem Herrn Inspektor das von der Kassette erzählen. Was meinst, Josef? Ich werd's mir überlegen, ich glaube, ich ruf die Loni an, was die dazu meint.«

Danach ging es zur Frau Birgit. Es war Mittwoch, und da war immer viel los in der kleinen Greißlerei, kam doch der Wurstlieferant, ebenso wurden Obst und Gemüse frisch zugestellt. Auch Frau Heinzl stand vorn an der Theke, kaufte Brot und Semmeln.

»Was schaun S' so, Frau Horvath, darf ich mir keine frischen Semmerl kaufen? Mein Günther kommt heute heim von Wien, und da mach ich ihm ein Gulasch, das mag er so gerne. Jessas, jetzt hätte ich bald das Bier vergessen für meinen Günther. Was schaun S' mich so an, stimmt irgendetwas nicht? Oder haben S' vielleicht schlecht g'schlafen? Sie schauen a bisserl blass aus. Geht es Ihnen gut?«

Es ging ihr nicht gut, und am liebsten wäre sie der Heinzl an die Gurgel gesprungen, der Scheinheiligen, aber sie beherrschte sich, noch dazu, wo der Wurz gerade zur Tür hereinkam.

»Na, na, es passt schon alles, Frau Heinzl, könnt nicht besser sein.« Sie wandte sich Wurz zu. »Grüß Sie, Herr Inspektor. Der Herr Pfarrer war heute schon bei mir, hat nach der Adresse vom Herrn Gabriel gefragt, da habe ich ihn an Sie verwiesen.«

»Er war bei uns. Doch leider tappen wir auch im Dunkeln. Die Adresse, die der Tote am Meldezettel vermerkt hat, gibt es in Wirklichkeit gar nicht. Keine Ahnung, von wo er tatsächlich herkommt. Jetzt haben wir die Leiche erst einmal auf Eis gelegt. Möglich, dass sich jemand meldet, dass ihn jemand vermisst. Schauen wir halt einmal.«

»Na, das war hundertprozentig ein Krimineller«, meldete sich jetzt der Desch Willi zu Wort. »In Ihrer Haut möcht ich nicht stecken, Frau Horvath. Der hat sicher zu irgendeiner Bande gehört, vielleicht sogar zur Mafia. Hoffentlich kommen die nicht zu Ihna ham.« Er kicherte, fuhr sich mit dem Zeigefinger über die Kehle und biss genüsslich von seiner Leberkässemmel ab.

»Willi, was du immer für einen Blödsinn daherredest! Die Leute haben schon recht, wenn sie sagen, dass du nicht ganz richtig bist im Kopf. Geh, Frau Birgit, geben Sie mir bitte fünfzehn Deka von der Extrawurst und zwei Semmerl, eine Katzendose für die Bessie und zehn Deka frische Leber für den Herrn Schnurr, weil, die mag er ja so gerne. Vergelt's Gott, das ist alles, Frau Birgit.«

Adelheid stopfte ihren Einkauf in die Tasche, bezahlte und war richtig erleichtert, als sie wieder auf der Straße stand.

»Der Willi, was der immer so von sich gibt. Der spinnt ja! Mafia, ein ausg'sprochener Blödsinn. Das war sicher eine Frau, eine eifersüchtige«, versuchte sie, sich zu beruhigen.

Eine Duftwolke aus Bienenwachs, Flieder und Jasmin bedrängte ihre Nase, als sie die Tür öffnete, und löste prompt einen Niesanfall aus. Auch Bessie musste niesen, machte eine Kehrtwendung und verschwand mit eingezogenem Schwanz hinter dem Haus.

Aber alles ist besser als schlechte Energie oder gar die unerlöste Seele eines Ermordeten, dachte Adelheid, trat ein und entfernte sämtliche Kerzen und Räucherstäbchen, nur der Flieder, der durfte bleiben. Sie liebte besonders die weißen Blüten, wirkten sie doch wie kostbarstes Porzellan und verströmten jenen himmlischen Duft, den nur Flieder verbreiten konnte. Es war ein Fliederstrauß gewesen, den ihr Josef bei ihrem ersten richtigen Rendezvous überreicht hatte.

Adelheid ging ins Schlafzimmer, nahm das Handy vom Nachtkästchen und ließ sich erschöpft in den Ohrensessel fallen. Sie rief Loni an, schilderte die Zusammenkunft mit Willi und seine eigene verquere Theorie über den Mord am Herrn Gabriel. Adelheid vergaß auch nicht, die Schatulle und deren Inhalt zu erwähnen und zu fragen, was sie davon hielt, die Loni, und ob sie möglicherweise jemanden kenne, einen Italiener oder zumindest jemanden, der diese Sprache so halbwegs beherrschte.

Loni kannte, da sie ja im Gemeinderat saß und Geschäftsfrau war, halb Eisenstadt und natürlich auch jemanden, der Italienisch sprach. Gleich morgen würde sich Adelheid in den Bus setzen und zu Loni fahren. Mit ihrem Grafen zu reisen wäre zu anstrengend und zeitraubend. Sie fuhr gern mit dem Bus, sah sich die Landschaft an, und früher hatte sie auch immer eine Jause dabei. Aber da sie derzeit auf jegliche Zwischenmahlzeiten verzichtete und nur Gesundes aß, steckte sie am darauffolgenden Tag einen Golden Delicious, den sie wegen seiner Süße mochte, in ihre Tasche und für Bessie ein paar Hundekekse. Die Schatulle durfte sie nicht vergessen und Pralinen für Loni.

Gegen Mittag traf sie in Eisenstadt ein. Nicht nur Adelheid freute sich auf Loni, nein, auch Bessie riss sich von der Leine los und rannte schwanzwedelnd und bellend auf sie zu. Als beide in der geräumigen Küche am Tisch saßen, den dampfenden Kaffee vor sich, rückte Adelheid mit der Schatulle heraus. Gemeinsam versuchten sie, Wörter zu lesen und zu entziffern, aber es war aussichtslos. Zum Glück hatte Loni eine nette alte Dame mit italienischen Wurzeln bei einer Wahlveranstaltung im Seniorenwohnheim kennengelernt, und eben zu jener machten sie sich auf den Weg.

Adelheid überreichte Signora Wrana die Zeitungsausschnitte, und während diese die italienischen Wörter vor sich hin murmelte, wurde sie immer blasser. Sie atmete schwer.

»Signora Wrana, was ist los mit Ihnen? Ist Ihnen nicht gut?« Adelheid tippte der Frau auf die Schulter.

Diese blickte hoch, und ihre Augen spiegelten Entsetzen wider.

11

Nach dem Frühstück fuhr Tremente in die Via Udine. Die Eingangstür des Mietshauses stand offen, und so ging er von Tür zu Tür, bis er im vierten Stock am Ende des Ganges den Namen Antonio Bertani am Türschild las.

Er drehte am Türknauf. Verschlossen. Tremente klopfte an die Tür, wartete, klopfte abermals, etwas fester. Rüttelte am Knauf. Kein Laut drang an sein Ohr. Was hatte er erwartet? Dass ihm dieser Antonio die Tür aufmachte?

Er zog ein kleines braunes Ledertäschchen aus seiner hinteren Hosentasche und öffnete es. Ein paar Sperrhaken und Dietriche in verschiedenen Größen waren dessen Inhalt. Tremente hatte es vor etlichen Jahren an einem Tatort gefunden, damals, als beim Juwelier Tomassini in der Via Conti eingebrochen worden war. Er hatte es nicht oft gebraucht, genau genommen nur einmal, als er sich selbst aus der Wohnung ausgesperrt hatte, jetzt war er froh, dass das Täschchen in seinem Besitz war. Und wirklich, das Glück war auf seiner Seite, das Schloss war alt, leicht zu knacken, und gleich beim ersten Versuch sprang die Tür auf.

Er trat ein. Muffige Luft nach getragenen Schuhen, Essensresten und Zigarettenstummeln im Aschenbecher kroch in seine Nase. Schwere Brokatvorhänge ließen nur spärliches Tageslicht in das Innere sickern. Trementes Augen mussten sich erst an die Dunkelheit gewöhnen. Vorsichtig tastete er nach dem Lichtschalter. Das hässliche Zucken der Neonlampe erhellte den Raum. Mit geübtem Blick durchkämmte Tremente die kleine Wohnung. Sie bestand nur aus diesem einen Raum, rechts vom Eingang eine Küchenzeile mit schmutzigem Geschirr, danach die Duschecke, den Rest teilten sich Schlaf- und Wohnzimmer.

Ein entsetzter Aufschrei entschlüpfte Trementes Mund. »*Mamma mia!* Was ist denn hier passiert?« Es war eindeutig, die Wohnung war durchwühlt worden, herausgerissene Laden lagen auf dem Fußboden, der Inhalt verstreut im ganzen Zimmer.

Matratzen und Polster der Couch waren aufgeschlitzt, deren Eingeweide herausgerissen.

Tremente zog die weißen Latexhandschuhe über, die er immer bei sich trug, eine Angewohnheit aus seiner Zeit bei der Polizei. Akribisch begann er, das Zimmer zu durchsuchen. Wonach er suchte, wusste er selbst nicht so genau, irgendein Anhaltspunkt, ein Adressbuch, eine Visitenkarte, eventuell Fotos oder ein Filofax, der Hinweise auf die Aktivitäten von diesem Bertani gab.

Und wirklich, er wurde fündig, ein Foto, auf der Rückseite datiert mit »Agosto 2012« und mit dem Vermerk versehen: »Santa Maria Maggiore«. Es zeigte einen jungen Mann so um die fünfunddreißig. Sein leicht gewelltes schwarzes, nach hinten gekämmtes Haar brachte die hohe Stirn und das knochige Gesicht noch besser zur Geltung. Die Lippen waren hingegen sehr fraulich, die Statur schlaksig, und er hatte einen Arm um die Schultern eines Knaben gelegt. Tremente schätzte den Jungen auf acht, höchstens zehn Jahre, und er trug die Kleidung eines Ministranten, roter Chorrock und weißer Talar. Auch Tremente war in seiner Kindheit Ministrant gewesen und hatte diese Berufung, die eigentlich keine war, gehasst. Vor allem den Geruch des Weihrauchs, doch seiner Mutter, einer streng katholischen Frau, zuliebe hatte er sich in den Dienst der Kirche gestellt, bis er endlich fünfzehn war und eine Lehre als Bäcker angefangen hatte. Es war nicht wirklich sein Traumberuf gewesen, aber wer wusste mit fünfzehn, was er wirklich einmal werden wollte? Der Gedanke, eigenes Geld zu verdienen und eine Vespa zu kaufen, die er heute noch besaß, der hatte für den beinahe mitternächtlichen Arbeitsbeginn entschädigt.

Er steckte das Foto in die Innentasche seiner Jacke, danach rief er in der Questura an, um den Einbruch zu melden. Sein ehemaliger Kollege und Freund Sicurra war am Apparat, versprach, gleich die Kollegen vorbeizuschicken, und erinnerte Tremente daran, dass er den Tatort sichern, nichts verändern, geschweige denn anfassen solle. Mit dem Nachsatz, das sei Sache der Polizei, beendete Sicurra das Gespräch.

Tremente schüttelte den Kopf. Als ob er das nicht wüsste,

war es doch beinahe vierzig Jahre sein Job gewesen. Bis zum Eintreffen der Kollegen verblieben ihm im günstigsten Fall eine Viertelstunde bis zwanzig Minuten, nur wenn sie gleich losfuhren, was bei einem normalen Wohnungseinbruch nicht der Fall sein würde, wären sie unter Zuhilfenahme von Folgetonhorn und Blaulicht in fünf Minuten am Tatort. Bis dahin konnte er ungestört nach weiteren Hinweisen suchen. Das Foto war nicht das einzige, er fand noch andere, und eines hatten alle gemeinsam: Alle Knaben waren im Alter zwischen sechs und zehn Jahren, alle trugen diese Ministrantenkleidung, und überall standen der Monat und »Santa Maria Maggiore« darauf.

Tremente hörte das Horn in der Ferne, das rasch näher kam, und so steckte er die Bilder zu dem anderen in seine Jackentasche, streifte die Handschuhe ab, entfernte die Puderreste an seinen Händen und wartete mit Unschuldsmiene auf das Eintreffen der ehemaligen Kollegen.

Sicurra war gegen seine Gewohnheit selbst mitgekommen, das musste er nicht aufgrund seiner Stellung als Vice-Questore, und blieb keuchend vor Tremente stehen. »Ich hasse diese alten Gebäude«, er rang nach Luft, »es gehört gesetzlich verboten, keinen Lift einzubauen, wenn es mehr als ein Stockwerk gibt.« Er musterte Tremente. »Was machst eigentlich du hier? Du bist doch nicht in die Wohnung eingebrochen? Oder?«

Tremente überging diese Frage und schilderte sein Treffen mit Signora Bertani und das Verschwinden ihres Enkels. »Die Bertani hat mich gebeten, mich um diesen Fall zu kümmern, und da habe ich nachgesehen, ob er zu Hause ist. Dass sich die Tür beinahe wie von Geisterhand öffnete, als ich hier ankam, dafür kann ich wirklich nichts.«

Jetzt überging der Vice-Questore seinerseits das eben Gesagte. »Du hast sicher nichts angerührt?«

»Natürlich nicht, als ehemaliger Kollege weiß ich, was zu tun ist. Ich habe gleich in der Questura angerufen, den Rest weißt du ja.«

Tremente bat insgeheim die heilige Lucia um Verzeihung für die kleine Notlüge und versuchte, möglichst unschuldig dreinzuschauen. Sicurra schien ihm zu glauben, denn er bohrte nicht weiter, sondern zog sich Handschuhe über und begann, den Tatort zu durchsuchen.

Mit einem »*Ciao*, man sieht sich!« verschwand Tremente in Richtung Treppe, blieb vor den verschlossenen Briefkästen stehen, zog sich nochmals die Handschuhe über und holte sein Werkzeug wieder heraus.

Wie aus dem Maul eines Walfisches fielen ihm Unmengen von Prospekten entgegen, als er die Tür des Briefkastens geöffnet hatte, Mahnungen für den Strom und Rechnungen eines italienischen Mobilfunkanbieters. Tremente riss den Umschlag auf, die Abrechnung war vom Vormonat. Rasch ließ er den Umschlag in seiner rechten Jackentasche verschwinden, stopfte die Reklameblätter zurück in den Briefkasten und verschloss diesen wieder.

Er ging zwei Häuserblocks weiter zu seiner Detektei. Ein gelbes Päckchen lag vor der Tür. Neugierig riss er es auf. Endlich, seine Visitenkarten waren gekommen, früher als erwartet. Er war hochzufrieden, links auf der Karte war eine Lupe mit einem Fingerabdruck, und daneben stand:

Agenzia Investigativa
Alessandro Tremente
Via Udine 206
34013 Trieste
0332-7734521

Nun war er im Geschäft, und Signora Bertani hatte recht, da steckte mehr dahinter als nur eine Frau, der ihr Enkel hinterhergelaufen war.

Er zog die Fotos aus der Jackentasche, studierte sie erneut. Santa Maria Maggiore … Das war doch das Waisenhaus, in dem dieser Bertani aufgewachsen war, erinnerte er sich.

Das Heim lag etwa dreißig Kilometer nördlich von Triest in der Stadt Monfalcone, und Tremente entschied sich, über die Küstenstraße zu fahren. Das dauerte zwar länger, aber das nahm er an diesem sonnigen Frühlingstag gern in Kauf, denn das tiefe Blau des Meeres, das sich am Horizont mit dem Azur des Himmels traf, entschädigte für alles. Er hatte das Verdeck seines Fiat 500 zurückgeschlagen und ließ sich den Fahrtwind um die Ohren blasen. Den Wagen hatte er sich eigentlich nur für die Stadt gekauft, klein, handlich, passte in jede Parklücke, da störten die achtzehn PS kaum. Über Land war bei fünfundachtzig Ende, bergab vielleicht bei neunzig Stundenkilometern, aber seit er pensioniert war, hatte er ja Zeit, manchmal mehr, als ihm lieb war. An das Gelb hatte er sich mittlerweile gewöhnt, ebenso an den Spitznamen »Postino«, den seine ehemaligen Kollegen seinem Wagen verpasst hatten. Manchmal war der Gute etwas eigen, das Alter halt, verschluckte sich zeitweilig am Benzin, hustete, doch nach ein paar kräftigen Tritten des Gaspedals bis zum Anschlag lief alles wieder wunderbar, und der Postino schnurrte wie ein Kätzchen.

So auch dieses Mal, und nach etwas mehr als einer halben Stunde war Tremente in der Hafenstadt angelangt. Ein Navigationsgerät besaß der kleine Fiat nicht, und so fragte Tremente den Nächstbesten nach dem Weg.

Das Santa Maria Maggiore lag am Ortsrand auf einer kleinen Erhebung mit Blick zum Meer. Richtig idyllisch, ein Ort, der zum längeren Verweilen einlud, so auf den ersten Blick.

Tremente fuhr die Steinmauer entlang, die die Größe des Besitztums nur erahnen ließ, bis er von einem kunstvoll geschmiedeten Tor an der Weiterfahrt gehindert wurde. Er stieg aus, rüttelte daran und entdeckte eine Klingel an der steingemauerten Säule links neben dem Tor. Während er den Knopf drückte, spähte er zwischen den Eisengittern hindurch und sah eine Zypressenallee, die scheinbar ins Endlose führte. Er kniff die Augen zusammen und nahm am Horizont schemenhaft etwas Braunrotes war. Ein Gebäude?

Quietschend öffnete sich das Eingangstor. Tremente stieg in seinen Wagen und fuhr die Allee entlang, nicht ohne dazwischen die Gegend zu sondieren. Eine Gruppe von Kindern kam ihm entgegengelaufen, angeführt von einer Nonne. Er nahm den Fuß vom Gaspedal, blickte beim Vorbeifahren in ihre Gesichter. Die meisten von ihnen senkten den Blick zu Boden, als er vorbeifuhr, nur einige schauten neugierig zu Tremente hin. Sie liefen weiter in Richtung des Tors. Komisch, er vermisste etwas an dieser Kinderschar, kam jedoch nicht gleich darauf, was es war. Er stoppte den Fiat, blickte in den Rückspiegel, beobachtete sie, bis nur noch schwarze Punkte zu sehen waren. Jetzt fiel es ihm ein, er vermisste das Leben, die natürliche Lebendigkeit, die Kindern zu eigen war. Wie Marionetten waren sie hinter der Klosterschwester hergelaufen, kein Herumbalgen, kein übermütiges Lachen hatte sie begleitet. Ihre Gesichter waren traurig oder teilnahmslos gewesen, genau, teilnahmslos, dachte Tremente, als nähmen sie nicht am Leben teil.

Wo die kleine Gruppe wohl hinging? Er nahm sich vor, danach zu fragen, sobald sich eine Gelegenheit bot.

Nur noch einige Meter, und er stand vor einem dreistöckigen Haus, ebenfalls aus Stein, grau, verwittert. Die Fassade zeugte davon, dass es schon sehr alt sein musste. Der Garten davor war gepflegt, kein unnötiges Kraut wucherte auf dem Kiesweg. Tremente stieg aus, fühlte sich irgendwie unwohl an diesem Ort, konnte nicht sagen, warum. Er spürte Blicke auf sich gerichtet, instinktiv schaute er nach oben, und der Vorhang, der sich noch leicht bewegte, verriet ihm, dass er recht hatte.

Es war ihm nicht wohl in seiner Haut, als er mit der Bronzehand, die eine Kugel zwischen den Fingern hielt, gegen das massive Holztor klopfte. Das Tor wurde geöffnet, und eine zierliche Nonne, noch keine dreißig, stand vor ihm. Das schwarze Kleid reichte ihr bis zur Hälfte der Wade, und ein weißer Schleier, der verriet, dass sie Novizin war, verdeckte ihre Haare. Nur ein kastanienbraunes Löckchen schob sich an der rechten Schläfe keck unter dem Schleier hervor, rebellierte gegen die Strenge des Gewands.

»*Buongiorno*, Suora, Commissario Tremente aus Triest.« Er gab sich als Commissario aus, das machte Eindruck, und er war doch ein Commissario, wenn auch im Ruhestand.

»*Buongiorno*, Commissario, ich bin Suora Varella.« Sie reichte Tremente die Hand und bat ihn herein. »Was kann ich für Sie tun? Ist irgendetwas passiert mit einem unserer Schützlinge oder gar mit der Mutter Oberin?«

»Nein, nein, da kann ich Sie beruhigen, ich hätte nur gerne eine Auskunft über einen ehemaligen Zögling, Antonio Bertani. Es ist schon länger her, so an die zwanzig, fünfundzwanzig Jahre oder länger, dass er hier als Zögling gewohnt hat.«

»Zwanzig bis fünfundzwanzig Jahre, sagen Sie.« Suora Varella legte den rechten Zeigefinger auf ihre schmalen Lippen, dachte nach. »Da war ich noch nicht hier, da fragen Sie am besten die Mutter Oberin, aber die ist heute leider nicht da. Sie ist nach Triest gefahren zu Monsignore Rossi ins Krankenhaus. Er hatte einen Unfall und liegt jetzt im künstlichen Tiefschlaf. Aber morgen, da ist die Mutter Oberin wieder da, und dann ist sie sicher bereit, Sie zu empfangen.«

Dass er die lange Fahrt auf sich genommen hatte und jetzt wieder unverrichteter Dinge nach Hause fahren musste, stimmte ihn missmutig. Er hätte auch vorher anrufen können.

Schlecht gelaunt legte er die wenigen Schritte zu seinem Wagen zurück, der jetzt von einer Gruppe Burschen um die sechzehn Jahre, vielleicht ein, zwei Jahre jünger, belagert wurde. Eine heftige Diskussion um das Baujahr war im Gange, die Tremente mit einem lauten »1957!« beendete. Alle Augenpaare waren auf ihn gerichtet, die Stimmen plötzlich verstummt. Das Schweigen dauerte nur kurz, dann bestürmten sie Tremente mit Fragen über den Preis, Benzinverbrauch und natürlich, wie schnell so ein Gefährt überhaupt unterwegs sei.

Das erste Mal ist Leben eingekehrt in dieses Anwesen, dachte er. Sie waren laut, sprachen undiszipliniert durcheinander, rangen um einen Platz ganz vorn am Wagen. Geduldig beantwortete er alle Fragen, um danach seinerseits die Jungs ein bisschen auszufragen über das Dasein in diesem katholischen Kinderheim.

Da wurde es still um die Knaben. Die meisten zuckten nur mit den Schultern und richteten den Blick zu Boden. Nur einer, der schien mutiger zu sein, so eine Art Rudelführer, größer und auch kräftiger als die anderen, mit einem Leberfleck über der rechten Seite der Oberlippe, die schon von einem zarten Flaum bedeckt war. Er antwortete: »Wie soll es einem schon gehen, wenn man kein richtiges Zuhause hat? Man hat keine Rechte hier, muss diesem Monsignore gehorchen, obwohl –«

Weiter kam der Junge nicht, denn es fiel ihm Suora Varella ins Wort, die angelockt worden war vom Aufruhr vor dem Haus und jetzt in der Tür stand. »Dass du dich ja nicht versündigst gegenüber dem Monsignore!«

Augenblicklich wurde es still, mit gesenkten Köpfen und einem flüsternden *»Arrivederci«* gingen die Jungs an Tremente vorbei ins Haus.

Suora Varella drehte sich, ohne ihn eines Blickes zu würdigen, um und verschwand. Die schwere Tür fiel ins Schloss und ließ einen verdutzten Tremente zurück.

»Keine Rechte hier, kein richtiges Zuhause …« Die Worte spukten die ganze Heimfahrt über in seinem Kopf herum. Was hatte der Bub wohl damit gemeint? Kinder sagen so manches, ohne nachzudenken, ohne den Sinn, die Ernsthaftigkeit, die Aussagekraft der Worte zu verstehen.

Konnte er das eben Gehörte ernst nehmen?

12

Sie war blass geworden, weiß wie das Laken auf dem Tisch.

Adelheid tippte Signora Wrana noch einmal auf die Schulter. »Na, sagen S' uns schon, was da steht! Sie sind ja ganz totenbleich. Ist Ihnen nicht gut, wollen Sie ein Glaserl Wasser vielleicht?«

Die Signora begann, mit belegter Stimme zu sprechen. »›Mattia Rotolo‹«, sie zeigte auf das Bild, das neben dem einen Artikel abgedruckt war, »›aus Venezia ist am 14. Februar 1993 auf mysteriöse Weise aus dem Kinderheim Povero Caro verschwunden.‹«

An die Seite war mit einer Büroklammer ein zweiter Ausschnitt geheftet worden, beinahe eine Seite lang war der. Signora Wrana räusperte sich, bevor sie ihn zu übersetzen begann.

»›In der Nähe von Feltre wurden vom Hund eines Spaziergängers die in einem schwarzen Plastiksack aufbewahrten Teile einer Leiche ausgegraben. Der schwer geschockte Passant musste psychologisch betreut werden. Laut Gerichtsmedizin handelt es sich bei dem Opfer um einen fünfzehnjährigen Jungen, dessen Identität noch nicht eindeutig festgestellt werden konnte.‹«

»Ja, aber um Gottes willen, Loni, was hat denn das alles mit dem Herrn Gabriel zu tun? Warum hat der diese Zeitungsartikel g'sammelt? 1993 war er doch selber noch ein Kind, beinahe.«

Loni zuckte mit den Schultern, und Signora Wrana widmete sich dem nächsten Zettel.

»*Allora*, Signore, hier steht, dass ein gewisser Luca Colei aus dem Waisenhaus ›Comunione dei Santi‹ spurlos verschwunden ist. Die Polizei hat mit Suchhunden das gesamte Gebiet um Triest abgesucht, doch leider erfolglos.«

Adelheid wollte etwas sagen, doch Signora Wrana legte ihren Zeigefinger auf den Mund, nahm einen weiteren Zeitungsausschnitt zur Hand und begann zu lesen.

»›Monfalcone, ein zwölfjähriger Junge wurde mit einem Plastiksack auf dem Kopf erstickt. Der Leichnam wurde von badenden Kindern im See des Waisenhauses Santa Maria Maggiore entdeckt. Da der Bub keine Papiere bei sich hatte und auch keine Vermisstenanzeige gemacht wurde, tappte die Behörde im Dunklen.‹«

Signora Wrana blickte auf. *»Ave Maria, madre di Dio!«* Sie schlug die Hände zusammen, blickte um sich, gerade so, als wollte sie sich vergewissern, dass sie nicht beobachtet wurden, und flüsterte den Schwestern zu: »Von wo haben Sie diese Artikel? Ich will mit alldem nichts zu tun haben. Ich habe es Ihnen nur vorgelesen, nur vorgelesen, haben Sie gehört, und schon wieder vergessen.« Dann sprach sie im normalen Tonfall weiter, so als wäre die Zusammenkunft der letzten halben Stunde nie passiert. »Wenn Sie jetzt bitte gehen würden? Ich muss meinen Schweinsbraten noch übergießen, ich erwarte nämlich heute noch Gäste. *Arrivederci!*«

Sie ließ die beiden im Wohnzimmer stehen und verschwand durch die Schwingtür, die an einen Saloon aus einem Western erinnerte, in die Küche.

Adelheid packte die Zeitungsausschnitte in die Schatulle und verließ in Begleitung ihrer Schwester die Wohnung.

»Loni, das ist ja der reinste Wahnsinn, was die uns da übersetzt hat! Was hat der Herr Gabriel wirklich damit zu tun? Der kommt doch angeblich aus der Schweiz, ist ja nicht wirklich ein Italiener, hat mit denen eigentlich nix zum Schaffen, oder doch?«

»Am besten, Adelheid, du übergibst die Schatulle samt Inhalt der Polizei, und die sollen sich darum kümmern.«

»Vielleicht hast recht, Loni«, sagte Adelheid, doch insgeheim hatte sie andere Pläne geschmiedet.

Lange war sie nicht mehr am Meer gewesen, und so eine kleine Luftveränderung würde ihr ganz guttun. Josef hatte das Meer nicht gemocht, genauso wenig die Italiener, die Spaghettifresser, wie er immer gesagt hatte. Deshalb waren sie auch nicht allzu weit herumgekommen. Das Jahr vor seinem Tod, da waren sie noch am Bodensee gewesen. Auch die Vorarlberger hatte er nicht gemocht, wegen des Dialektes, wie er immer sagte, und außerdem taten die immer so großspurig, glaubten, sie gehörten zur Schweiz. Na ja, besonders leutselig war er nicht gewesen, der Josef. Nur seine Jagdfreunde, die hatte er gemocht, war stundenlang mit ihnen auf der Pirsch gewesen, und sie, die Adelheid, hatte stundenlang allein zu Hause rumgehockt. Hatte es versäumt, Freundschaften zu pflegen, war einsam geworden.

»Magst zum Italiener gehen auf eine Pasta?«, fragte Loni.

»Wie, was meinst jetzt? Italienisch essen? Na, da hab ich jetzt keine Lust drauf.«

»Ach so, wegen dem, was die Signora Wrana da vorgelesen hat. Bist ja sonst auch nicht so zimperlich, Adelheid! Wenn du dich daran störst, gehen wir halt zum Chinesen.«

Adelheid musste am nächsten Tag abreisen, hatte sie sich doch für die legale Nutzung einer Waffe und somit für den Erwerb einer Waffenbesitzkarte entschieden.

Eine bunte Melange aus Männern, Josef hätte sicher seine Freude gehabt mit all den Schießwütigen, blickte in ihre Richtung, als sie das Geschäft betrat. Nahm sie da so etwas wie Verachtung, Feindseligkeit oder gar Spott in den Augen der Männer wahr? Adelheid fühlte sich unwohl, wäre am liebsten geflüchtet, dachte aber wieder an die Einbrecher.

Adelheid, da musst du jetzt durch. Kopf hoch, durchatmen!, ermahnte sie sich.

Erhobenen Hauptes bahnte sie sich einen Weg zum Verkaufspult und meldete sich an. Nur Minuten später begann sich das Blatt zu wenden, noch zwei Personen, diesmal Frauen, betraten laut tratschend das Geschäft, wahrscheinlich kannten sie sich. Sie füllten das gleiche Formular aus wie Adelheid und waren damit Verbündete, Eindringlinge wie sie in dieser Männerdomäne.

Plötzlich kam ihr ein Gedanke. Was wäre, wenn sich ein Psychopath in der Gruppe befand, der einfach seine Waffe nahm und alle niedermetzelte? Sie schaute in die Runde, während der Waffenhändler mit seinem theoretischen Vortrag begann, beobachtete die illustre Gesellschaft. Männer in grünen Hosen und Jacken, mit einem Gamsbart am Hut, war die eine Gruppe. Dann gab es noch die »Getarnten« in ihren Feldblusen mit

Sumpffarnmuster, die Hose in brauner Strichtarn-Optik, die Füße steckten in sogenannten Knobelbechern mit genagelter Ledersohle. Nicht zu vergessen die Kriegsveteranen mit Weltkriegserfahrung und Mitgliedschaft beim Kameradschaftsbund. Die Waffe so alt wie ihre Besitzer, die Hände zittrig, auf wackeligen Beinen, das Gedächtnis zerronnen, nicht mehr zurückholbar.

Nachdem Adelheid am Schießstand wie John Wayne ihr Magazin leer geschossen hatte, zwar nicht alle Treffer ins Schwarze, aber doch irgendwo im Bereich der Schießscheibe, erhielt sie den heiß begehrten Stempel in ihrem Waffenführerschein. Mittlerweile waren sie ein unschlagbares Team geworden, sie und ihre Smith & Wesson, eine .637 Airweight mit rosafarbenem Griff, die so richtig ladylike aussah. Adelheid konnte wieder beruhigt schlafen, war endlich gewappnet gegen unerwünschte Eindringlinge.

Am Abend, zu Hause in ihrem Ohrensessel vor der geöffneten Terrassentür, nahm sie noch einmal die Schatulle zur Hand, machte den Deckel auf und betrachtete die Zeitungsartikel. Irgendwo tauchte auf allen immer wieder der Name Triest auf. Triest, das Wien an der Adria, hatte Adelheid einmal gelesen, mit seinen vielen kleinen romantischen Buchten, dem kristallklaren Wasser, dem südlichen Flair, das Rilke schon zu so mancher literarischen Inspiration verholfen hatte. Triest war sicher eine Reise wert, und sie begann, sich mit der Idee anzufreunden, diese Stadt einmal zu besuchen.

Ein Rascheln in ihrem Garten ließ Adelheid hochschrecken und die Gedanken an Pasta und Meer abrupt verblassen. Sie hörte Schritte, die rasch näher kamen. Ihr Herz klopfte wild gegen den Brustkorb.

Wer konnte das nur sein zu so später Stunde?

Willi fiel ihr ein und seine Worte: »Na, das war hundertprozentig ein Krimineller oder gar die von der Mafia.«

Adelheid atmete flach. Sie versuchte, sich aus dem Sessel hochzustemmen, hatte aber nicht die Kraft, so sehr hatte die Panik schon von ihr Besitz ergriffen.

»Bessie?«, flüsterte sie.
Keine Reaktion.
Doch wo war der Hund?
Und wo ihre Smith & Wesson?

13

Am späteren Nachmittag traf Tremente wieder in der Via Udine ein. Das kleine Büro roch muffig. Er öffnete die Fenster, atmete die frische Meeresbrise ein, ging zurück zu seinem Schreibtisch und ließ sich in den Sessel fallen, dachte nach, musste immer wieder an diese Worte denken: »Keine Rechte, kein richtiges Zuhause …«

Er wählte die Nummer der Questura, ließ sich mit dem Vice-Questore verbinden und lud ihn zum Abendessen ein.

Sie trafen sich um zwanzig Uhr bei »Peppino«. Tremente hatte sich ein Gläschen Gewürztraminer bestellt. Als Aperitif mochte er diesen goldgelben, nach Litschi und Nelken schmeckenden körperreichen Weißwein, wie er auf der Weinkarte beworben wurde, besonders, und nebenbei passte dieser ausgezeichnet zu Peppinos *pesce fritto*, diesem gebratenen Fisch.

Noch während er über das Wort »körperreich« und dessen Bedeutung beim Wein nachdachte, stürmte Sicurra durch die offene Tür herein. Sein pechschwarzes Haar, das so typisch war für einen Italiener, hing ihm in Strähnen ins Gesicht, feine Schweißperlen hatten sich an Nase und Oberlippe gebildet, das Hemd klebte an seinem Körper. Er atmete stoßweise.

»Tut mir leid«, keuchte er und musste tief Luft holen, »tut mir leid, Tremente, mir ist gerade eine Leiche dazwischengekommen. Touristen haben sie in der Grotta Gigante entdeckt. Jetzt, wo bald die Saison beginnt, können wir das gar nicht gebrauchen, das ist nicht gut für den Tourismus.« Er zog ein Stofftaschentuch aus der Hosentasche und tupfte sich damit den Schweiß vom Gesicht. »Bitte kein Wort an die Öffentlichkeit, Tremente! Ich kann doch mit deiner Verschwiegenheit rechnen, damit die Presse nicht Wind davon bekommt?«

Tremente nickte.

Sicurra ließ sich auf einen Stuhl sinken, atmete noch einmal tief durch und griff dann zur Karte. Als der Kellner kam, bestellte er Wein, dazu Cannelloni mit cremiger Gemüse-Käse-Füllung.

»Aber nun sag«, wandte sich der Vice-Questore an Tremente. »Du hast mich doch nicht nur aus alter Freundschaft zum Essen eingeladen, oder? Hat es etwas mit der Wohnung von diesem Antonio Bertani in der Via Udine zu tun? Da kann ich dich beruhigen, der Spurensicherung ist nichts Außergewöhnliches aufgefallen, normaler Einbruch. Ob was gestohlen wurde, können wir erst sagen, wenn der Mieter sich bei uns gemeldet hat, was bis dato noch nicht der Fall war.«

Sie prosteten sich zu.

»Du hast mich durchschaut, alter Freund. Obwohl ich deine Gesellschaft genieße und gerne mit dir über längst Vergangenes plaudere, hätte ich doch eine Frage, nichts wirklich Wichtiges, etwas Banales, ein Verkehrsunfall. Ein gewisser Monsignore Rossi ist letzte Woche in einen Unfall verwickelt worden und liegt jetzt im Maggiore. Seine Schwester, eine langjährige Freundin von mir, bat mich, da ich ja so lange bei der Polizei war, nachzufragen, was da wirklich passiert ist«, schwindelte Tremente.

»Verkehrsunfall, Rossi, Rossi, sagst du, ein Pfarrer. Ja, irgendetwas war da mit einem gewissen Rossi. Lass mich nachdenken … Ich erinnere mich, vage, irgendetwas mit Fahrerflucht oder so. Am besten, du kommst morgen in die Questura, so gegen neun, ich lasse die Akte holen, und du kannst dich schlaumachen.«

Tremente winkte Peppino herbei und bestellte eine Flasche Gewürztraminer. Zu fortgeschrittener Stunde gesellte sich der Hausherr persönlich mit einer Flasche dieses hervorragenden Gesöffs dazu, und so kam es, dass der eine oder andere noch unaufgeklärte Kriminalfall hier an diesem Tisch zumindest theoretisch gelöst wurde. Erst weit nach Mitternacht gingen die Lichter in der kleinen Trattoria aus.

Um kurz vor sieben läutete Trementes Wecker. Er brachte ihn zum Schweigen und drehte sich genussvoll auf die andere Seite, ein Viertelstündchen würde er noch im Bett bleiben. Bis neun Uhr auf der Questura zu sein, das würde er locker schaffen, wenn er um halb neun die Wohnung verließ.

Sein Knie schmerzte heute ein wenig, und er beschloss, nachdem er einen Blick nach draußen geworfen und diesen unbewölkten Himmel gesehen hatte, mit seiner Vespa ins Präsidium zu fahren. Er freute sich, seine ehemaligen Kollegen wieder einmal zu sehen, und als er an seinem alten Büro vorbeiging, überkam ihn ein bisschen Wehmut. Es schien unbenutzt, auf dem Schreibtisch waren keine Akten gestapelt, stand keine dampfende Tasse Kaffee. Er schaute auf das Schild neben der Tür. Es war leer, man hatte seinen Namen entfernt. Sollte er hineingehen, sich einfach in den Sessel setzen, von dem aus er so viele Jahre unzählige Fälle gelöst hatte?

Der Vice-Questore kam den Gang entlang, winkte Tremente mit der Akte in der Hand zu sich. »*Buongiorno*, Alessandro, ich glaube, das ist der Fall, ein gewisser Rossi, der über den Haufen gefahren worden ist. Fahrerflucht. Dennoch, die Kollegen haben gute Arbeit geleistet, haben mittlerweile den Autobesitzer ausfindig gemacht, und er war geständig, hatte ein paar Gläschen zu viel. Aber schau selber nach, du kannst dein altes Büro haben. Die Stelle ist noch nicht besetzt worden, Sparmaßnahmen vom *ministero della giustizia*.«

Tremente bedankte sich, holte sich einen Espresso vom Automaten, begrüßte im Vorbeigehen langjährige Kollegen, plauderte kurz mit ihnen und ging dann in »sein« Büro.

Er schlug das Schriftstück auf, Fotos vom Unfall waren zu sehen. Es war ziemlich viel Blut auf der Straße. Er begann, den Bericht zu lesen. Rossi war um vier Uhr morgens die Via delle Monache entlanggegangen, da hatte die Stadt noch ergeben geschlummert. Aber was machte ein Pfarrer mitten in der Nacht in der Via delle Monache? Hatte er sich mit jemandem treffen wollen? Oder war er auf dem Weg ins Convento Benedettino am Ende der Straße gewesen? Tremente schüttelte den Kopf, las im Bericht weiter. Schädelverletzungen unbestimmten Grades, durch den Aufprall auf die Gehsteigkante. Man hatte Plastikteile von einem Blinker an der Unfallstelle gefunden und anhand dieser Teile den Fahrer ausfindig gemacht.

Tremente legte die Beine auf den Schreibtisch, dachte nach. Erinnerte sich an seinen ersten Fall. Es war an seinem vierundzwanzigsten Geburtstag. Komisch, damals war eine Prostituierte überfahren worden, wie hieß sie doch gleich? Er versuchte, sich zu erinnern, Miss Luna oder so ähnlich. Sie war gleich tot gewesen, ihr Zuhälter, wie sich erst viel später herausstellte, hatte ganze Arbeit geleistet. Einen Denkzettel hatte er ihr nur verpassen wollen, dieser Schlampe, wie er beim Verhör später angab. Sie wollte aussteigen aus dem Geschäft, aber Aussteigen gab es nicht, nicht in diesem Job. Dass sie gleich tot war, unglücklich gestürzt, dafür konnte er doch nichts. Das war jetzt beinahe vierzig Jahre her. Vierzig Jahre war er für die Sicherheit der Bürger Triests verantwortlich gewesen, vierzig Jahre, und kein einziges davon mochte er missen.

Er wandte sich wieder den Papieren auf dem Schreibtisch zu, notierte den Namen des Krankenhauses, wohin sie Rossi eingeliefert hatten. Gerade als er die Fotos wieder in die Akte stecken wollte, blickte ein blonder Schopf zur Tür herein.

»Tremente, bist du es wirklich? Schön, dich zu sehen. Eigentlich müsste ich ja böse sein auf dich, du hast versprochen, dich bei mir zu melden. Wir wollten zusammen essen gehen.«

Orabella Pagani, die Staatsanwältin, stand in der geöffneten Tür. Bella, wie sie von allen genannt wurde, war eine auffallende Schönheit. Das weizenblonde Haar zu einem kecken Bob geschnitten, der Pony tief ins Gesicht reichend, dazwischen leuchteten azurblaue Augen. Bella war unverkennbar schwedischer Abstammung, auch was die Größe anbelangte. Mit ihren hochhackigen Sandaletten überragte sie so manchen italienischen Landsmann. Die fünfundfünfzig sah man ihr wirklich nicht an, und Tremente konnte sich glücklich schätzen, von so einem Geschöpf auserwählt worden zu sein.

Er stand auf, ging auf sie zu und küsste sie auf die Wange. Entschuldigte sich für seine Vergesslichkeit und versprach, sich bald zu melden. Dann verabschiedete er sich, schlüpfte an ihr vorbei und verschwand im Büro des Vice-Questore. Dieser telefonierte gerade, und so hatte Tremente genug Zeit, sich ein bisschen umzusehen.

Eingehend betrachtete er die Bilder, die auf Sicurras Schreibtisch verstreut waren. Den Jungen da auf dem einen Foto, so friedlich lag er da, als würde er träumen, und doch wirkte die Haut bleich, wächsern, den glaubte er zu kennen. Den hatte er schon irgendwann einmal gesehen. Aber wo?

14

Adelheid spürte ihren Herzschlag in der Halsschlagader. Die Einbrecher, sie kamen zurück, hatten etwas vergessen. Mein Gott, wenn die wirklich von der Mafia waren, so wie Willi gesagt hatte, dann war das ihr Todesurteil, die brachten ja alle um.

Sie spürte, wie plötzlich aus allen Poren, und das waren viele, Schweiß austrat, sich zu kleinen Rinnsalen vereinte und von ihrer Baumwollbluse aufgesaugt wurde. Sie hielt die Luft an, wagte kaum zu atmen, drückte sich fester in ihren Ohrensessel, wollte mit ihm verschmelzen, sich unsichtbar machen. Sie schloss die Augen. Dachte kurz an Flucht, aber wohin? Außerdem war es zu spät.

Jemand tauchte hinter ihrem Fliederbusch auf, steuerte direkt auf die Terrassentür zu.

»Ah, da sind S', Frau Horvath! Ich hab g'läutet, aber ich glaub, Ihre Glocke ist kaputt.«

Adelheid fuhr aus ihrem Sessel hoch. »Frau Heinzl, Sie sind es! Was fällt Ihnen ein, mich so zu erschrecken? Mein Herz, ich bin ja auch nicht mehr die Jüngste.«

Jetzt spürte sie, wie ihre Knie weich wurden und ihr sogar ein klein wenig schwummrig wurde. Rasch ließ sie sich wieder in den Sessel zurückfallen, atmete einige Male tief durch, so wie sie es beim Yogaunterricht gelernt hatte, und gleich darauf war sie wieder die Alte.

»Was sitzen S' da auch im Finstern? Tun S' schon wieder Sternderl schauen? Ach so, warum ich eigentlich 'kommen bin, eine Einladung wollt ich Ihnen geben. Die Timi, meine neue Freundin aus Ungarn, die ist gelernte Kosmetikerin, die kommt morgen zu mir und macht so eine Vorführung von ihren Produkten. Quasi wie eine Tupperparty, aber statt dem Plastikg'schirr hat die Timi halt Cremen und so Zeugs mit, dass man nicht so viele Falten bekommt. Ja, wenn man mal auf die vierzig zugeht, Frau Horvath, da muss man schon ein bisserl nachhelfen. Wie man sich richtig schminkt, damit man wieder attraktiv wird für die Männerwelt, ich mein, für meinen Günther, wenn er heimkommt am Freitag, das zeigt sie uns auch, die Timi. Also, Frau Horvath, sind S' dabei bei der Rundumerneuerung?« Die Heinzl lachte über den gelungenen Ausdruck und überreichte Adelheid einen Zettel.

»Aber Frau Heinzl, glauben S' nicht, dass bei mir eh schon Hopfen und Malz verloren ist? Außerdem hab ich ja kein Mannsbild, dem ich g'fallen muss. Also g'schminkt habe ich mich seit Ewigkeiten nicht mehr. Früher, als ich jung war, da habe ich mir die Wimpern 'tuscht, und einen Lippenstift habe ich g'habt, so einen erdbeerroten. Wie ich meinen Josef kennen'lernt hab, da hab ich aufg'hört mit dem Schminken. Er hat's nicht so recht mögen, das mit den roten Lippen.«

»Also, so alt sind S' auch noch nicht, ein paar Kilo weniger, vielleicht das Aschgrau der Haare in ein Braun umfärben, so Nussbraun mit ein paar helleren Reflexen, ja, und das Gewand vom Wochenmarkt austauschen gegen was Modernes, Luftiges, Buntes, und schon wird wieder ein flotter Feger aus Ihnen. Ich könnt mir schon vorstellen, dass S' dann wieder attraktiv sind für das starke Geschlecht. Ihr Josef wird nicht wieder lebendig, wenn S' sich zu Hause vergraben. Leben heißt das Motto, leben, also dann bis morgen, neunzehn Uhr, Frau Horvath.«

Das mit den paar Kilos weniger, das war zwar eigentlich unverschämt von der Heinzl, aber wo sie recht hatte, hatte sie recht. Nur so dünn wie sie würde die Adelheid nie werden, aber das wollte sie auch gar nicht. Die ist ja dürr wie eine Bohnenstange, hatte der Josef immer gesagt, und trotzdem waren seine Blicke öfter an ihrem Busen hängen geblieben, wenn Frau Heinzl auf einen Kaffee bei ihnen gewesen war.

Der Busen, Körbchengröße C mindestens, wenn nicht D, ob der echt ist?, fragte sich die Adelheid nun. Die Bluse immer zu eng und der Rock immer zu kurz, aber den Männern scheint es zu gefallen. Dennoch, schaden kann das Abnehmen nicht, dann wird auch das mit dem Gehen leichter werden. Sie nahm sich vor, gleich morgen in der Früh wieder einmal auf den Großglockner zu radeln.

Adelheid verließ ihre Aussichtswarte, steuerte auf den Spiegel im Vorzimmer zu, drehte sich einmal links, einmal rechts, zog den Bauch ein, befeuchtete die Lippen und versuchte, verrucht dreinzuschauen.

»Was hat sie g'sagt, die Heinzl? Mein Gewand ist zu farblos, und die Haare soll ich umfärben. Die hat Ideen, in meinem Alter! Aber warum nicht? ›Leben‹ heißt das Motto, ›leben‹, Adelheid, hat sie g'sagt.«

Beinahe beschwingt ging sie zum Kühlschrank und nahm statt des fettreichen Käses und der Extrawurst eine Packung Magertopfen und einen Bund Radieschen heraus. Damit bestrich sie ein Vollkornbrötchen, streute noch etwas Schnittlauch darauf, nahm sich im Vorbeigehen ein Glaserl Mineralwasser mit und machte es sich vor dem Fernseher gemütlich. Immer wieder musste sie an die Einladung der Heinzl denken. »Hingehen und anhören kostet nix«, war Lonis Leitspruch.

Punkt neunzehn Uhr am nächsten Tag läutete Adelheid an Heinzls Tür. Sie hatte sich fesch gemacht, sich ein gelb-orange gestreiftes Sommerkleid angezogen und ein bisschen blassorangefarbenen Lippenstift aufgetragen.

»Na, da schau einmal eine an, die Frau Horvath! Das Kleidl, das passt Ihnen super, und die Streifen machen S' richtig schlank. Timi, Timi, schau einmal her, die Frau Horvath ist da, die hat sich so richtig herausg'putzt.«

Adelheid freute sich über das Kompliment und war auch ein bisschen verlegen. Na ja, so übel war die Heinzl gar nicht.

Sie trat hinter ihr ins Wohnzimmer. Die Hofer, ihre Freundin, war da und noch zwei Damen, Mutter und Tochter oder Schwestern?

»Frau Horvath, darf ich vorstellen, das sind die Frau Hofer, die Andrea und die Timi, und das sind die Renate Weninger und ihre Tochter, die Patrizia. Meine Damen, das ist meine Nachbarin, die Frau Horvath.«

»Adelheid, bitt schön«, hörte sie sich sagen und schüttelte dabei rundum alle Hände.

»Frau Horvath, äh, ich mein, Adelheid, die Renate, die ist

so in etwa Ihrem, äh, deinem Alter, man glaubt es kaum, aber der Timi ihre Salben wirken Wunder!«

Heinzl bot Adelheid einen Platz an, und Timi begann, ihre Produkte zu präsentieren.

Immer wieder sah Adelheid verstohlen zu Renate hinüber, konnte kaum glauben, dass sie beinahe derselbe Jahrgang waren. Sie sah bedeutend jünger aus, der kristallgrüne Lidschatten unterstrich die Farbe ihrer Augen, und das Magenta in ihrem besonders kurzen Kurzhaarschnitt, das längste Haar war höchstens fünf Zentimeter lang, passte perfekt zu ihrem Jerseykleid mit den roten, pinken und braunen geometrischen Figuren drauf. Höchstens Konfektionsgröße achtunddreißig – aber davon war Adelheid noch weit, weit entfernt.

Sehr gewagt, dachte sie, das hätte ich mich nie getraut.

Mit einem Braun in den Haaren, damit konnte sie sich schon anfreunden, aber Magenta?

Der Abend verging viel zu schnell, und als Adelheid wieder auf ihre Armbanduhr sah, war es schon kurz vor Mitternacht. Es hatte ihr gutgetan, nur Frauen unter sich. Timi hatte ihr ein Make-up verpasst, nicht ohne ihr Gesicht vorher mit einer Honigmaske für irritierte Haut zu verwöhnen, die sogar die Falten sichtbar glättete. Nur die Haare, also nein. Das Grau war zu grau, wie Renate, Magenta-Renate nannte Adelheid sie insgeheim, als geübte Friseurin und Meisterin ihres Faches gleich feststellte. Mit etlichen Proben vitaminreicher Tages- und Nachtcremes, gegen Augenfalten und gekräuselte Lippen, einem Friseurtermin für den nächsten Morgen und einem kleinen Schwips vom Frizzante verließ Adelheid die burleske Gesellschaft. Diese Nacht schlief sie tief und fest auch ohne Schlaftabletten und ohne einen Blick durch ihr PowerSeeker.

Vielleicht sollte ich mir öfter ein Gläschen von diesem deliziösen Trunk gönnen, dachte sie am nächsten Morgen, als sie beim Frühstückskaffee saß. Obwohl, der Josef, der war ja strikt gegen den Alkohol gewesen. Höchstens ein kleines Bier, alkoholfrei, zu seinem Wildschweingulasch, und deshalb hatte auch sie dem Alkohol lange Jahre entsagt. Sie hatte vielem entsagt, nur weil

Josef das so gewollt hatte. Das mit dem Führerschein, das war so ein dunkles Kapitel in ihrem Leben. Zuerst hatte es am Geld gefehlt, und dann hatte Josef ihr Begehr nach dem rosa Scheinchen im Keim erstickt. Das tat ihr heute noch leid. Ich chauffier dich bis ans Ende der Welt, hatte der Josef immer gesagt – wobei das für ihn in Pinkafeld beim Tontaubenschießplatz gewesen war.

Jetzt sei nicht so streng mit ihm!, ermahnte sie sich.

Er hatte sich Mühe gegeben, ihrem Betteln nachgegeben und sich einmal dazu hinreißen lassen, einen Urlaub in Tunesien zu buchen. Gleich nach der Hochzeit waren sie dorthin geflogen. Josef waren aber in Afrika zu viele Dunkelhäutige unterwegs gewesen – und nicht nur das, das ganze Hotel hatte Russen beherbergt, Russen in allen Altersgruppen, sowohl weibliche als auch männliche. Ihr hatte es schon gefallen, der Strand und die Ausflüge mit den Wüstenschiffen in die echte Sahara. Das Essen mit den ungewohnten Gewürzen hatte Adelheid sehr gemundet. Nie mehr würde er afrikanisches Territorium betreten, nie mehr, hatte Josef Adelheid beim Rückflug geschworen, erstens der Dunkelhäutigen wegen, dann zu viele Russen, wenn er Russen treffen wollte, würde er nach Russland fliegen, ja, und das Essen zu ausländisch. Damit waren sie wieder zu ihren sonntäglichen Ausflügen zurückgekehrt, zu sämtlichen Hochsitzen im Bezirk, zum Tontaubenschießplatz, zum Altgewohnten.

Viel zu oft hatte sie nachgegeben, seine Marotten hingenommen, und wenn Loni nicht wäre, hätte sie jetzt gar niemanden, mit dem sie sich austauschen könnte. So eine wirkliche Freundin hatte sie nie gefunden. Sie war zwar die Bibliothekarin, und alle grüßten sie freundlich im Ort, aber zu sich nach Hause auf einen Kaffee lud sie nie jemand ein. Wir haben eh uns, pflegte Josef stets zu sagen, was brauchst die da vom Ort? Und so war sie eben auch jetzt allein.

Schön war es gewesen, wie Herr Gabriel noch bei ihr gewohnt hatte. Er hatte Schwung in ihr Leben gebracht. Was wohl aus dem geworden war? Ob der noch immer tiefgekühlt im Eisfach lag? Sie musste unbedingt Inspektor Wurz fragen, nächstes Mal, bei der Theaterprobe.

Der Theaterverein hatte sie als Souffleuse engagiert, obwohl sie viel lieber auf als unter der Bühne aktiv gewesen wäre, und hätte sie nicht schon sieben Kilo abgenommen, sie hätte es nie geschafft, sich dort unten in diesen Souffleurkasten hineinzuzwängen. Gut, dass sie nicht an Klaustrophobie litt, wie Loni. Die hatte sogar einen Psychiater gebraucht, damals, als sie noch in die Volksschule gegangen war. Und das alles nur, weil die Mama sie einmal auf dem Dachboden eingesperrt hatte. Hinter ihrem Rücken hatte Loni ihr die Zunge rausgestreckt, und Mama hatte es im Wandspiegel gesehen. Obwohl Adelheid das gar nicht so schlimm gefunden hatte, das mit dem Dachboden, da war Tageslicht. Der Keller, der wäre schlimm gewesen, da hätte auch sie sich gefürchtet.

Na ja, besser Souffleuse als allein zu Hause. Obwohl, die Bessie war eh eine Brave, hörte ihr auch zu, hielt ihr Köpfchen leicht schräg und winselte leise.

»Gelt, Bessie, der Franz von Assisi müsst man halt sein, dann könnt ich mit dir reden.«

Adelheid nippte an ihrem Frühstückskaffee, freute sich auf den Termin bei Magenta-Renate und lächelte. Sie blickte auf die große Küchenuhr, die über dem Elektroherd hing. Es wurde Zeit, sich auf den Weg zu machen, wollte sie ihren Termin beim Friseur nicht versäumen.

Kaum wiederzuerkennen war sie nach eineinhalb Stunden Waschen, Schneiden und Föhnen gewesen. Der Schnitt erinnerte an Meryl Streep, da wo sie »Der Teufel trägt Prada« gespielt hatte, nur nicht in Weiß, sondern eben in diesem Grau, denn das mit der Farbe, das musste gut überlegt werden. Beinahe zehn Jahre hatte sie jetzt Grau getragen, Josef war auch grau gewesen, und so einfach jetzt das Haarkleid in Braun umzufärben, dafür hatte ihr noch der Mumm gefehlt.

»Du bist wirklich eine Künstlerin! Ich fühle mich wie neugeboren, voller Lebensgeister, ich könnt Bäume, nein ganze Wälder ausreißen«, hatte Adelheid gesagt, Renate herzhaft auf die Wange geküsst und dann beinahe leichtfüßig den kleinen Frisiersalon verlassen.

Mittlerweile waren sie fast so etwas wie Freundinnen geworden, so viel hatten sie einander erzählt während des Termins. Ihre erste Freundin, und auf die war Adelheid besonders stolz. Überdies war Renate begeistert, endlich diesen Langweiler an Namen losgeworden zu sein. Renate, Nati oder Renatchen, wie ihr Ex sie immer gerufen hatte. Sie konnte es schon gar nicht mehr hören, dieses »Renatchen«. Unzählige Male am Tage »Renatchen, könnten wir nicht dies«, oder »Renatchen, könnten wir nicht jenes …«. Aus, vorbei mit »Renatchen«! *Magenta*, das klang verrucht, sexy, so feurig italienisch.

Adelheid dagegen war zufrieden mit »Adelheid«, hatte sie doch einige würdige Namensschwestern, wie die Adelheid von Burgund, eine echte Kaiserin, zwar schon tot, aber immerhin, oder auch die Popp, die Adelheid Popp, die imponierte ihr sehr, wie sie sich so für die Arbeiterfrauen eingesetzt hatte. Nein, ihr Name war schon in Ordnung, und das mit der Herkunft, »Adelheid«, »die mit der edlen Gestalt«, das fand sie besonders witzig, war ihre Gestalt doch genau das Gegenteil, nicht formvollendet, eher unförmig, strukturlos, nicht einmal ansatzweise edel. Doch dieses neue Kleid, natürlich noch während des Friseurtermins im Internet bestellt, ließ ihre Erscheinung um einige Nuancen eleganter erscheinen als die vor langer Zeit erstandenen Kollektionen. Der Schnitt war luftig und der elastische Hüftbund äußerst bequem und anpassungsfähig. Was ihr besonders gefiel, war der flattrige Stoff mit Streifen in Koralle auf weißem Hintergrund.

»Und die Tasche und die Schuhe bestellst du dir gleich mit«, hatte ihr Magenta geraten, »dann hast alles beieinander, und das sogar ohne Versandkosten. Und falls es dir nicht gefällt, kannst du es wieder zurückschicken, gratis.«

Das hatte was für sich, und so hatte sie sich auch noch Tasche und Schuhe ausgesucht, natürlich ebenfalls in Koralle. Allerdings keine Pumps, wie Magenta sie trug, nein, sie hatte sich Slipper im Mokassin-Stil ausgesucht, denn ihr Gang war bei Weitem nicht so graziös wie der ihrer Freundin.

Welch eine Verschwendung, hätte der Josef wieder gesagt, a rote Toschn und rote Schuh, das kannst ja nur zu der Aufmachung da tragen. Hättest Braun genommen, das ist zeitlos.

Sie hatte sich genügend Zeitloses in ihrem Leben gekauft, und jetzt war Schluss mit dem allzeit gegenwärtigen Zeitlosen. Nie wieder wollte sie dieses Wort hören! Nie wieder zeitlos sein!

Adelheid fühlte sich durch diese farbige Rundumerneuerung attraktiv, und ihr Gang war durch die paar Kilos weniger um die Hüften um einiges beschwingter als vor einem halben Jahr. Heute würde sie sich erneut mit Magenta treffen und ihr das neue Outfit präsentieren.

Selbstbewusst betrat sie die Konditorei, schaute im Vorbeigehen in die Vitrine, beschloss, eine frisch mit Schlagobers gefüllte Schaumrolle zum Verlängerten zu nehmen, denn wie die Ernährungsberaterin im Fernsehen zu sagen pflegte: Man darf sich auch ab und zu mal belohnen! Und heute war so ein »ab und zu«, seit Langem wieder einmal. Sie bestellte das Gewünschte und suchte nach Magenta.

Natürlich, es war nicht anders zu erwarten, hatte es sich ihre Freundin in der hintersten Ecke des Raucherzimmers gemütlich gemacht. Nie würde Adelheid zu rauchen anfangen, niemals, dem konnte sie nichts abgewinnen, es grauste ihr heute noch vor Josefs Zigarrenpafferei. Zu Weihnachten und an Silvester, da hatte er sich immer eingebildet, er müsse so eine kubanische Zigarre qualmen, das Stück neunzehn Euro.

»Schön, dass du da bist! Ich hoffe, es stört dich nicht?«, sagte Magenta und hielt ihre Zigarette in die Höhe. »Weißt ja, wie das ist mit der Sucht.«

Sie wusste es, hatte sie doch selbst jahrelang gesündigt, und die Wölbung rund um den Bauch und an den Hüften hatte immer mehr Umfang angenommen. Adelheid nickte.

»He, sieht ja toll aus! Im Netz bestellt?«

»Also, wenn man mal vom Preis absieht, fühl ich mich echt wohl in diesem Kleid. Beinahe der Rest von Josef seiner Lebensversicherung hat herhalten müssen, aber es hat sich g'lohnt«, sagte Adelheid und zwinkerte Magenta zu.

Es war einfach unbeschreiblich schön, mit einer Freundin Kaffee zu trinken und die Leute zu beobachten. So anders, als allein vor der Terrassentür zu sitzen und nur die nähere Umgebung zu fokussieren.

Adelheid biss gerade genüsslich in ihre Schaumrolle mit Blick zur Glastür, da sah sie ihn kommen, in Begleitung zweier Damen, sah, wie er auf die Tür zusteuerte, ohne seine Geschwindigkeit zu reduzieren – und dann war es passiert. Er war mit vollem Elan gegen die Scheibe gelaufen, mit dem Kopf voran, der wiederum durch die Wucht des Aufpralles in den Nacken zurückkatapultiert worden war, so ein richtiger »Headbanger«, wie man ihn sonst nur bei einem Heavy-Metal-Konzert zu sehen bekam.

Sie blickte Magenta an und konnte nach dem ersten Schock und nachdem sie den Bissen Schaumrolle hinuntergeschluckt hatte, ein Lachen nur schwer unterdrücken. Zu komisch sah der Mann aus, der nun etwas verdattert und leicht benommen die Tür öffnete. Besorgt wurde er von der weiblichen Begleitung gestützt, und alle drei wunderten sich über das Vorhandensein dieser Glastür. Die Damen machten sich die schwersten Vorwürfe darüber, ihre männliche Begleitung überhaupt hierhergelotst zu haben. Seine Brille war etwas verbogen. Nur wenige Minuten später entstand ein Horn auf der rechten Seite der Stirn, das von den Damen bestaunt wurde und diese unbeschreibliche Betroffenheit hervorrief, die zum baldigen Aufbruch führte.

Wie schön das Leben ist, wenn man nur mal vor die eigene Haustür geht, dachte Adelheid und bestellte eine Extraportion Schlagobers.

15

Seit dem Mord in der Kirche kam Wurz überhaupt nicht mehr zur Ruhe. Noch immer hatte sich niemand gemeldet, der den Gabriel Bertl vermisste, und jetzt das noch mit dem Haller Buben. Die Polizei tappte völlig im Dunkeln. Keine Spur vom Tobias, und die Pommer Luise war auch keine große Hilfe, wusste nicht einmal genau, welche Kleidung er angehabt hatte.

Komische Heimleitung, dachte Wurz. Vielleicht macht die das nur des Geldes wegen. Es soll gar nicht so wenig sein, was einem da pro Kind zuteilwird.

Und jetzt lag da auch noch eine Fahndung von den Fürstenfelder Kollegen vor ihm auf dem Schreibtisch, die um seine Mithilfe baten.

Wurz studierte das Schreiben.

Formblatt: Abgängige Person unter 20

Familienname	*Mähmann*
Vorname	*Tobias*
Geburtsort	*Rudersdorf*
Geburtsdatum	*18.3.1999*
Staatsangehörigkeit	*österreichisch*
Wohnhaft	*Sozialpädagogische Wohngemeinschaft »Schaukel«*
Kontaktperson	*Heimleitung Fr. Pommer, Fürstenfeld*
Abgängig seit	*seit 14 Tagen*
Sonstiges	
Äußeres	*168 cm groß* *schlank* *dunkelblonde Haare* *Locken* *blaue Augen*

Bekleidung	*Jeans*
	schwarzes T-Shirt mit Brustprint
	blauer Kapuzenpullover
	Turnschuhe, weiß

Sachdienliche Hinweise nimmt das Bundeskriminalamt Wien entgegen.

Wurz dachte nach. Noch ein Tobias, der auf mysteriöse Weise verloren gegangen war? Das klang nicht nach einem Zufall. Und wirklich, der Haller Tobias und dieser Mähmann hatten nicht nur die Vornamen gleich, auch Mähmann war in einem Heim untergebracht gewesen. Der Zeitpunkt des Verschwindens war ebenfalls verdächtig. Drei Wochen lagen zwischen dem Mähmann und dem Haller. Von beiden keine Spur, bis heute nicht.

Wurz las die Adresse des Heimes nochmals und murmelte: »Pommer, Pommer … Das wird doch nicht dieselbe Pommer sein, die bei uns das ›Karussell‹ leitet?«

Hafner trat ein, und Wurz hielt ihm die losen Fahndungsblätter mit dem Bild vom Mähmann Tobias darauf hin.

»He, Hafner, kannst du dir das einmal anschauen? Überprüf bitte, ob die Pommer die Person ist, die wir schon kennen. Sei so nett. Ich hab nämlich Theaterprobe, bin eh schon spät dran, sollte schon längst dort sein. Also tschüss, bis morgen.«

Noch während der Fahrt nach Rotenturm musste Wurz an die Heimleiterin denken. Wenn gerade bei ihr immer die Buben verschwinden, dann machte sie sich schön verdächtig.

Mit vorwurfsvollen Blicken wurde Wurz von seinen Laienkollegen begrüßt.

»Die Polizei, dein Freund und Helfer, sollte immer als Erstes am Tatort sein«, meldete sich Hoschek Johann zu Wort.

Wurz ignorierte ihn. Er mochte ihn nicht, hatte er doch immer etwas zu meckern, und außerdem spielte er mehr schlecht als recht den Pastor Riesling, eigentlich eine kleine Nebenrolle.

»Hoffentlich kannst du deinen Text heute«, rief Adelheid Hoschek aus ihrem Souffleurkasten zu, woraufhin ihr dieser einen Vogel zeigte und hinter der Bühne verschwand.

Krätzl, eigentlich Dr. Krätzl, Vorstand der Psychiatrischen Abteilung im Oberwarter Krankenhaus, der jedes Jahr das Amt des Regisseurs übernahm, mahnte zur Konzentration. »Meine Herrschaften, in zwei Wochen ist Premiere, und das Theater ist bis auf den letzten Platz ausverkauft. Man hat also eine gewisse Verpflichtung dem Publikum gegenüber. Auf die Plätze, los, los, los!«

Er klatschte mit den Händen, und es wurde leise im Saal. Alle gaben ihr Bestes, sogar Hoschek musste Adelheid nur einmal mit einem kurzen Satz aushelfen, aber sonst klappte alles mustergültig.

Es war kurz vor dem Ende des vierten Akts, als die Sirene, nur einige Meter entfernt vom Theater, am Dach des renovierungsbedürftigen Feuerwehrhauses mit ihrem Geheule anfing. Lang, mindestens zehn Sekunden, Pause – und dann noch zweimal. Unweigerlich musste Adelheid an das Gespenst von Canterville denken. Auch Gespenster heulten vor sich hin, oft jahrhundertelang. Das wäre auch ein tolles Bühnenstück, na, vielleicht könnte man das nächstes Jahr ins Programm aufnehmen. Gleich nach der Probe würde sie mit dem Krätzl darüber reden.

Kaum war die Sirene verstummt, stürmte Hafner zur Tür herein.

»Wurz, he, Wurz, komm schnell, wir brauchen dich! Das ›Karussell‹ brennt! Die Feuerwehren von Oberwart und Rotenturm, die versuchen, den Brand zu löschen, und haben schon mit der Evakuierung der Hausbewohner angefangen, nur die Leiterin, die Pommer, die haben sie nicht gefunden, hat mir grad der Kommandant mitgeteilt. Der Rettungshubschrauber ist unterwegs, müsst schon eingetroffen sein. Also komm, Wurz, beeil dich!«

»Ja, aber du siehst doch, dass ich Probe habe! Wir haben bald Premiere, warum hast nicht den Grantitsch geholt?«

»Hast vergessen? Der Grantitsch ist mit seiner neuen Flamme nach Mallorca g'flogen, zum Ballermann«, sagte der Hafner, und dabei wippte er anstößig mit den Hüften vor und zurück. »Kommt erst wieder übermorgen in den Dienst.«

Wurz murmelte eine Entschuldigung, warf Hut und Gehstock, die zu seinem Equipment als Professor Nägler gehörten, dem Hoschek zu und rannte hinter Hafner aus dem Theater zum Einsatzfahrzeug.

Ein tieforangeroter Schein war am Horizont zu sehen, Rauchwolken hüllten die kleine Ortschaft ein, verbreiteten den Geruch nach Verbranntem. Für kurze Zeit, bevor er seine Ausbildung bei der Polizei begann, hatte Wurz daran gedacht, Feuerwehrmann zu werden, hauptberuflich. Aber diesen Berufswunsch hatte sein Vater, wie jeden anderen auch, gleich im Ansatz abgewürgt. »Feuerwehrler willst werden? Das ist was für Freiwillige. Na, na Bub, einen anständigen Beruf lernst, so wie ich! Du mit deinen ewigen Spinnereien, Feuerwehrler, so was Brotloses.«

Sonst stünde er jetzt vielleicht als Feuerwehrkommandant da und nicht als Inspektor Wurz. Noch lieber wäre er ja zum Film gegangen, Schauspieler geworden. Das hätte ihm gefallen, so einen Captain Jack Sparrow einmal zu spielen.

Er wurde durch das abrupte Bremsmanöver Hafners aus seinen Phantastereien geholt. Während die beiden ausstiegen, trafen immer mehr Feuerwehrautos am Brandort ein. Die Rotorblätter des Notarzthubschraubers bewegten sich fortdauernd im Kreis, während die Sanitäter, in gebückter Haltung und eine Bahre tragend, in Richtung Haus rannten, unmittelbar gefolgt von einem Mann, der durch die Aufschrift »Notarzt« auf seiner Jacke als solcher zu erkennen war.

Wurz hielt sich ein feuchtes Taschentuch vor den Mund, um das Atmen zu erleichtern. Es war heiß, erinnerte an den Saharawind, lähmte beinahe die Atemorgane. Ein Vordringen zum Brandherd war für die Träger dieser modernen Schutzanzüge marternd, für alle anderen nicht machbar. Und so begnügte sich Wurz damit, telefonisch die Spezialisten des LKA anzufordern, für danach.

Vierundneunzig Feuerwehrmänner aus dem Bezirk waren mit der sich als äußerst schwierig gestaltenden Löschung des Dachstuhls beschäftigt, da immer wieder aufkommende Windböen für das Entflammen neuer Glutnester sorgten. Kurz vor Mitternacht kam das erlösende »Feuer aus!«, und die Brandermittler konnten endlich mit den Erhebungen anfangen.

»Mit Sicherheit«, sagte ein LKA-Beamter zu Wurz, »ist das Feuer im Erdgeschoss ausgebrochen. Dennoch, für Einzelheiten ist es noch zu früh, da müssen wir schon die Spurenauswertung abwarten. Für die Berechnung der Schadenshöhe brauchen wir ein Sachverständigengutachten. Aber wenn ich das alles beisammenhabe, dann lass ich es dich wissen.«

Langsam wurde das gesamte Ausmaß des Schadens sichtbar. Noch immer stiegen vereinzelt Rauchsäulen in den Himmel auf, als Wurz mit den LKA-Männern den Einsatzort verließ und sie zu einem nächtlichen Gulasch beim Schlosswirt einlud, das der eilig zubereitet hatte. Sie würden nochmals hinmüssen zum Tatort, nach Indizien suchen, nach eventuellen Leichen, nach der Ursache. Die Kinder und der Hausmeister, die waren jetzt im neu renovierten Pfarrhaus untergebracht, nur Frau Pommer, die Heimleiterin, hatte man noch nicht gefunden.

Hatte jemand vorsätzlich das Feuer gelegt? War es Brandstiftung gewesen? Wenn die Heimleiterin dadrinnen verbrannt ist, muss der Täter sogar mit einer Mordanklage rechnen, dachte Wurz, während er sein in der Mikrowelle zu heiß aufgewärmtes Gulasch auf Gaumentemperatur zu blasen versuchte.

16

Adelheid hatte es sich vor ihrem PowerSeeker bequem gemacht, musste kurz eingenickt sein und wurde von den zufallenden Autotüren der Einsatzfahrzeuge geweckt. Rasch entfernte sie den Deckel vom Objektiv und schaute hinüber zum Schlosswirt. Sie erkannte als einzigen Wurz, aber den strengen Blicken nach waren die anderen sicher irgendwelche von der Polizei. Wahrscheinlich von Eisenstadt oder gar aus der Bundeshauptstadt.

Jetzt erinnerte sich Adelheid wieder, wie Hafner gesagt hatte: »Die haben schon mit der Evakuierung der Hausbewohner angefangen, nur die Pommer haben sie nicht gefunden.«

Mein Gott, hoffentlich ist Luise nix passiert. Hoffentlich lebt die noch, dachte sie.

Adelheid stemmte sich aus ihrem Sessel, ging ins Schlafzimmer zum Nachtkasterl, wo ihr Handy lag, und rief bei Loni an. Sie musste ihr unbedingt von dem Feuer erzählen und von der Pommer, dass sie möglicherweise tot war, die Luise. Was für ein seltsamer Zufall.

17

Tremente nahm die Fotos von Sicurras Schreibtisch und betrachtete sie lange. Er las den Obduktionsbericht:

> *Tod durch gewaltsame Schadenseinwirkung. Strangulation, möglicherweise Suizid, Delikt denkbar. Exitus ist durch Erhängen eingetreten. Am Hals deutlicher Negativabdruck des Strangwerkzeugs und Abschürfungen. Petechienbildung in der Haut, speziell an der Stirn und in der Mundschleimhaut.*

Diese stecknadelförmigen Blutungen sind typisch für eine Strangulierung, dachte Tremente und las weiter. Obendrein waren Brüche an Kehlkopf und Zungenbein festgestellt worden. Da der Leichnam keine Zyanose und keine Stauungsblutungen aufwies, ging man von einem typischen Erhängen ohne Fremdeinwirkung aus – konnte diese aber nicht vollständig ausschließen.

An den Händen waren Fasern eines Strangwerkzeugs gefunden worden, wahrscheinlich von einem Strick. Die Anordnung der Totenflecken lasse den Rückschluss zu, dass der Fundort nicht der Tatort sei, hieß es außerdem.

Sicurra hatte das Telefonat beendet, stellte sich hinter Tremente. »Das ist der Tote, von dem ich dir erzählt habe, den wir in der Grotta Gigante gefunden haben. Fast noch ein Kind. Jetzt frag ich dich, was muss man einem Kind antun, damit es sich freiwillig aufhängt? Sag mir, Tremente, was? Kennst du ihn vielleicht? Angeblich hat er sich selber aufgehängt, nur das mit dem Fundort ist komisch, wie du wahrscheinlich gelesen hast. Der Fundort war nicht gleich der Tatort. Wie soll das gehen bei einer Erhängung?«

Tremente zuckte mit den Schultern und legte die Bilder und den Bericht wieder auf den Tisch. »Ich denk die ganze Zeit nach, irgendwo habe ich den schon mal gesehen, und ich bin mir sicher, dass das nicht allzu lange her ist. Vielleicht am Strand. Du musst wissen, seit ich in Pen–«

Er hatte noch immer eine Scheu, dieses Wort auszusprechen. »Pension«, das war was für alte Leute, nichts für einen Alessandro Tremente. Er fühlte sich nicht angejahrt, baufällig, geschweige denn antik.

»Seit ich zu Hause bin, gehe ich fast jeden Tag an den Strand, schwimmen, wegen der Kondition und der hübschen Mädchen. Nein, Scherz, nur damit ich fit bleibe. Manchmal sind so Jugendliche dort, die spielen Volleyball da, ich denke, da war der dabei. Bin mir fast sicher, zu achtzig Prozent. Gib mir ein Foto mit, und ich frag mich durch.«

Der Vice-Questore suchte ein Foto heraus, überreichte es ihm. »Und ist wieder was im Busch mit der schönen Bella? So ein Glück möchte der Mensch einmal haben.«

Tremente verdrehte die Augen und winkte ab, nahm das Foto und verschwand, nicht ohne seinem Freund noch einen von Triumphen gekrönten Tag zu wünschen.

So ein Glück … Pah! Der hat leicht reden, dachte Tremente, eine Affäre mit Bella, die eigentlich keine war, nie eine werden konnte, was war daran glücklich? Nur weil er einmal sein Herz erleichtert hatte, ihr unter Einwirkung einiger Gläser Frizzante von so mancher einsamen Stunde erzählt und aufgrund des übermäßigen Alkoholgenusses bei ihr übernachtet hatte, war bei ihr der Jagdinstinkt erwacht, und es verging nicht ein Tag, an dem sie ihn nicht aufgespürt hätte. Sie war attraktiv, zweifelsohne, und auch Sofie hatte sich mit ihr angefreundet, war begeistert von ihr, denn sie vereinte die nördliche Kühle mit der südlichen Lebenslust wie kaum sonst jemand. Sie hatten sich getroffen, waren ausgegangen, ins Theater, ins Kino, und Tremente wäre sogar beinahe bei ihr eingezogen, hatte bereits einen Mieter für seine Wohnung gefunden, wäre das mit den Reinigungstüchern nicht gewesen. Diese zwanghafte Wischerei beim kleinsten Anzeichen von Schmutz. Einen gebrauchten Löffel einfach so auf den Tisch zu legen, welch ein Fauxpas! Aber das war noch nicht alles, ebenso die Gläser mussten sortiert im Küchenschrank stehen, nein, eigentlich war *alles* sortiert, ihr ganzes Leben und damit auch seines. Er musste an »Monk« denken, den amerikanischen Privatdetektiv, an dessen Macken.

Eine Winzigkeit »Monk« steckte in jedem von uns, damit konnte er gut leben, aber eben nur mit der Winzigkeit. Sie hatte es eingesehen, war sogar zum Therapeuten gegangen. Vergeblich. Ihre Sortiertheit wurde nie zur Winzigkeit.

Er war froh darüber, denn eigentlich wäre es sowieso schade gewesen um seine kleine Zwei-Zimmer-Wohnung in der Via Miramare mit dem kleinen Balkon und dem Meerblick. Er liebte es, dort seinen Espresso zu schlürfen, in den frühen Morgenstunden, noch bevor die Stadt erwachte und ihn mit Abgasen und Hupkonzerten einhüllte. Nein, Bella war vorbei, würde vielleicht einmal ein Fall für den Vice-Questore werden.

Tremente startete seine in die Jahre gekommene rote Vespa und fuhr Richtung Strand. Es war schön, so durch die Stadt zu brausen, die Vielfalt der Gerüche zu inhalieren, das Salz des Meeres zu riechen, das Hemd im Fahrtwind flattern zu lassen, jedes Hindernis zu überholen. Auf zwei Rädern war man immer »the king of the road«, immer der Erste bei einer roten Ampel.

Er hatte Glück, die Jungs spielten wie jeden Tag um diese Zeit Volleyball, und Tremente setzte sich an den Rand des mit Handtüchern begrenzten Spielfelds und wartete auf das Ende des Matches. Mit einem *»Scusate, ragazzi«* ging er auf die jungen Spieler zu, reichte das Foto durch die Runde, doch alle verneinten, hatten den Typ auf dem Foto noch nie gesehen.

Enttäuscht machte sich Tremente auf den Weg zu Sofie, denn er hatte am Nachmittag Dienst an der Rezeption.

Und immer wieder das Foto des Jungen vor Augen. Wo hatte er ihn gesehen? In Gedanken ging er die letzten Tage durch, versuchte, sich zu erinnern. Wo war er gewesen? Wo war der Ort der Begegnung?

Da plötzlich fiel es ihm wieder ein. Es konnte nur dort gewesen sein. Er war so vertieft in seine Erinnerungen, dass er sogar das Grün der Ampel übersah und erst durch ein ausgiebiges Hupkonzert seines Hintermannes in das Hier zurückgeholt wurde. Er gab Gas, Vollgas, und die Vespa bäumte sich auf wie ein wild gewordener Hengst, der seinen Reiter abwerfen wollte. Was ihr schließlich auch gelang. Augenblicklich bildete sich eine Schar von Passanten um Tremente, sie halfen ihm auf die

Beine, fragten nach seinem Befinden. Ein paar Schürfwunden am Ellbogen, sonst war alles heil geblieben, und seine Vespa hatte bis auf einige Kratzer mehr, die gar nicht weiter auffielen, und einer Delle am Kotflügel nichts abgekriegt.

Er drückte den Startknopf, und das ratternde Geräusch einer Nähmaschine war die Antwort. Tremente betätigte den Gashebel, und das Rattern ging in ein sattes Schnurren über. Vergessen waren Sofie und das Hotel. Er fuhr mit überhöhter Geschwindigkeit zurück zur Questura. Er durfte das, war er doch im Dienste der Republik unterwegs.

18

Bessie kam mit der Leine im Maul ins Wohnzimmer, legte diese vor Adelheids Füßen ab und begann zu bellen.

»Mein Gott, Bessie! Siehst nicht, dass ich grad mit der Loni telefonier? Ruhig, Bessie, ruhig, sitz, wir gehen ja gleich, das Fraudi ist bald fertig. Also sitz, Bessie, und sei ein braves Hundi.«

Es dauerte noch mindestens eine Viertelstunde, bis die beiden endlich zu ihrem gewohnten Rundgang unterwegs waren. Adelheid fiel das Atmen schwer, denn noch immer war die Luft voller Rauch, und die Selchkammer ihrer Großmutter fiel ihr ein. Es fiel ihr auch ein, dass es bei der Heinzl einmal gebrannt hatte. Aus dem Schornstein hatten richtige Flammen herausgezüngelt, in zehn Metern Höhe. Angst hatte sie gehabt, dass der Wind die Funken auf ihr Haus hinüberwehen könnte, zum Josef war sie gelaufen in die Werkstatt, und der war dann zur Heinzl geeilt. Die hatte das Desaster natürlich gar nicht bemerkt, sie war auch drinnen im Haus gewesen. Alte Schuhe, Gummistiefel und einen Bademantel hatte sie verbrannt. Heinzl hat den Heizungsofen des Öfteren als Müllschlucker verwendet, früher.

Adelheid und Bessie waren bei der kleinen Greißlerei angekommen, und der Hund zerrte wie verrückt an der Leine, winselte um die obligate Extrawurst, die ihr Frau Birgit jedes Mal kredenzte.

Auch Wurz stand vor der Theke, biss genüsslich von seiner Leberkässemmel ab und erzählte mit fettverschmierten Lippen vom brennenden Haus, das mit den hell erleuchteten Fenstern gespenstisch in der Dunkelheit gestanden hatte.

»Und, Herr Inspektor, was ist mit der Heimleiterin, mit der Luise? Ist die nun drinnen verbrannt?«, fragte Adelheid in Sorge um die Bekannte.

»Verbrannt? Wie kommen Sie denn auf die Idee? Nein, die ist heute Morgen aufgetaucht, in Fürstenfeld in der ›Schaukel‹ hatte sie übernachtet. Die hat einen Nervenzusammenbruch bekommen, als sie gehört hat, was passiert ist. Den Dr. Frühmann haben die Feuerwehrler angerufen, und der hat ihr dann was für den Kreislauf gegeben. Genug geplaudert, meine Damen, ich muss noch mal zum Tatort, schauen, wie weit die Brandermittler des Landeskriminalamts mit ihren Ermittlungen gekommen sind. Empfehle mich und wünsche den Damen einen schönen Tag.«

Er knallte wie gewohnt die Hacken zusammen, salutierte und tippte mit der Hand an den Kappenrand. Er wollte gerade aus der Eingangstür treten, da rief ihm Adelheid nach: »Herr Inspektor, Herr Inspektor, was ist mit dem Herrn Gabriel? Weiß man schon, wer er wirklich war? Hat sich vielleicht schon jemand g'meldet?«

»Leider nicht, aber er wird in absehbarer Zeit in Rotenturm begraben, die Pfarrei übernimmt die Kosten«, rief er ihr zu und verschwand um die Ecke zu seinem Dienstwagen.

Auch sie hatte es jetzt eilig, wieder nach Hause zu kommen, denn sie musste Loni Entwarnung geben wegen Luise.

Während sie so durch das Dorf lief, dachte sie nach. Jahrelang war der kleine Ort im Dornröschenschlaf versunken gewesen, man hatte beinahe harmonisch mit der Nachbarschaft gelebt, und die Debatten waren nur eskaliert, wenn einmal ein frei laufendes Hundsvieh am Trottoir seine Notdurft verrichtet hatte. Auch diese lärmenden, quengelnden Kinder aus dem »Karussell« waren nicht gern ohne Aufsicht am dörflichen Spielplatz gesehen worden. Das alles war jetzt zur Nebensache geworden, die Einwohner waren in Aufruhr. Normalerweise kamen schon viele Touristen und statteten der Gemeinde einen Besuch ab, nicht ausschließlich wegen des roten Schlosses, der einzigen offiziellen Sehenswürdigkeit im Ort, nein, man besuchte, wenn man schon da war, die Kirche und drinnen wiederum mit Vorliebe die Orgel. Aber nun, da war sich die Bevölkerung einig, würde man auch zum »Karussell« spazieren und Fotos von diesem verkohlten Haufen Haus machen, für das Familienalbum, und das wäre dann ein feines »Imitsch«, das man sich da in wenigen Tagen zulegen würde: die verkohlte Stadt.

Hatte sich Adelheid ansonsten immer ein bisschen Zerstreuung dank ihres PowerSeeker gewünscht, so war ihr der Tumult, der sich nun vor ihrem Gartenzaun abspielte (aus irgendeinem Grund ein beliebter Ort der Tratschweiber, wo man sich traf, um der Gerüchteküche einzuheizen), jetzt etwas zu viel geworden. Und so hatte sie sich ehrlich über Magentas Anruf und die Einladung gefreut, ein paar Tage bei ihr in Fürstenfeld zu verbringen. Vielleicht sogar die Haare umzufärben. Sie freute sich auf den Besuch in der Galerie im alten Rathaus, auf die Lesung in der Buchhandlung Krammer, aber besonders auf ihre neue Freundin. Na ja, und die Haarfarbe. Sie hatte diese Veränderung dringend nötig, war jetzt endlich bereit dazu, nach nächtelangen Grübeleien, obwohl Josef immer gesagt hatte, Adelheid, du bist eine natürliche Schönheit, wie Gott dich erschaffen hat.

Eine natürliche Schönheit, natürlich zu fett und natürlich zu farblos und zu grau! Sie war sichtlich vergnügt, diese Farblosigkeit endlich abstreifen zu können. Frau Heinzl hatte ihr versprochen, ab und zu nach dem Herrn Schnurr zu schauen, ihn mit Futter zu versorgen, und Bessie durfte mit, mit Frauchen.

»Gartenweg 37«, so stand es am Eingangstor, doch kein Haus in Sicht, nur ein Kiesweg, stark ansteigend, der dem Grafen das Letzte abverlangte, links und rechts Birken. Adelheid dachte ernsthaft darüber nach, umzudrehen, nach der nächsten Kurve. Doch da stand es plötzlich vor ihr, ein Haus, nein eigentlich eine Villa, wie sie es nur aus Hollywoodfilmen kannte. Blendend weiß die Fassade mit vier riesigen Glastüren an der Vorderseite und einem Swimmingpool, der sie an das Sportbecken im Freibad erinnerte. Senfgelbe Sandsteinplatten markierten den weiträumigen Parkplatz, wo der Graf nun ziemlich verloren von Adelheid geparkt wurde.

Bessie nahm den Stopp zum Anlass, aus dem Wagen zu springen, ihre Notdurft neben einem Rosenstrauch zu verrichten und dann in der offen stehenden Eingangstür zu verschwinden. Gleich darauf hörte Adelheid ein freudiges Bellen, das ihr verriet, dass die im Haus angetroffene Person zu Bessies Bekanntenkreis zählen musste.

Und da war sie zur Stelle, Magenta, das Haar unter einem

Turban versteckt, über dem schwarzen Badeanzug einen moosgrünen offen stehenden Frotteemantel, links und rechts jeweils ein Gläschen Frizzante in der Hand. Sie küsste Adelheid auf die Wangen, reichte ihr eines der beiden Gläser und prostete ihr verschwörerisch zu, so als machten sie etwas ganz und gar Verbotenes. Am Vormittag zu trinken, warum nicht, so ein perlendes Gebräu soll ja den Kreislauf in Schwung bringen.

»Also damit hab ich nicht g'rechnet. Bei Gartenweg 37 hab ich eher an so ein Schrebergartenhäuschen 'dacht, aber dass du gleich in einer Villa wohnst, das ist ja unglaublich. Eine Friseuse in einer Villa. Hab ich in meinem Leben irgendetwas falsch g'macht?«

»Den richtigen Mann musst halt heiraten, dennoch möchte ich betonen, dass ich auch mein eigenes Geld verdient habe – zwar nur einen Bruchteil von dem, was der Hermann auf dem Konto hatte, aber immerhin. Für Schuhe und Nagellack, manchmal auch noch für eine Tasche, hat es allemal gereicht.«

Adelheid hakte sich bei Magenta unter und ließ sich durch die Räumlichkeiten führen. Es fehlte an nichts, sogar eine finnische Sauna mit einem riesigen Holzbottich für das Eiswasser war im Keller des Hauses untergebracht, gleich neben dem Fitnessraum. Der Keller, obwohl top ausstaffiert, war nicht Adelheids Geschmack, die meisten Morde passierten dort oder auch im Fitnessraum am Heimtrainer, das hatte sie schon einmal in einem Krimi im Fernsehen gesehen. Nein, ihr war alles, was über der Erde gebaut war, willkommener, und deshalb war sie froh, dass das Gästezimmer im ersten Stock untergebracht war.

Einmal, jetzt erinnerte sie sich wieder, waren sie zu Besuch bei einer Tante Josefs gewesen, bei der Mitzi Tant, und die hatte das Gästezimmer im Keller. Sie, die Adelheid, hatte nach Hause fahren wollen, aber Josef hatte ihr gesagt, sie solle sich nicht so anstellen, und so hatten sie in diesem modrigen Kellerabteil genächtigt. Von Ratten, die über sie hinwegkletterten, bis hin zu Einbrechern war in dieser Nacht alles in Adelheids Träumen vorgekommen.

»Wirklich schön hast du's hier, so groß. Fürchtest du dich gar nicht, so allein?«

Magenta lachte nur, machte eine abwertende Handbewegung und entführte Adelheid auf die Terrasse zu der einladenden Rattangarnitur. Im Vorbeigehen nahm sie in der Küche den Sektkübel samt Inhalt und frische Kaviarbrötchen mit.

Adelheid lehnte sich in ihrem gepolsterten Sessel zurück, nippte am Frizzante und genoss das Gefühl, zumindest für einen kurzen Moment einmal dazuzugehören, zu den Reichen, zur High Society.

Vor dem Mittagessen kam Farbe in Adelheids Haar. Nach langem Ringen mit ihrem zweiten Ich war sie endlich bereit, das Grau gegen ein sattes Haselnuss mit Reflexen in Honigblond zu tauschen – oder, wie Magenta sagte: Hazelnut mit Sunny Honey. Es klang wie ein Müsli, aber es stand ihr gut, verjüngte sie um mindestens fünf Jahre, wenn nicht mehr.

Frisch gestylt ging es daran, am Nachmittag Fürstenfeld unsicher zu machen. Beschwingt wie zwei Teenager mit Bessie im Schlepptau flanierten die Damen durch die Fußgängerzone. Selbst dem Elektrofachgeschäft schenkten sie ihre Aufmerksamkeit, obwohl ihre Haushalte bestens, meistens sogar in doppelter Besetzung, ausstaffiert waren. Angefangen beim elektrischen Apfelentkerner bis hin zum Zwiebelzerhacker war fast alles zweimal da.

Adelheid genoss die Stunden mit Magenta. Erst jetzt wurde ihr klar, was ihr all die Jahre gefehlt hatte. Nicht dass das Zusammenleben mit Josef beklagenswert gewesen wäre, nein, dennoch, so eine Freundin war notwendig, unentbehrlich, die brauchte man, um die Welt zu erobern, die kannte alle Geheimnisse, stärkte das Selbstbewusstsein, war dazu da, gemeinsam beim Sonnenuntergang am Pool einen Latte macchiato zu genießen.

Man konnte nicht gerade sagen, dass er »a schöne Leich« war, der Herr Gabriel, mit dem zertrümmerten Kopf und ohne Hände, aber der schlichte Fichtensarg, den die Pfarrei gespendet hatte, war sowieso ohne Fenster. Beim Josef hatte Adelheid auch einen Sarg ohne Fenster genommen. Eigentlich blöd, denn noch Wochen danach hatte sie die Frage beschäftigt, ob in dem Sarg wirklich ihr Josef drinnen gewesen war, ob er hätte vertauscht werden können. Zu der Zeit, als sie Josef hatte eingraben lassen, waren noch zwei Todesfälle gewesen. Der Altbürgermeister, der Luisser Hans, das hätte ihr nichts ausgemacht, den hatte auch Josef gemocht. Aber die Schneider Lotti, die hatten sie beide nicht leiden können, eigentlich keiner im Dorf, die Tratsche, über jeden hat die immer was gewusst, hat alle schlechtgemacht. Nein, es war gar nicht auszudenken, wenn die Lotti jetzt statt ihres Josef da unten in seinem Kasterl lag.

Der Männergesangsverein »Frohsinn« setzte zum Ave-Maria an, als die Totengräber den Sarg hinabließen, und so manche Verehrerin des Kantors tupfte sich verstohlen eine Träne aus den Augenwinkeln, setzte trotz bewölkten Himmels eine Sonnenbrille auf oder rückte den Hut tiefer ins Gesicht. Das Begräbnis war schön. Rührend, wie der Herr Pfarrer von ihm sprach, dem herzensguten Kantor, der immer so engagiert gewesen war in der Kirchengemeinde und im Dorfleben.

Danach wurde zur Gedenkminute aufgerufen, und eine Stille dehnte sich über dem Friedhof aus, die von Sekunde zu Sekunde schwerer wurde. Nur der Schrei des Kuckucks in der Ferne und ein kaum hörbares Schluchzen aus der Menge unterbrach das Schweigen.

Hinterher kam das mit der Erde. Die Jüngeren und die Frauen, die warfen jeder eine Rose, eine weiße, hinunter, nur die Alten machten das mit der Erde. Wahrscheinlich wegen des »Erde zu Erde«, dachte Adelheid und zuckte jedes Mal zusammen, wenn die Brocken polternd auf dem Sarg aufkamen.

Die Ansammlung derer, die sich vom Herrn Gabriel verabschieden wollten, schien unzählbar, schier grenzenlos.

Wirklich schad um ihn, so jung und so voller Leben, dachte Adelheid, und auch sie suchte in ihrer Tasche nach einem Taschentuch. Komisch, dass der keine Angehörigen hat, dass der von niemandem vermisst wird. Irgendwer muss ihn doch irgendwo auf dieser Welt geboren haben, den Herrn Gabriel.

Aber wer und wo?

19

Tremente stürmte in die Questura, die weit ausladende Marmortreppe hinauf, immer zwei Stufen gleichzeitig überwindend, spürte das Brennen im Knie, den Schmerz, und ignorierte ihn.

Er traf Sicurra noch genau so an, wie er ihn vor gut zwei Stunden verlassen hatte, in seinem Büro am Schreibtisch. Die Einrichtung wirkte teuer, die Sitzgarnitur in rotem Samt, ebenso die Vorhänge. Der Schreibtisch, das war das Schmuckstück des Zimmers, und auf den war Sicurra mit Recht stolz. Ein antikes Stück, importiert aus England, in Mahagoni mit jeweils einem Schubkasten links und rechts an der Seite, in die Tischplatte war eine lederne Platte eingelegt worden, von der aus ein riesiger Aktenstapel nach Aufarbeitung rief. Noch ganz außer Atem, trotz seiner täglichen Trainingseinheiten, warf er dem Vice-Questore das Foto auf den Tisch.

»Er war nicht am Strand. Ich hab mich geirrt, aber dann ist es mir urplötzlich eingefallen. Den Jungen habe ich in Monfalcone, in diesem Kinderheim, getroffen, ich habe sogar mit ihm gesprochen. Ich kann mich an seine Worte erinnern: ›Wie soll es einem schon gehen, wenn man kein richtiges Zuhause hat?‹ Und dann hat er noch was von ›keine Rechte‹ oder so ähnlich gesagt und irgendwas von diesem Rossi. Du erinnerst dich? Dem Pfarrer, der in der Nacht angefahren worden ist.«

»Ja, ich erinnere mich. Hast du nachgefragt, was er damit gemeint hat? Und übrigens, was hast du dort überhaupt gemacht?«

»Ich habe dir doch erzählt, dass ich für diese Bertani den Enkel suchen soll, und da bin ich im Zuge meiner Ermittlungen auf das Waisenheim gestoßen. Antonio, der Enkel, ist dort aufgewachsen, bis zu seinem siebzehnten Lebensjahr. Wir müssen unbedingt dorthin fahren.«

Die Betonung lag auf dem »wir«.

Nun stand auch der Vice-Questore auf, ging nervös vor seinem Schreibtisch auf und ab, überlegte. Dann drückte er auf die Gegensprechanlage und orderte bei Anna, seiner Vorzimmerdame, einen Dienstwagen.

Wie in vergangenen Zeiten, nur dass jetzt Sicurra am Steuer saß, fuhren sie gemeinsam ins Santa Maria Maggiore.

Wieder klopfte Tremente mit dieser Bronzehand an die schwere Tür, und wieder öffnete Suora Varella und erkannte ihn sofort.

»Commissario?«, rief sie erstaunt.

Sicurra schaute zu Tremente hinüber, woraufhin dieser mit den Schultern zuckte, ein *»Buonasera«* murmelte und den Vice-Questore vorstellte.

Dieser Titel beeindruckte die Novizin kaum. »Ich sagte Ihnen doch beim letzten Mal, dass der Monsignore im Krankenhaus liegt. Oder habe ich mich nicht deutlich genug ausgedrückt?«

Sie wollte die Tür wieder schließen, da stellte Tremente seinen Schuh dazwischen.

»Doch, doch, aber heute geht es um diesen Jungen. Ich bin mir fast hundertprozentig sicher, dass ich ihn das letzte Mal hier gesehen habe.«

Er reichte ihr durch den Türspalt das Foto, und für einen Augenblick, so kam es Tremente vor, zuckten ihre Mundwinkel – doch dann schien sie sich wieder gefangen zu haben, öffnete die Tür ein Stückchen weiter und fragte, was mit ihm sei.

Noch ehe Tremente antworten konnte, erschien eine Nonne, älter, so ungefähr sein Jahrgang, im schwarzen Habit, ebenso der Schleier. Sogleich trat die Novizin einen Schritt zurück, verbeugte sich leicht und stellte die beiden Männer der Mutter Oberin vor.

Sicurra zeigte ihr das Foto, schilderte in knappen Worten, warum sie hier seien, woraufhin die Äbtissin die beiden aufforderte, sie in ihr Büro zu begleiten.

Es war, bis auf ein Vertiko, das aus der Gründerzeit stammen musste, wie Tremente gleich sachkundig feststellte, spartanisch eingerichtet. Er war mit solcher Möblage aufgewachsen. Sein Großvater hatte immer gewollt, dass er eines Tages seinen Antiquitätenladen übernahm, allerdings hatte er sich nie so wirklich mit diesem ewig modrigen Geruch anfreunden können.

Während die Mutter Oberin das Foto anschaute, jedoch kein Zeichen des Mitleids oder der Trauer offenbarte, wanderten Trementes Augen wieder zu diesem Schrank, dessen herrschaftliche Eleganz aus feinstem Nussbaum so gar nicht zum Rest der Einrichtung passte. Er schien unrestauriert und wies eine Menge altersbedingter Gebrauchsspuren auf.

Sie räusperte sich, und Tremente wandte seine ganze Aufmerksamkeit wieder der Mutter Oberin zu. Diese nickte kurz mit dem Kopf in Richtung zweier Holzsessel vor ihrem Schreibtisch, was wohl so viel bedeutete, dass die beiden dort Platz nehmen sollten. Ein Teppich in Gelborange, dem Muster nach zu schließen ein Stück aus dem Orient, der unter ihrem Schreibtisch lag, ließ trotz der verschwenderischen Ornamente und der warmen Farben kein wirkliches Gefühl von Gemütlichkeit aufkommen.

»Das ist Giacomo, Giacomo Ganzoli. Was ist mit ihm? Er sieht so anders aus auf dem Foto, als ob er tot wäre.« Sie sagte »tot« so teilnahmslos, als wäre sie sich der Schrecklichkeit dieses Wortes nicht bewusst; und ohne eine Antwort Sicurras abzuwarten, sprach sie weiter: »Wir vermissen ihn seit«, sie dachte nach, »seit, ja, seit letztem Wochenende. Giacomo ist ein Rebell, und des Öfteren hat er seine Bleibe bei uns gegen eine Absteige bei irgendwelchen dubiosen Freunden getauscht.« Sie zeichnete, während sie das Wort »Freunde« aussprach, mit Zeige- und Mittelfinger Anführungszeichen in die Luft. »Wir haben zwar die örtliche Polizei davon in Kenntnis gesetzt, aber die waren dieses Spiels auch überdrüssig, versprachen, die Augen offen zu halten, wahrscheinlich werde er wie immer von allein zurückkommen. Was ist mit ihm passiert? Drogen, Commissario? Das war vorauszusehen, ich habe es dem Monsignore immer gesagt, dass es mit ihm einmal ein böses Ende nehmen wird.«

Tremente schüttelte den Kopf. »Keine Drogen, ehrwürdige Mutter Oberin. Giacomo ist tot aufgefunden worden in der Grotta Gigante. Bemerkenswert dabei ist, dass der Fundort nicht der Tatort war.«

»Was soll das heißen, der Fundort war nicht der Tatort?«,

sagte die Äbtissin, hob die Augenbrauen und zeigte sich ehrlich erstaunt über diese Aussage.

Jetzt übernahm Sicurra das Wort. »Es gibt etliche Indizien, die dafür sprechen, dass er an einem anderen Ort starb. Und hier wird es seltsam. Eindeutig festgestellt wurde, dass der Tod durch Strangulation eingetreten ist, höchstwahrscheinlich ein Suizid. Weiter wurden Brüche an Kehlkopf und Zungenbein festgestellt. An den Händen wurden Fasern von einem Strangwerkzeug, vermutlich die eines Strickes, gefunden. Ich möchte Ihnen die Einzelheiten ersparen, die uns zu dem Schluss bringen, dass er nicht in der Grotta Gigante gestorben ist – obwohl alles nach einem Selbstmord aussieht. Wichtig wäre, dass morgen jemand nach Triest käme wegen der Leichenbeschau, der Identifizierung des Toten.«

Die Äbtissin erklärte sich bereit, nach dem Besuch beim Monsignore Rossi in die Prosektur zu kommen, und es war ihr anzusehen, dass sie mit dieser Zusage hoffte, dass die beiden sie schnellstmöglich wieder verlassen würden. Die Polizei im Haus, das machte kein gutes Bild, noch dazu, wenn die Presse davon Wind bekam.

Doch Sicurra dachte nicht einmal daran, sich jetzt schon wieder zu verdrücken. Er erklärte ihr, dass sie ein Zimmer brauchten, in dem sie ungestört alle Anwesenden im Haus, einzeln natürlich, zu Giacomo befragen konnten, außerdem kämen die Kollegen der Spurensicherung, denn er vermute, dass sich der Junge hier auf dem Gelände aufgehängt habe.

Die Nonne bekreuzigte sich, flüsterte ein *»Che Dio ci aiuti!«* und führte die beiden in eine geräumige Bibliothek, die hoffentlich für diese Zwecke ausreichend sein würde.

Sicurra nahm Platz an einem Tisch in der Mitte des Raumes und knipste die Leselampe an, deren Schirm aus mundgeblasenem Opalglas gefertigt war und an dessen glänzendem Messingfuß Hunderte von Fingerabdrücken zu sehen waren.

Die Oberin forderte Tremente auf, mitzukommen und möglichst diskret vorzugehen. Sie drückte auf einen Knopf in der Eingangshalle, und augenblicklich ertönte ein Gong, dessen Schall sich durch die Weite der Halle noch verstärkte. Gleich darauf versammelten sich an die zwanzig Knaben, wie Tremente schnell überschlug, im Alter zwischen sechs und fünfzehn Jahren. Auch Suora Varella und ein Mann, dessen Funktion Tremente erst noch in Erfahrung würde bringen müssen, erschienen in der Halle. Die Mutter Oberin stellte Tremente vor und bat ihn, seinen Besuch und sein Anliegen zu erklären. Ein Gemurmel ging kurz darauf durch die Räumlichkeiten, schwoll an zu einem lauten Durcheinander, dem die Äbtissin mit einem Klatschen in die Hände Einhalt gebot.

Einzeln wurden nun zuerst die Knaben zur Befragung beordert. Da Tremente kein Commissario mehr war, führte Sicurra die Gespräche, notierte sich dieses und jenes. Tremente hielt die Augen offen und beobachtete jeden. Vielleicht verriet einer der Jungen durch eine Geste, durch ein unüberlegtes Wort seine Mittäterschaft.

Die Buben wiesen alle ein ähnliches Verhaltensmuster auf, gaben verstockte, kaum hörbare Antworten auf die Fragen über das Leben hier im Heim, über die Mutter Oberin, und wenn der Name des Monsignore erwähnt wurde, verstummten sie sofort, wussten von nichts, hatten nichts Auffälliges bemerkt in den letzten Tagen. Nur eines war ihnen gemein: Giacomo war so etwas wie ein Held für sie gewesen. Wenn sie von ihm sprachen, begannen ihre Augen zu leuchten. Etwas wie Hochachtung schwang in ihren Erzählungen mit, und sie waren stolz darauf, mit ihm befreundet gewesen zu sein. Ansonsten waren die Gespräche nicht sehr hilfreich für den Vice-Questore.

Als Nächstes war der Mann an der Reihe, der sich als Hausmeister auswies. Er war eigentlich noch jung, so um die zwanzig, zu jung für einen Hausmeister, dachte Tremente, kräftig gebaut, und er wirkte etwas einfältig, zurückgeblieben in seiner Denkweise, brauchte lange, bevor er eine Antwort auf Sicurras Fragen gab. War es Absicht, oder konnte er nicht anders? Er wirkte auch irgendwie verstört, wischte sich andauernd die Hände an der blauen Schürze ab und rückte öfter als notwendig seine Schirmmütze, ebenfalls in Blau, zurecht.

Als Letzte trat Suora Varella ein, versuchte, möglichst teilnahmslos dreinzuschauen, was ihr nicht besonders gut gelang.

Sie war nervös, nestelte an ihrem Schleier herum, strich ihren Rock zurecht, hüstelte.

Ein nervöses Hüsteln, dachte Tremente, und er ahnte, dass sie mehr wusste, als sie den beiden anvertraute.

Sicurra winkte nach einigen Minuten der ergebnislosen Befragung müde ab, bedankte sich bei der Novizin, klappte seinen Notizblock zu und schaute Tremente hilfesuchend an.

Der zuckte mit den Schultern. »Diese Varella, die lügt, wenn sie den Mund aufmacht. Ich denke, die ist in diese Sache verwickelt und der Hausmeister auch, vielleicht haben die beiden sogar gemeinsame Sache gemacht.«

»Wie meinst du das, Alessandro, ›gemeinsame Sache‹?«

»Genau weiß ich es nicht, aber ich krieg diese Schwester schon noch. Die ist nervös, hat Angst, und irgendwann wird sie weich wie Butter. Warte nur.«

Da klingelte Sicurras Handy. Die von der Spurensicherung waren dran, hatten höchstwahrscheinlich den Tatort gefunden.

Die Äbtissin war eingetreten, wirkte gereizt, zeigte Unverständnis für die Situation.

»Wir sind so weit fertig«, sagte Sicurra und erhob sich aus dem Sessel. »Die Leute von der Spurensicherung haben gerade angerufen. Sie haben Indizien gefunden in einem Häuschen, das sich hier irgendwo auf dem Gelände befinden soll.«

»Das wird das Hexenhaus sein, hinten bei dem kleinen Teich, dort, wo der Park aufhört und der Wald anfängt. Aber er wird sich doch nicht etwa dort …?«

»Das wird sich erst herausstellen. Wie kommen wir zu diesem Hexenhaus? Woher stammt der Ausdruck?«

»Wundern Sie sich nicht über den Namen, die Kinder haben ihn vor Jahren erfunden. Suora Magdalena, sie hat sich lange um das leibliche Wohl der Zöglinge gekümmert, war die Haushälterin hier. Im Alter ist sie dann eigen geworden, hat sich zurückgezogen in dieses Häuschen, hat oft stundenlang regungslos vor dem Fenster gesessen und hinausgestarrt, und oft hat sie ihnen mit der Faust gedroht und Kartoffeln nach ihnen geworfen. Seit vier Jahren ist das Haus nun unbewohnt. Federico wird Ihnen den Weg zeigen.«

Das Häuschen lag etwa fünf Minuten vom Haupthaus entfernt und war nur über einen Trampelpfad zu erreichen. Und tatsächlich musste Tremente an das Knusperhäuschen von Hänsel und Gretel denken. Dunkelbraune Holzbalken, dazwischen blitzten weiße Backsteine hervor, die ihn an den Zuckerguss des Lebkuchens erinnerten.

Es war eng drinnen, eigentlich bestand das Häuschen nur aus einem Raum. Am Fenster ein Tisch mit zwei Stühlen, ein wurmstichiges kleines Sofa auf der gegenüberliegenden Seite und ein Tischherd, der gleichzeitig Kochgelegenheit und Heizung für die kühlen Winterabende war. Darüber war eine Stange angebracht, an der Töpfe, Pfannen und sonstiges Küchengeschirr an großen Eisenhaken hingen. Als Waschgelegenheit diente wohl der Brunnen vor dem Haus.

Scheinwerfer waren aufgebaut, die den Innenraum taghell ausleuchteten. Ein Kriminaltechniker versuchte, den Tatort mit der Kamera einzufangen. Das eigentliche Interesse galt aber dem Querpfosten, der von einer Wand zur gegenüberliegenden reichte und einen Teil der Dachkonstruktion ausmachte. Genau in der Mitte hatte man Fasern eines Strickes gefunden. Der Laborbericht würde zeigen, ob die Fasern am Hals und an den Händen des Jungen identisch mit diesen hier waren.

Tremente ging hinaus und fand hinter einem lose aufgeschütteten Holzhaufen einen gedrechselten Hocker aus unbehandeltem Holz. Er griff in die Hosentasche, holte die Latexhandschuhe heraus, streifte sie über. Bei näherer Betrachtung konnte er auf der Sitzfläche Abdrücke erkennen, wenn auch etwas verwischt, höchstwahrscheinlich von Turnschuhen. Unwahrscheinlich, dass es sich dabei um einen Zufall handelte.

20

Adelheid schlüpfte aus dem schwarzen Hosenanzug. Für Josefs Begräbnis hatte sie sich dieses Gewand gekauft, da hatte sie ihn auch das letzte Mal getragen. Nein, gar nicht, sondern als Frau Krutzler eingegraben worden war, da hatte sie ihn das letzte Mal angehabt. Auch egal, in ferner Zukunft würde sie Hose und Jacke ändern lassen müssen, denn heute hatte sie schon einen Gürtel gebraucht. Die Jacke war ebenfalls um eine Kleidergröße zu weit, darauf war Adelheid besonders stolz. Sie hatte sie locker über die Schultern gehängt, da es ohnehin zu schwül dafür gewesen war.

Jetzt liegt der für immer da unten, und womöglich sucht irgendwo auf der Welt eine Mutter nach ihm, hatte Adelheid gedacht, als sie am Grab des Kantors gestanden und auf den Holzsarg geguckt hatte.

Wieder zu Hause angekommen, holte sie die Post aus dem Briefkasten am Gartentor und setzte sich auf die Bank unter dem Nussbaum, wo Bessie sich genüsslich auf einem Regenwurm wälzte. Hunde taten das, um deren Geruch anzunehmen, hatte Adelheid einmal in einem Buch gelesen, das sie für alle Rotenturmer Hundebesitzer in der Bücherei angeschafft hatte, und manche gingen gar so weit, sich in Pferdeäpfeln oder frisch mit Jauche gedüngten Wiesen zu aalen. Das hatte ihr Bessie bis jetzt erspart, und dafür war sie ihr sehr dankbar.

Sie schaute die Post durch. Rechnungen für Telefon und Internet und schon wieder Rauchfangkehrgebühren. Das hatte Josef immer ganz schön wild gemacht. Schon wieder diese Kehrgebühren für nicht gekehrte Leistungen, hatte er immer gesagt und einen Brief nach dem anderen an die Landesregierung geschickt. Genutzt hatte es nichts, und so hatte er wieder den Überweisungsschein genommen und den Betrag murrend von seinem Konto abbuchen lassen.

Prospekte vom Supermarkt im Nachbarort waren dabei. Dort

kaufte Adelheid ganz gern ein, nicht wegen der Erdbeeren, die holte sie lieber frisch vom Bauern, nein, wegen des Gebäcks. Früher hatte sie sich immer noch diese Apfeltasche gekauft, ofenwarm, einfach ein Gedicht. Jetzt nahm sie nur mehr Vollkorn, als Brot, als Weckerl, als Stangerl.

Zuletzt kam ein Prospekt mit Busreisen, der lockte die Leser mit bunten Bildern und Last-Minute-Angeboten.

BESUCHEN SIE TRIEST,
DIE HAFENSTADT MIT CHARME UND GESCHICHTE

Die Buchstaben schrien sie fast an, erinnerten sie wieder an die Schatulle mit den Zeitungsausschnitten und an ihren Entschluss, nach Triest zu fahren.

Na, wenn das keine Fügung ist. Und der Zeitpunkt war auch gut gewählt, Mitte Juni, da war die Hitze noch erträglich, dachte Adelheid und begann, in der Reisebeschreibung zu schmökern.

Triest ist eine Handelsstadt, war lange Zeit (von 1382 bis 1918) österreichisch und der wichtigste Hafen der K.-u.-k.-Monarchie. Davon zeugen zahlreiche Plätze, Gebäude und Kaffeehäuser.

Sie suchte nach dem Preis, blätterte weiter, vierhundertachtundneunzig Euro, also knapp fünfhundert, so an die siebentausend Schilling in etwa. Adelheid war immer noch eine Euroumrechnerin, und dieses Angebot war günstig.

Da stand, was geboten wurde:

Nächtigung mit Frühstücksbuffet im Dreisternehotel »Gapitelli«
Stadtrundfahrt bzw. Rundgang mit Fremdenführer (Dauer ca. 3 Stunden, Eintritte nicht inkludiert)
Reisebegleitung und Fahrt im Fernreisebus mit bequemen Schlafsitzen

Sie eilte in die Garage, holte die Schatulle aus dem Werkzeugschrank, entfernte hastig den Deckel und nahm die Zeitungsartikel heraus. Triest, auf jeder Seite kam das Wort mindestens einmal vor, manchmal öfter. Sie hatte sich die Übersetzung damals in Schlagworten notiert:

Mattia Rotolo aus Venedig ist am 14. Februar auf mysteriöse Weise aus dem Kinderheim »Povero Caro« verschwunden.
Luca Colei aus dem Waisenhaus »Comunione dei Santi« spurlos verschwunden.
Zwölfjähriger Junge wurde mit einem Plastiksack auf dem Kopf erstickt. Der Leichnam wurde von badenden Kindern im See …
Bub, keine Papiere bei sich, keine Vermisstenanzeige gemacht …
Behörde tappt im Dunkeln.

Mit großer Sorgfalt verstaute sie wieder alles im hintersten Teil des Schrankes und stellte verschraubbare Glasbehälter mit Nägeln in allen Größen und Stärken davor. Für Notzeiten, hatte der Josef immer gesagt, doch das mit der Not war nie eingetreten, und so warteten sie noch immer auf ihren Einsatz.

Adelheid nahm das Prospekt und las den Abschnitt, der unter dem fett gedruckten Wort »Reiseverlauf« stand.

1. Tag: Wien – Eisenstadt – Triest
Entlang der Südstrecke reisen Sie nach Triest. Nach Ihrer Ankunft sammeln Sie erste Eindrücke an der Piazza dell'Unità d'Italia, dem Hauptplatz der Stadt, der zum Meer hin geöffnet ist und durch seine neoklassizistischen Prachtbauten die Geschichte der Stadt widerspiegelt. Abends können Sie eine typische Triester Gaststätte aufsuchen und sich kulinarisch verwöhnen lassen.

Ob ich nach dem Programm noch die Kraft hab, am Abend eine typische Gaststätte aufzusuchen?, fragte sich Adelheid. Und was meinten die überhaupt mit »typisch«? Da können die doch gleich »Trattoria« schreiben. Im Bezirksblatt steht auch immer etwas von einer »Trattoria Siena – ein Stück Toskana im Herzen von Oberwart«. Aber wie soll das denn gehen? Etwa mit einer Zypresse in Bonsaioptik links und rechts neben der Eingangstür?

Sie schüttelte den Kopf und las weiter.

2. Tag: Triest
Erleben Sie die Stadt während einer Stadtführung. Kommen Sie mit uns zum Schloss Miramare, nordwestlich von Triest gelegen (fakultativ).

Fakultativ, wie geschwollen ausgedrückt, dachte Adelheid, wieso nicht gleich: freiwillig. Möglicherweise, aber nicht zwingend würde sie fakultativ das Schloss besuchen.

Entdecken Sie dieses im Auftrag von Maximilian, Bruder Kaiser Franz Josefs, erbaute und kaum bewohnte Schloss. Oder nutzen Sie die Möglichkeit, Triest auf eigene Faust zu erkunden.

3.–9. Tag: Zur freien Verfügung

Das klang gut, da konnte sie endlich am Strand liegen, lesen, ausspannen, faul sein.

10. Tag: Triest – Eisenstadt – Wien
Sie haben Zeit für einen Spaziergang, gegen 11:00 Uhr treten Sie die Heimfahrt an und erreichen Wien gegen 18:00 Uhr, Eisenstadt entsprechend früher.

Triest entdecken und vielleicht noch mehr. Sie ging zu ihrem Laptop, den sie sich ebenso wie vieles andere auch von Josefs Lebensversicherung geleistet hatte, und gab in der Suchmaschine »Kinderheime« und »Triest« ein. Sie hatte eine Vorahnung, die sich 0,39 Sekunden später als richtig herausstellen sollte: Alle drei Waisenheime, von denen in den Artikeln die Rede gewesen war, lagen in der Nähe von Triest. Da stellte sich nur die Frage: Was verband Herrn Gabriel mit Italien, und warum hatte er sich gerade diese Zeitungsausschnitte aufgehoben? Er war kein Italiener, hatte akzentfrei Deutsch gesprochen, mit ein bisschen Dialekt, eher so wie ein Kärntner oder eben wie ein Schweizer. Aber Italiener, nein, das war er bestimmt nicht. Oder doch?

Triest würde ein guter Ausgangspunkt für ihren ersten Urlaub ohne Josef sein, beschloss sie, und so ein bisschen recherchieren, sich umhören, was war schon dabei?

Und dann gab es noch einen Grund, warum sie unbedingt einmal in diese Gegend wollte: Urgroßvater Emmerich Konrath. Er war gefallen bei einer dieser Isonzoschlachten im Ersten Weltkrieg. Er war gerade mal einundzwanzig Jahre alt gewesen, als er von den Italienern erschossen worden war. Er war erst zwei Jahre zuvor getraut worden, und sein Sohn, der Franz, war mit nur einem Jahr zur Halbwaise geworden. Mein Gott, der Franz Opa, wie sie ihn immer genannt hatte, wäre heuer hundert Jahre alt geworden. Hatte er nicht geschafft, war einige Wochen vor seinem neunzigsten Geburtstag eines Morgens am Tisch neben seinem Kaffeehäferl eingeschlafen, eingeschlafen und nicht mehr aufgewacht. Ein schöner Tod, dachte Adelheid und erinnerte sich, wie Franz Opa immer zu ihr gesagt hatte: »Adelheid, wirst sehen, einmal fahre ich nach Fogliano zu diesem österreichisch-ungarischen Soldatenfriedhof und besuche meinen Vater.« Doch das »einmal« hatte sich als »keinmal« herausgestellt.

Sie studierte die Landkarte. Fogliano war bloß eine Autostunde von Triest entfernt, das würde zu schaffen sein.

Sie rief beim Reisebüro an und buchte. Holte danach die Schatulle aus Josefs Werkstatt, steckte ein halbwegs aktuelles Foto vom Herrn Gabriel in die Schatulle, das am Pianino gestanden hatte und das ihn mit einem Ministranten zeigte, keinem Bub aus der Ortschaft, und wählte danach Magentas Nummer. Sie erzählte ihr aufgeregt von ihrem spontanen Entschluss, von der Reise nach Triest, und fragte sie, ob sie auf Bessie aufpassen würde, während sie weg war. Und weil Magenta eine Spitzenfreundin war, sagte sie Ja. So einfach ist das, wenn man nicht allein ist, dachte Adelheid und ging Koffer packen.

Der Bus war gerappelt voll. So wie es scheint, dachte Adelheid, will ganz Österreich nach Triest verreisen.

Es waren ausnehmend viele Pressefritzen dabei, das erkannte sie an den besonders teuren Spiegelreflexkameras, die sie teilweise noch um den Hals hängen hatten, jederzeit parat für einen Schnappschuss. Ihr fiel die Zeit beim Bezirksblatt ein, ihre Zeit als Redakteurin. War zwar nur das Bezirksblatt gewesen, aber immerhin hatte sie da eine Menge wichtige oder auch nicht so wichtige Leute kennengelernt.

Eigentlich hätte sie ein Buch schreiben können über die Aufs und vor allem Abs ihrer kurzen Pressetätigkeit. Das mit dieser Rohbaufeier im benachbarten Jabing, das würde sie nie vergessen. Damals war sie noch als freie Mitarbeiterin tätig gewesen, ein Knochenjob. Alle waren sie gekommen, vom Architekten bis zum Ziegellieferanten, fast dreißig Mann, und der eine oder andere wurde vom Herrn Bürgermeister angehalten, einige Worte zum Baufortschritt zu sagen. Danach war das Gruppenbild »ohne Dame« dran. Vor dem Haus stellten sich die Herren auf, entsprechend der Wichtigkeit von innen nach außen. Es hätte ein so schönes Foto werden können, wäre nicht das mit dem Film passiert. Einzulegen vergessen hatte sie ihn, dennoch schoss Adelheid ein Foto nach dem anderen, ganz profimäßig, ging einige Schritte nach vorn, bat die Anwesenden um ein Lächeln und noch ein weiteres Bild, für alle Fälle. Nickte den Männern zu, dass alles bestens sei, was wiederum das Zeichen für die Gruppe war, sich aufzulösen. Zum Glück hatte es in der Baufirma eine fleißige Sekretärin gegeben, die ebenfalls Fotos gemacht und Adelheid ihre Negative zur Verfügung gestellt hatte. Der Bericht war gerettet.

Diese Szene erinnerte Adelheid an ihre Kindheit, an ihr Lieblingsbuch, die »Schildbürger«. Sie musste lächeln. Die Zeit als rasende Reporterin hatte auch gute Seiten gehabt. Meist hatte es nach einem Spatenstich, einer Wappenverleihung, einer Eröffnung eines Gemeindezentrums oder einer Vernissage einen kleinen Umtrunk und was zu essen gegeben. Nicht besonders gesund, dafür aber gratis. Irgendwie schade, dass sie nicht mehr dabei war, aber dem Josef war es zu viel geworden mit dem ewigen Chauffeurspielen. Was übrig geblieben war, war eine ziemlich teure Kamera, und die hatte sie jetzt in ihrer Handtasche verstaut, direkt neben dem »Habicht«, einem Fernglas, das sie nach Josefs Tod vor den raffgierigen Händen Heinzls hatte retten können.

Endlich ging die Reise im gut klimatisierten Bus los, und erst jetzt wurde ihr klar, was unter der Bezeichnung »Tourist-Class« zu verstehen war. Nämlich der fünfundsechzig Zentimeter kurze Sitzabstand zum Vordermann. Sie rückte sich einigermaßen auf ihrem Fensterplatz zurecht, sodass ihr Sitznachbar, ziemlich mager zum Glück, es sich etappenweise gemütlich machen konnte. Verstohlen blickte sie ihn von der Seite an, studierte seine Gesichtszüge. Tiefe Falten neben der Nase und die Lippen extrem trocken und rissig, das war typisch für einen Gastritiker, das wusste sie vom Großvater mütterlicherseits, der hatte immer griesgrämig dreingeschaut, und grantig war der auch gewesen.

Jetzt beugte sich ihr Nachbar zu ihr herüber, lüftete kurz den Strohhut, den er wohl vorsorglich gegen die südländische Hitze aufgesetzt hatte, und stellte sich als Oberstudienrat Johann Bosch vor.

Also ein pensionierter Lehrer, na dann prost, dachte Adelheid. Sie war nie gut ausgekommen mit Lehrern, mochte sie nicht, seit der ersten Klasse. Wahrscheinlich war sie kein besonders intelligentes Kind gewesen, begriffsstutzig eben, und das hatte ihr die Zeit in der Schule nicht gerade erleichtert.

Er rückte seinen Hemdkragen zurecht und kramte eine Zeitung aus seiner Aktentasche. Seine Hände, sie konnte den Blick nicht abwenden, die Knöchel am Handrücken, jene, die kurz vor den Fingern endeten, waren wie diese kleinen Flummis, die sich, wenn einmal auf dem Boden aufgeschlagen, nur mehr schwer wieder einfangen ließen. Sie musste sich zwingen, woandershin zu schauen, an die bevorstehende Reise zu denken. Er widmete sich ganz dem Inhalt der Zeitung, die, wie der Josef immer zu sagen pflegte, nur was für die Studierten war. Aber egal. Der Bus fuhr, und das Abenteuer konnte endlich beginnen.

21

Natürlich war er nicht pünktlich weggekommen. Sofie hatte eine Reifenpanne kurz vor Triest gehabt, und so war es zehn Minuten nach vier Uhr, als er endlich seine Vespa startete und sich durch den immer dichter werdenden Nachmittagsverkehr schlängelte. Er hatte eine wichtige Verabredung.

Nachdem sie in Monfalcone gewesen waren, hatte Suora Varella bei ihm in der Detektei angerufen und um ein Gespräch gebeten. Sie hatte stoßweise geatmet, ihre Stimme hatte irgendwie ängstlich geklungen und ein bisschen nasal, so als hätte sie eine leichte Verkühlung – oder hatte sie geweint? Morgen habe sie ihren freien Tag, hatte sie gestammelt, und da sie ohnehin zu Monsignore ins Krankenhaus fahren werde, könne sie, wenn es ihm recht wäre, am Nachmittag so gegen vier Uhr in der Via Udine vorbeischauen.

Die Schwester wartete bereits vor seinem Büro, als er eintraf, trat nervös von einem Bein auf das andere und blickte verlegen zu Boden. Tremente bat sie, einzutreten, bot ihr einen Platz an und setzte sich ihr gegenüber.

Sie begann nicht gleich zu sprechen, erst kamen die Worte nur stockend, dann brach es plötzlich aus ihr heraus, wie der Eiter eines Geschwürs. Mit dem Hausmeister Federico habe sie Giacomo gesucht. Ach, es sei so entsetzlich gewesen! Sie fing zu weinen an, hielt die Hände vors Gesicht, konnte kaum aufhören.

Tremente reichte ihr ein Taschentuch, holte eisgekühltes Mineralwasser und bat sie, noch einmal von vorn anzufangen.

»Es war schon dämmrig«, begann sie die Erzählung und schluchzte immer wieder dazwischen, »Giacomo war nicht auf seinem Zimmer, und keiner der Zöglinge hatte ihn gesehen. *Ich*«, spie sie das Wort geradezu aus, »*ich* war verantwortlich für die Buben, wenn die Mutter Oberin nicht da war. Bis zum Abendessen hatte es wunderbar geklappt, da saß Giacomo mit den anderen im Speisesaal. Mir war aufgefallen, dass sein Teller unbenutzt war, er nichts gegessen hatte. Meine Frage, warum er heute das wunderbare Essen, das Gott ihnen geschenkt hatte, verschmähte, tat er mit einer müden Handbewegung und einem ›Keinen Hunger‹ ab. Danach sind alle auf ihre Zimmer gegangen, zum Studieren. Gegen neun Uhr machte ich meinen Rundgang, doch Giacomos Zimmer war leer.«

»Ja, und weiter?«, fragte Tremente.

Suora Varella zuckte mit den Schultern, begann wieder zu weinen. »Ich bin ihn suchen gegangen. Überall im Haus. Er war unauffindbar. Da fiel mir das Hexenhäuschen ein.« Sie bedeckte wieder mit beiden Händen das Gesicht, weinte jetzt hemmungslos.

Tremente ließ sie gewähren, wartete.

Schluchzend fuhr sie schließlich fort: »Ich bin hinein, habe mit der Taschenlampe den Raum ausgeleuchtet. Da hing er, mitten im Raum von der Decke herab, der Holzschemel neben ihm war umgestürzt. Ich bin zurückgelaufen zum Haus, habe Federico geholt, habe ihm erklärt, dass Gott ihn fürchterlich bestrafen, vielleicht sogar töten wird, wenn er mir jetzt nicht sofort helfen würde.«

Sie putzte sich die Nase, schien um einiges gefasster, erzählte jetzt ruhiger. »Federico holte unseren Fiat aus der Garage, öffnete hinten die Türen. Bevor er ins Hexenhaus ging, nahm ich seine Hand, drückte sie ganz fest und sagte zu ihm: ›Federico, hörst du mich, keiner darf je erfahren, was hier passiert ist. Keiner, denn das ist so etwas wie ein Bruch der Zehn Gebote, da heißt es doch: ›Du sollst nicht morden‹, und es war Mord, wenn auch Selbstmord.‹ Das verstand selbst Federico, und gemeinsam haben wir den Leichnam heruntergeholt, in diese alte grüne Decke gewickelt und in den Wagen verfrachtet. Danach ist Federico allein zur Grotta Gigante gefahren, und den Rest kennen Sie ja, Commissario.«

Sie nannte ihn noch immer so, und er hatte nichts dagegen, liebte ja dieses »Commissario«.

Tremente griff zum Telefon und wählte die Nummer der Questura.

22

Sie war froh, mit dem Bus zu reisen, das Fliegen, das war nicht das Ihre. Bis jetzt war sie dreimal geflogen. Einmal nach London, damals zu ihrer Zeit als Nanny, und da war das Fliegen noch sehr teuer gewesen, aber die Herrschaften hatten ja bezahlt. Später einmal mit dem Josef nach Tunesien.

Das erste Mal war sie in ein Flugzeug gestiegen, als sie noch ein Kind gewesen war, so in der zweiten oder dritten Klasse der Volksschule, da hatte sie bei einem Volksfest ein Los gekauft und den ersten Preis gewonnen, einen Flug mit einer Cessna. Mit Papa war sie geflogen, und sie hatte es gleich nach dem Start verspürt, das mit der Übelkeit, und dann war der Flieger dauernd so ein bis zwei Meter, damals war es ihr vorgekommen, als wären es Hunderte von Metern, abgesackt, und da hatte sie eben in das Plastiksackerl des Piloten, das für Notfälle immer an Bord war, gekotzt.

Adelheid kippte die Lehne ihres Sitzes eine Stufe nach hinten und machte es sich gemütlich, wurde in dieser Position jedoch unfreiwillig Zeugin einer Unterhaltung, da die beiden älteren Damen auf der Sitzbank hinter ihr etwas lauter sprachen.

Ach du meine Güte, dachte Adelheid, frag nie jemanden über vierzig, wie es ihm geht – es geht ihm schlecht, ausnahmslos, die Gelenke abgenutzt, die Augen quasi trüb, der Blutdruck galoppierend, die Arterien verkalkt, dazu noch ein beginnendes Burn-out, gesüßt mit einem Anflug von Depression, nicht zu vergessen die Vergesslichkeit und der in sich zusammenfallende Stützapparat.

Adelheid stellte ihren Sitz wieder in die ursprüngliche Position. Sie fühlte sich jetzt schon malad und schaute verstohlen auf die Sitzreihe rechts vom Gang. Eine Frau mit einem zartrosa Stofftaschentuch vor dem Mund nickte ihr zu, und Adelheid erwiderte diesem rundlichen, beinahe faltenlosen Gesicht, obwohl sicher schon Mitte vierzig, den Gruß.

Wo war sie da nur hingeraten? Und jetzt, sie hatten Wien

noch gar nicht erreicht, da steuerte der Fahrer auf einen Parkplatz zu, stellte den Motor ab und stieg aus. Für eine Zigarettenlänge nur, wie er den Reisenden mitteilte.

»Na, das kann ja heiter werden«, sagte ihr Sitznachbar, »einen Süchtigen am Steuer!« Er klatschte dabei in die Hände und verdrehte die Augen, dass nur mehr das Weiße zu sehen war.

Unweigerlich musste Adelheid an Tante Augustes Hühner denken. Hühner waren wahre Meister im Augenverdrehen.

Die Fahrt ging mindestens zwei Zigarettenlängen später weiter, sie hatten Wien hinter sich gelassen, steuerten die Grenze an. Da bemerkte Adelheid, dass es ein Fehler gewesen war, nicht die Toiletten der Raststätte aufgesucht zu haben. Das WC im Bus würde sie benutzen müssen, dabei ahnte sie noch nicht, dass es ratsam war, die Bustoiletten nur während des ersten Drittels der Reise aufzusuchen, denn danach verschlechterte sich deren Zustand rapide. Der Boden war mit einem Gemisch aus Wasser und Urin bedeckt. Außerdem funktionierte das Waschbecken nicht mehr. Warum hatte sie nicht daran gedacht, ein Desinfektionsmittel mitzunehmen, um sich keimfrei zu halten? Das war der Grund, warum Josef nicht so gern verreist war. Zum einen der Dreck, vor allem bei den Südländern, und dann noch das mit der Stehlerei. Und wirklich, er hatte das Pech angezogen wie der Kuhmist die Fliegen. Sie waren nur einmal in Venedig gewesen, den Karneval hatte sie unbedingt besuchen wollen, und auf ihr Drängen hin waren sie halt gefahren, mit dem Zug. Hätte er seinen Fotoapparat nicht zweimal um den Hals geschlungen gehabt, er wär ihn los gewesen. So aber hatte er nur kurz mit einer Atemnot gerungen und rote Striemen am Hals davongetragen. Den Rest des Wochenendes hatte er im Hotel verbracht, und Adelheid war allein durch dieses Venedig gewandert und hatte die Doppelsichtigkeit der Serenissima bewundert, einerseits verborgen, doch andererseits stellte man sich gleichzeitig zur Schau. Sie waren ein eigenes Volk, diese Venezianer, die zehn Tage lang den Karneval feierten wie andere Leute ihre eigene Hochzeit.

Im Vorbeifahren las sie auf einem Ortsschild »Monfalcone«. Den Namen kannte sie von irgendwoher. Monfalcone, sie sprach es lautlos vor sich hin, dachte nach. Nahm ihren Notizzettel heraus, und da, es war einer der Orte, die sie sich notiert hatte.

Dann wurde sie aus den Gedanken gerissen, das Mikrofon rauschte, und die Stimme des Chauffeurs hallte durch den Bus. »Hier sehen Sie zur Linken die Adria«, sagte er, und alle sechzig Köpfe drehten sich wie auf Knopfdruck nach links, gaben ein verzücktes »Oh, wie schön!« von sich und versuchten, einige Schnappschüsse aus dem fahrenden Bus zu machen.

Es war atemberaubend, das blaue Meer, wie es zwischen den Dächern der kleinen Fischerdörfer durchblitzte. Wann war sie das letzte Mal am Meer gewesen? Sie wusste es nicht mehr genau, machte einen tiefen Atemzug, und irgendwie roch es salzig, trotz Klimaanlage, oder war es ein Trugbild der Sinne? Links das Meer mit den bunten Segeln der kleinen Boote darauf, die wie schillernde Schmetterlinge über dem glitzernden Meer flatterten. Rechts karges Gelände, die Rauheit von Fels und Stein mit dem Duft des mediterranen Buschwaldes, Meer und Berg friedlich vereint.

Und dann endlich: Triest in Sichtweite. Es war wunderbar, so von oben auf die Stadt herabzusehen, wie ein Eroberer, und Adelheid genoss die andauernd wechselnde Kulisse. Mit jeder Kurve, die der Bus nahm, wuchs die Freude, die Neugierde auf diese Stadt. Sie blickte auf ihre Uhr, jetzt würde es nicht mehr lange dauern, bis sie das Hotel erreichten. Am frühen Vormittag in Eisenstadt losgefahren und trotz der etlichen Zigarettenpausen des Fahrers am späten Nachmittag in Triest eingetroffen, dachte Adelheid. Sie brauchten sich nur mehr durch den immer stärker werdenden Verkehr zu schlängeln, was alles andere als einfach war und eine ziemliche Herausforderung für einen burgenländischen Busfahrer sein musste, der die pannonischen Weiten gewohnt war. Hier war alles eng und zugeparkt, und die rasanten Vespafahrer, die sich in jede freie Lücke zwängten, erwiesen sich als eine zusätzliche Hürde.

Das Wien an der Adria hatte sie sich etwas anders vorgestellt, anders als diese Melange aus verwelktem Kaisercharme und geschäftiger Hafenstadt, deren erster Eindruck nicht viel Sehenswertes bot. Viel Beton, dazwischen die Promenade, ein

Park und Industrieruinen, die vom einstigen Wohlstand der Stadt zeugten. Es gab eine Unmenge an Kirchen, die die Vielfalt der Religionen in dieser Region widerspiegelte, und Adelheid wünschte sich eine Zeitmaschine, wünschte sich hundert Jahre zurück, wäre neugierig gewesen, wie es wohl zu Kaiserzeiten hier ausgesehen haben mochte.

Mit einem scharfen Bremsmanöver kam der Bus in einem dieser kleinen engen Gässchen zum Stehen. Er hatte sich aussichtslos festgefahren. Der Chauffeur telefonierte, und kurz darauf war das Zischen der Bustür zu hören.

Eine Frau, knapp über zwanzig, wahrscheinlich eine Studentin, stieg energisch, mit ihrem Coffee-to-go-Becher in der Linken, die Stufen hoch. Ihr langes, glattes schwarzes Haar hatte sie hinter ihre leicht abstehenden Ohren geklemmt, dadurch kamen die riesigen Kreolen mit den schwarzen Perlen daran noch besser zur Geltung. Sie nahm das Mikrofon zur Hand und stellte sich in einem beinahe akzentfreien Deutsch als Romina Bauer vor, erwähnte aber im selben Atemzug, dass sie weder verschwägert noch verwandt war mit dem Sängerduo und ihr Name, wenngleich so ausgesprochen, doch total anders geschrieben wurde. Sie buchstabierte: »Berta, Anton, Ulrich, Emil, Richard.«

Von draußen drang ein anschwellendes Hupkonzert in den Bus, und Romina bat alle Reisenden mit der Buchung für das »Gapitelli«, hier und jetzt auszusteigen. Sie waren nicht viele, so an die zwanzig, unter ihnen der Oberstudienrat, was Adelheid mit einem müden Seufzer zur Kenntnis nahm.

In Windeseile standen die Koffer auf dem Trottoir, und Romina winkte ihnen zu mit dem Hinweis, der Eingang sei gleich um die Ecke und sie würde so gegen achtzehn Uhr vorbeikommen, um den weiteren Verlauf der Reise zu besprechen.

Das Hotel mit seinem Vorbau aus vier dorischen Säulen und einem Dreiecksgiebel erinnerte Adelheid eher an einen Tempel aus der Antike, an Athen und seine Akropolis. Die auf zwanzig Menschen zusammengeschrumpfte Truppe trat in das Foyer und wurde sogleich von einer angenehmen Kühle eingehüllt.

Adelheid machte es sich in einem der roten Samtsessel, die hier überall herumstanden, gemütlich. An der Decke und den Wänden angebrachte Spiegel verliehen der kleinen Eingangshalle die nötige Weite. Schwere Brokatvorhänge, ebenfalls in Rot, säumten die Fensterallee. Ein Porzellanhase bewachte die Terrassentür, die einen Ausblick auf den schattigen Garten zuließ. Der Teppich, ein Prachtexemplar an Größe und phantastischem Kolorit, verschluckte sogar das klackende Geräusch von Stöckelschuhen.

Eine junge Frau kam mit einem Tablett zu den Neuankömmlingen, reichte jedem ein Longdrinkglas mit der Aufschrift »Punt E Mes«. Darin befand sich eine aromatische Erfrischung aus Wermut, Eis und Soda.

Danach wurden die Zimmer zugeteilt, und Adelheid war froh, dass sie sich den Luxus eines Einzelzimmers gegönnt hatte. Allein der Gedanke, mit einer dieser kränkelnden Frauen oder gar mit diesem Bosch in einem Zimmer zu sein, stieß ihr Herz zu einigen Extraschlägen an. Rasch schloss sie ihre Zimmertür, streifte die Schuhe ab und ließ sich auf das weiche Bett fallen. Ein riesiger Strauß Sonnenblumen auf der Marmorplatte des Sekretärs hieß Adelheid herzlich willkommen. Außer dem Bett war ein zweitüriger Kasten mit floralen Intarsien in Nussoptik aufgestellt. Die hochwertige Verarbeitung der Materialien beeindruckte Adelheid sehr. Josef hatte kein Auge für so etwas gehabt, er war immer eher fürs Praktische gewesen, fürs Günstige und für ein helles Fichtenfurnier, das sich in ihrem Haus breitmachte, leider.

Adelheid ließ ihren Blick nach hinten wandern, an das Kopfende des Bettes. »Nach der Vogeljagd«, las sie auf einem kleinen Schildchen neben dem Ölgemälde, das über dem Bett hing, ziemlich groß. Es zeigte einen Jäger mit Gewehr in der Rechten und einem bluttropfenden Fasan in der Linken. Zu seinen Füßen jede Menge Jagdhunde, die nach dem toten Getier lechzten.

Während dieser Betrachtung musste Adelheid wohl eingenickt sein, denn als sie wieder aufwachte, war es draußen dämmrig geworden. Sie suchte das Badezimmer auf und war überrascht, denn es war im Gegensatz zu der sonst eher antiken Einrichtung, die das ganze Haus beherrschte, schlicht gehalten, keine prunkvollen Formen und Farben. Ein einfaches Weiß, kombiniert mit einem geölten Holzboden in Nuss. Sie nahm eine ausgiebige Dusche und legte ein dezentes Make-up auf, so wie Timi es ihr beigebracht hatte. Überhaupt legte sie jetzt mehr Wert auf ihr Aussehen, hatte sogar ein eigenes Schminktäschchen, das erste in ihrem langen Leben. Schminke, das ist doch nur was für die Leute vom Theater oder für die Damen des freien Gewerbes, hatte der Josef immer gesagt, du bist eine Naturschönheit, Adelheid. Aber umgedreht hatte er sich trotzdem nach den Geschminkten.

Zufrieden mit sich blickte sie in den Spiegel, fuhr sich durchs Haar, schlüpfte in das orangegeblümte Sommerkleid, das sie ebenfalls günstig im Internet erstanden hatte, und ging dann hinunter in die Eingangshalle.

Es war schon kurz vor zwanzig Uhr, und das Foyer war nur spärlich mit einigen Japanern besetzt, die sich Fotos auf ihren Digitalkameras anschauten. Natürlich hatte auch Adelheid sich eine dieser Digitalkameras von Josefs Lebensversicherung geleistet, doch trotz moderner Technik hatte sie ihre alte Spiegelreflex immer mit dabei, in die man noch einen richtigen Film einlegen und danach entwickeln lassen musste. Da war man natürlich sparsamer in der Auswahl der Motive, fotografierte nicht jeden Furz, wie Josef früher immer zu sagen pflegte.

Adelheid ging zur Rezeption, gab der Frau, auf deren weißer Bluse ein Schildchen mit »Sofie« angebracht war, den Schlüssel, blätterte die Prospekte, die am Tresen lagen, durch und entdeckte dabei auch die Visitenkarte einer Detektivagentur, die sie rasch in der Tasche verschwinden ließ. Sie betrat dann mutigen Schrittes das Triest von heute, allein. Der Rest der Gruppe war längst mit Romina zum Abendessen.

Es waren nur einige Minuten zum Strand gewesen, genau wie ihr die Dame am Empfang versichert hatte, und da werde sie finden, wonach sie suchte. Nun saß sie bei »Peppino«, genoss ihren ersten Teller Pasta mit Basilikumpesto und Salat und lauschte dem leisen Wellenspiel des Meeres, das an ihr Ohr drang. Die kleinen Fischerboote, vertäut am Pier, wippten lustig auf und ab, so als würden sie Adelheid zuwinken.

Es war dämmrig geworden, und wie sie den Gesprächen der

anderen Gäste entnehmen konnte, war sie beinahe die einzige Nichtitalienerin in dieser kleinen Trattoria. Nur am Nebentisch unterhielt sich ein älteres Ehepaar im reinsten Oxfordenglisch. Die Frau sieht so britisch blass aus, dass sie, wenn sie sich in den Finger schneidet, wahrscheinlich Tee blutet, dachte Adelheid, schmunzelte und war von innerer Zufriedenheit erfüllt, die sie fast den Zweck ihrer Reise, ihre ursprüngliche Mission, vergessen ließ. Morgen würde sie mit ihren Recherchen beginnen, würde auf die Stadtführung, noch dazu zu Fuß, unter dem Vorwand leichter Migräne verzichten und sich der Truppe erst wieder nachmittags zur Besichtigung des Schlosses Miramare anschließen. Zum Glück waren die Veranstaltungen alle fakultativ, wie die Reiseleitung sich auszudrücken pflegte, und Adelheid begann, sich an dieses Wort zu gewöhnen.

Am nächsten Morgen suchte sie erst gegen neun die Frühstücksterrasse auf und durfte sich in Sicherheit wiegen, dass die ganze Gesellschaft schon unterwegs war, um die vielen Kirchen und Museen zu erkunden.

Nach dem Frühstück mit Parmaschinken und Melone machte sie sich ausgehfertig. Sie zog die Visitenkarte, die sie bei der Rezeption gefunden hatte, aus ihrer Tasche, las noch einmal die Adresse:

Agenzia Investigativa
Alessandro Tremente
Via Udine 206
34013 Trieste
0332-7734521

Sie ging durch die Drehtür und winkte einem Taxi. »Via Udine«, teilte sie dem Fahrer mit, einem Inder, und hielt ihm die Visitenkarte so knapp vor die Augen, dass er erst einmal ihren Arm um mindestens fünfzig Zentimeter zurückschieben musste, um lesen zu können.

»*Allora*, Signora«, sagte er in einwandfreiem Italienisch, das sie alle Vorurteile gleich vergessen ließ. Die Via Udine sei gesperrt, Wasserrohrbruch, wie ihr der Inder jetzt auf Englisch vermittelte, deshalb müsse sie den Weg bis zur Nummer 206 zu Fuß zurücklegen.

Nun denn, seufzte Adelheid.

Glücklicherweise war immerhin der Aufzug intakt, denn fünf Stockwerke hinaufzusteigen, das hätte ihre Kondition nicht zugelassen. Sie klingelte, klopfte, rüttelte an der Tür. Aber niemand öffnete.

Adelheid war wütend auf diesen Italiener, der ein Detektivbüro eröffnet hatte, das eigentlich nicht offen war. Sie zerriss die Karte in konfettigroße Stücke und warf sie vor die Tür. »Mistkerl, verfluchter!«, rief sie durch die verschlossene Tür, hatte sie doch gehofft, heute mit ihren Recherchen beginnen zu können.

Vierzehn Uhr, hatte Romina gesagt. Der Bus stand pünktlich vor dem Eingang des »Gapitelli«. Mittlerweile war der Chauffeur ein wahrer Meister in der Beherrschung des italienischen Fahrstils und ein genauso rasanter Fahrer wie die Einheimischen geworden.

Herr Bosch neben ihr schwitzte, fächelte sich mit dem Strohhut frische Luft zu, sodass auch Adelheid von dieser kühlen Brise profitierte.

»Ich hätte mich auch mit Kopfweh ins Bett legen sollen. Die Latscherei durch ganz Triest, und damit meine ich *ganz* Triest, war ganz schön beschwerlich, strapaziös, möchte ich sagen, hat meiner Hüfte gar nicht gutgetan. Geht es Ihrem Kopf schon besser? Hoffentlich haben Sie keinen Tumor, denn ich kannte einmal einen Mann, der hatte einen Tumor, und der musste dann …«

Adelheid hörte nicht mehr zu, nickte nur hin und wieder, um ihre Anteilnahme am Gespräch zu heucheln, schaute währenddessen aus dem Fenster und bemerkte, dass das Publikum, je weiter sie Richtung Miramare kamen, immer älter und gesetzter wurde.

Sie war erstaunt über die Ähnlichkeit mit dem Schlösschen in Rotenturm. Miramare war im Unterschied zu Rotenturm auf einem Felsvorsprung direkt am Meer und statt aus roten

Ziegeln aus weißen Kalksteinen errichtet worden. Aber die Türmchen, die waren so wie die bei ihr zu Hause, nur war eben Rotenturm etwas kleiner geraten, war ja auch nicht vom Kaiserbruder errichtet worden, sondern nur von einem Grafen.

Die Weite des Schlossparkes beeindruckte sie, noch dazu schien der Weg vom Bus bis zum Eingang elend lang zu sein. Vormittag und Nachmittag gehen, gehen, gehen, das war selbst nach dem Verlust der paar Kilos an ihren Hüften mindestens einmal Gehen zu viel.

Viel besser gefiel ihr, im Anschluss in einem dieser gemütlichen Korbsessel auf der Terrasse mit Meerblick einen Kaffee zu trinken. Sie bestellte sich heute zur Feier des Tages ein *gelato al caffè con panna*. Das war der Gigolo der Kaffees, eiskalt, süß und unwiderstehlich mit seinem Schlagobershäubchen. Sie schlürfte genüsslich den letzten Rest Eiskaffee aus dem Glas, und das blubbernde Geräusch des leeren Glases brachte ihr den strafenden Blick zweier Frauen ein, die an ihrem Tisch Platz genommen hatten.

Romina hielt sich einen blechernen Trichter an den Mund und forderte alle der »Burgenländergruppe«, wie sie sie nannte, auf, sich zum Bus zu begeben, da man zu einem kleinen Imbiss in das nahe gelegene Grado fahren wolle.

»Nahe gelegen« ist gut, dachte Adelheid, musste sie doch wieder mindestens eine halbe Stunde, wenn nicht länger, neben dem Herrn Oberstudienrat ausharren, sich seiner Geschichten annehmen. Aber das war es wert, allemal, das Grado mit seinen kleinen Gässchen und den Strandbars entlang der Promenade, wo die Netze der Fischer zum Trocknen aufgehängt waren. Romina lotste die »Burgenländergruppe« in die »Trattoria de Toni«, wo sie schon von einem Italiener, nicht riesig, aber einem für hiesige Verhältnisse groß gewachsenen Mann mit einem kleinen Bäuchlein, dessen bloßer Nabel zwischen dem zu kurz geratenen weißen T-Shirt und dem Hosenbund hervorlugte, empfangen wurden.

»Das ist Toni«, sagte sie, woraufhin der eine tiefe Verbeugung machte und seine Gäste herzlich willkommen hieß.

»Bei Toni kann man kulinarisch so richtig in Meeresfrüchten und Fischen baden, und, meine Damen und Herrn, ich versichere Ihnen, die Produkte sind natürlich alle frisch gefangen und von Toni mit viel *amore* zubereitet worden.«

Von Fischeintopf bis Heuschreckenkrebsen, Jakobsmuscheln in zarter Weinsoße und natürlich Fischen, deren Namen Adelheid noch nie gehört hatte, gegrillt, gekocht, gebacken, nur vom Feinsten, wurde auf der Speisekarte alles angepriesen. Und es war wirklich vom Feinsten, aber so reichlich, dass Adelheid zusammen mit Herrn Bosch, leider war er nicht abzuwimmeln gewesen, noch einen Bummel zu den unendlich aneinandergereihten Souvenirläden machte. Es war hier alles vertreten, von neuester Mode bis zu billigen Keramikfiguren, Aschenbechern und Sonstigem, dessen eigentlicher Nutzen umstritten war.

Eine Tunika in Lila, geblümt, aus leicht transparentem Material, das den Sommer darstellte, schaukelte an einem Kleiderhaken in der leichten Meeresbrise. Adelheid sah die Bluse und dachte gleich an Magenta. Die und keine andere, denn das Lila würde die Farbe ihres Haares unterstreichen. Sie kaufte noch einen Aschenbecher für Frau Heinzl und für Loni eine Flasche bestes Olivenöl, kalt gepresst, der Liter zwanzig Euro. Sie schlenderten wieder zurück zu Toni und bestellten sich vor der Abfahrt ein Glas Aperol, dessen orange Farbe in der Sonne Grados – und *nur* in der Sonne Grados –, wie Toni betonte, besonders leuchtete.

Nach zwei Gläsern tat sich so etwas wie Sympathie – oder war es eher Mitleid? – für den Oberstudienrat in Adelheids Herzen auf, und sie tranken auf ewige Freundschaft, was immer darunter zu verstehen war. »Gestatten, Johann«, sagte er, dann ließen sie die Gläser klingen, und er drückte ihr länger als notwendig einen Kuss auf die Lippen.

Bist ja im Urlaub, Adelheid, entschuldigte sie ihre Ausgelassenheit Josef gegenüber und hakte sich beim Oberstudienrat ein.

Als sie später im Bett lag, dachte sie an den Lehrer. Hatte sie etwa geflirtet mit ihm? Adelheid, Adelheid, ermahnte sie sich noch, aber da fielen ihr auch schon die Augen zu.

23

Endlich kam der Bericht der Kriminaltechniker.

»Na, Wurz, gibt's was Neues?«, fragte Hafner, als er zur Tür hereinkam und den Vorgesetzten lesend über der Akte antraf.

»Es war Brandstiftung. Die Kollegen vom LKA haben die Brandexperten zu diesem Fall um Hilfe gebeten. Die sind gemeinsam zum Brandort gefahren und haben anhand des Brandspurenbildes die Ausbruchsstelle ausfindig gemacht. Klingt ziemlich geschwollen, wenn du mich fragst.«

»Ja, und?«, fragte Hafner ungeduldig. »Wer oder, besser g'sagt, was war schuld an diesem Inferno?«

»Aufgrund der Brandschuttproben sind die Kollegen der Meinung, dass Spiritus im Spiel war. Eine Flasche mit Spiritusresten ist im Gartenhaus gefunden worden. Bleibt nur die Frage nach dem Täter und dem Motiv. Es wird noch dauern, bis die Versicherung den Fall übernehmen kann. Aber die Kinder sind ja bestens untergebracht, da mache ich mir keine Sorgen, denn der Herrgott hält sicher seine schützende Hand darüber.«

»Hör ich da so was wie Zynismus aus deinem Munde? Themawechsel, Wurz. Haller Tobias, hast du schon was von dem Buben g'hört?«

»Ach ja, den Fall hätte ich beinahe vergessen, klar, bei so viel Aufregung die ganze Zeit, wär es ein Wunder?«, sagte Wurz und kramte die Akte Haller unter einem Berg von Unerledigtem hervor, schlug sie auf und blätterte sie noch einmal durch. »He, Hafner, warst du damals noch bei dieser Heimleiterin, bei der Pommer? Hast du die ein bisschen in die Mangel genommen, wegen dem Buben?«

»Na, war ich nicht, denn da ist ja das mit dem Feuer g'wesen, weißt, und dann hab ich das vergessen. Aber ich könnt jetzt …«

Hafner schnappte sich den Wagenschlüssel, setzte die Kappe auf und wollte schon losgehen, da tat es ihm Wurz gleich, und zusammen fuhren sie ins Pfarrhaus, wo sich die Heimkinder und ihre Bewacher häuslich eingerichtet hatten.

Frau Pommer stand in der Küche, machte eine Jause für sich und ihre Schützlinge. »Gibt es was Neues, Herr Inspektor?«

Wurz teilte ihr mit, dass es Brandstiftung gewesen war und dass das mit der Versicherung noch dauern werde.

»Aber mein Gott, wer macht denn so was, Herr Inspektor?«, fragte die Pommer, und jegliche Farbe war aus ihrem sonst so rosigen Gesicht gewichen. »Ich darf gar nicht daran denken, was da alles hätte passieren können.«

»Da haben Sie recht, Frau Pommer«, mischte sich jetzt Hochwürden ein, »aber der Herrgott war uns gnädig. Dank sei Gott dem Herrn!« Dabei bekreuzigte er sich.

Für einen kurzen Augenblick war Stille eingekehrt, Totenstille.

»Übrigens, ist der Haller Tobias wieder zurück?«, unterbrach Wurz das Schweigen.

Sie verneinte, flehte den Himmelvater an, dass der Bub noch am Leben sei, denn seit der Tobias weg war, könne man mit dem Felix gar nichts mehr anfangen. Der gebe ihr die Schuld für das Verschwinden seines Bruders, sei aufmüpfig und prophezeie ihr, dass, wenn der Tobias tot sei, sie auch nicht mehr ihres Lebens sicher sei.

»Aber das ist ja eine Morddrohung, Frau Pommer!«, sagte Wurz. »Wollen Sie eine Anzeige machen?«

»Na, na, noch hat man ja den Tobias nicht tot aufgefunden, und solange wird mir auch nix passieren. So gut kenne ich den Felix schon, er hat viel mitgemacht mit seinen fünfzehn Jahren in seinem kurzen Leben. Da muss man nachsichtig sein, Herr Inspektor.«

Wurz nickte, wollte sich gerade verabschieden, da fiel ihm Hafner in die Parade.

»Eine Frage hätten wir noch, das ›Karussell‹, das hat doch Ihnen gehört, und die ›Schaukel‹ in Fürstenfeld, gehört die auch Ihnen?«

»Ja, Herr Inspektor, aber warum fragen S'?«

»Da ist vor einiger Zeit auch ein Bub verschwunden, der Mähmann Tobias. Ist der schon wieder zurück'kommen?«

Sie beantwortete die Fragen der Reihe nach. »Ich bin die

Inhaberin der ›Schaukel‹, das ist richtig. Ich mag Kinder, hab nie eigene gehabt, hab keine bekommen können. Der Mähmann, der war eigentlich ein ganz passabler Bursche, trotz seiner schlimmen Kindheit, möchte ich jetzt einmal so sagen. Die Mutter war depressiv, hat sich aufgehängt, und er hat sie gefunden. Dann hat der Bub eine Therapie bekommen, so mit Pferden und Reiten, und wir haben geglaubt, es geht ihm schon besser. Ja, und dann ist er eines Tages nicht mehr vom Reiten nach Hause 'kommen. Ich habe eine Anzeige gemacht, aber bis heute gibt es keine Spur von ihm.«

»Man könnte fast meinen, die beiden Fälle hätten bei näherer Betrachtung was gemein«, sagte Wurz, der sich bis dahin eher im Hintergrund gehalten hatte.

»Wie ist denn das gemeint, Herr Inspektor? Sie glauben doch nicht, dass ich …?«, fragte die Pommer sichtlich betroffen, und Tränen traten in ihre Augen. »Wo ich doch nur das Beste für meine Kinder will.«

»Na gut, ausschließen kann man gar nichts, aber vielleicht tauchen die zwei wieder auf. Wollen wir das Beste hoffen.«

Die beiden verabschiedeten sich, diskutierten während der Rückfahrt über Schuld und Unschuld dieser Pommer, und wenn Schuld, dann hatte sie die Betroffene ziemlich gut gespielt. Hafner empfahl sie Wurz in dem Fall als neue Schauspielerin fürs Theater.

Wieder im Kommissariat, rief Wurz bei den Kollegen in Fürstenfeld an, erkundigte sich nach der »Schaukel« und der Heimleitung, dieser Pommer Luise, über etwaige Auffälligkeiten. Alles korrekt, meldete der Kollege, seit es das Heim gab, sei noch nie ein Einsatz notwendig gewesen. Die Heimleiterin kannte er nicht näher, hatte sie nur einmal kurz bei einer Benefizveranstaltung der Feuerwehr getroffen und ein paar Worte mit ihr gewechselt. Nein, die sei eher unauffällig. War halt eine dumme Geschichte mit dem Buben.

24

Mit einem *»Buongiorno«* und einem koketten Lächeln überreichte Adelheid dem Mann an der Rezeption ihren Zimmerschlüssel, und während er sich umdrehte und den Schlüssel ans Brett hängte, nahm sie flink noch einmal eine Visitenkarte dieses Detektivs in der Via Udine mit und ließ sie in der Tasche verschwinden. Sie hatte beschlossen, ihn anzurufen, hatte ja keine andere Wahl. Mit Englisch und ein paar Vokabeln auf Italienisch würde sie sich sicher verständigen können.

Gern hätte sie länger verweilt in der Hotelhalle, hätte diesen überaus attraktiven Mann hinter der Theke näher begutachtet. Mit ihm über die Schönheiten Triests zu plaudern wäre sicher äußerst verlockend gewesen, doch da stürmte der Oberstudienrat, seit gestern eigentlich nur mehr der Johann, mit offenen Armen auf sie zu, küsste ihr galant die Hand, hakte sich bei ihr unter und lenkte sie ins Frühstückzimmer.

Sie setzte sich heute gegen ihre Gewohnheit so an den Tisch, dass sie die Rezeption und nicht den Garten im Blick hatte. Johann rückte ihr den Stuhl zurecht und holte frisch gepressten Orangensaft.

»Also, heute, Adelheid – oder soll ich dich Heidi nennen?«, fragte Johann, als er sich gesetzt hatte.

Sie widersprach heftig. Heidi? Kein Mensch hatte je Heidi zu ihr gesagt. Wie kam er auf Heidi, sah sie aus wie eine Heidi? Hansl und Heidi, ein neues Märchen?

»Wie du möchtest, na, dann bleiben wir eben bei Adelheid«, fuhr er höflich wie immer fort. »Heute habe ich für uns, da ja jetzt kein Programm mehr auf der Tagesordnung steht, einen Ausflug nach Opicina geplant mit dieser uralten Tram, die schon zu Kaisers Zeiten fuhr.« Er begann, Adelheid aus seinem Reiseführer vorzulesen. »›Wenn man von Triest aus nordwestlich in Richtung des Obelisken schaut, kann man die Route, die die Tram nach Opicina nimmt, bereits erahnen, angetrieben von sechshundert Volt …‹«

Adelheid langweilte sich, stieg geistig aus dem Straßenbahn-Vortrag aus, blickte wieder zur Rezeption und war enttäuscht, dass dieser äußerst attraktive Mann gegen eine winzige Frau in ihrem Alter ausgetauscht worden war. Schade, dachte sie, aber vielleicht ist mir morgen das Glück hold.

Herr Oberstudienrat las noch immer, und Adelheid klinkte sich bei dem Satz »›Wer sich sportlich betätigen möchte, kann diese Strecke auch mit dem Fahrrad zurücklegen‹« wieder ein.

»Aber das möchten wir doch nicht, oder, Adelheid? Bist du so eine Sportskanone?« Er lachte, erst verhalten, aber dann prustete er los, ganz gegen seine sonst so guten Manieren. Ab und zu holte er Luft. »Also, Adelheid, wenn ich mir uns so auf dem Fahrrad …«, und dann ging das mit dem Lachen schon wieder los.

»Nein, Johann, besonders sportlich bin ich nicht«, sagte sie streng, und augenblicklich verebbte das Lachen. »Leider muss ich dich auf den Nachmittag vertrösten, ich muss noch etwas erledigen. Ein Geschenk für eine Freundin.«

Noch ehe der Oberstudienrat etwas dagegen sagen oder Adelheid gar seinen männlichen Schutz anbieten konnte, war seine Adelheidi mit einem »*Ciao*, Johann!« aus dem Frühstückszimmer geschlüpft.

Sie wählte die Nummer auf der Visitenkarte, und ein Bariton begrüßte sie mit einem dynamischen *»Buongiorno«*, fragte nach ihrem Begehr, natürlich auf Italienisch.

Adelheid versuchte es tapfer. »*Buongiorno*, hier Adelheid Horvath, *prego, signor, do you speak English or German?«*

»*Si*, Signora, ich spreche Deutsch. Wie kann ich Ihnen helfen?«

»Ich hab da ein Anliegen«, sagte sie enorm erleichtert, »ich bin auf der Suche nach einem Bekannten, und da bräuchte ich jemanden, der mir mit Sprach- und Ortskenntnissen zur Seite steht.«

Sie verabredeten sich für zehn Uhr.

25

Eigentlich wollte sich Tremente hinlegen, ein bisschen ausspannen nach dem Nachtdienst, war er doch nicht mehr der Jüngste. Aber wenn er ins Geschäft kommen wollte mit seiner Detektei, dann musste er sich jetzt ins Bad begeben, duschen und sich so kleiden, dass er eines Detektivs würdig war. Vielleicht so wie Hercule Poirot mit Anzug, Hut und Schnauzbart. Schnauzbart war das Einzige, was er vorzuweisen hatte, aber leider auch nicht gezwirbelt. Er entschied sich für eine meerblaue Sommerhose und ein Hemd in Weiß. Es war schon höchste Eile geboten, wollte er noch vor dieser »Orvat« oder so ähnlich in seinem Büro sein.

Kaum hatte er sich in den Bürostuhl fallen lassen und den Tischventilator eingeschaltet, da klopfte es an der Eingangstür. Es war ein eher zaghaftes Klopfen und leise, wurde bald lauter, nach Einlass fordernder. Den Elektriker würde er anrufen müssen, wegen der Klingel, die, kurz nachdem er das Büro bezogen hatte, verstummt war. Mit einem *»Avanti!«* bat er seine Klientin, einzutreten.

Beide schnappten nach Luft.

»Sind Sie nicht der vom ›Gapitelli‹? Oder haben Sie einen Zwillingsbruder?«, rief Adelheid erstaunt aus und ließ sich in den Sessel gegenüber dem Schreibtisch fallen. Sie fächelte sich mit der Hand Luft zu, atmete hörbar.

»Gestatten, Alessandro Tremente, Commissario im Ruhestand, Rezeptionst im ›Gapitelli‹ und Inhaber dieses kleinen Detektivbüros. Und ich dachte, Sie sind mit dieser Reisegruppe aus Österreich unterwegs, auf Urlaub sozusagen – oder ist Ihnen etwas gestohlen worden? Oder«, er wackelte schelmisch mit dem Finger, »ist der Herr Gemahl zu beschatten?«

Adelheid atmete noch einmal kräftig durch, sodass sich das Volumen ihres Oberkörpers verdoppelte, und bat um ein Glas

Wasser. Der Lift war *»fuori servizio«* gewesen, und zu Fuß in den fünften Stock, noch dazu bei diesen mediterranen Temperaturen schon in den frühen Vormittagsstunden, das war für Adelheids Kondition eine Kriegserklärung.

An Gläser hatte Tremente natürlich nicht gedacht, also schenkte er ihr das Mineralwasser in eine Kaffeetasse aus Porzellan ein.

Langsam führte Adelheid die Tasse an ihre Lippen, es fühlte sich frisch an. Sie ließ ihre Augen herumwandern, erforschte das Zimmer. Nichts Ungewöhnliches entdeckte sie, es war spartanisch eingerichtet. Ein alter Aktenschrank neben der Tür, ein Schreibtisch, musste wohl ein Überbleibsel aus einem Büro gewesen sein, dahinter ein Drehstuhl in schwarzem Leder, der im Gegensatz zur sonstigen Möblierung neu, ungebraucht, beinahe luxuriös wirkte, wie ein Fremdkörper zwischen der abgewohnten Einrichtung. In der Ecke war eine Küchenzeile aufgebaut, die einen verlassenen Eindruck machte. Links davon war eine Tür mit der Aufschrift »gabinetto«. Wie einladend, dachte Adelheid, gleich neben der Küche das Klo.

»Herr Tremente, mir ist nicht nach Scherzen zumute. Ich habe die weite Reise nur auf mich genommen, um die Identität eines jungen Mannes herauszufinden.«

Sie tastete in ihrer Handtasche herum, schaute dabei zu der Pinnwand hinter Trementes Schreibtisch, nahm die Brille ab, denn in der Ferne lag ihre Sehkraft beinahe noch bei einhundert Prozent, meinte der Augenarzt. Sie starrte auf die Fotos, die dort mit Reisnägeln befestigt hingen. Jetzt begann sie, hastig in ihrer Tasche zu wühlen, fand, was sie suchte, steuerte auf die Bilder an der Wand zu und hielt ihres gleich daneben.

»Identisch«, stammelte sie fassungslos. »Identisch.« Sie flüsterte es beinahe. »Das ist ja eins zu eins das gleiche Foto, schauen Sie her, Herr Tremente. Kommen Sie! Von wo haben denn Sie das Foto? Stecken Sie vielleicht mit den Mördern unter einer Decke?« Sie drohte ihm mit der Faust. »Greifen Sie mich ja nicht an! Ich schrei so laut, bis mich jemand hört.« Sie öffnete den Mund, so als wollte sie jede Sekunde loslegen.

Da sprang Tremente auf sie zu, packte sie am Arm, drehte

ihn nach hinten und hielt ihr mit der rechten Hand den Mund zu.

Sie roch sein Aftershave, diesen Orangenduft, den sie kannte, der so ein facettenreiches Flair versprühte, die italienische Lebensfreude zum Ausdruck brachte. Den hatte sie auch einmal ihrem Josef zu Weihnachten unter den Christbaum gelegt. Vielleicht hatte sie gehofft, der Josef würde dadurch ein bisschen wie Casanova werden, begehrenswerter, modischer, eben italienischer. Ihre Atmung wurde jetzt hastig, sie sah den Herrn Gabriel wieder vor sich liegen, das Blut, den Schädel. Panisch begann sie, um sich zu schlagen, und Tremente musste all seine Kräfte aufbieten, um sie in Schach zu halten.

»Signora, Signora, *un momento*, nicht schreien, nicht schreien! Bitte, ich kann Ihnen alles erklären. Ganz ruhig, Signora 'orvath, da muss ein Irrtum vorliegen!«

Vorsichtig löste er den Druck, den seine Hand auf ihren Mund ausübte, und wartete. Er bemerkte, wie sich ihr Körper allmählich entspannte, und ließ sie los.

»Sind Sie total verrückt geworden, Tremente, mich so in die Mangel zu nehmen? Und ich heiße nicht Orvath, sondern Horvath, mit H!« Adelheid strich ihr Kleid glatt und fuhr sich mit den Fingern durch die Haare, versuchte, sie wieder in ihre ursprüngliche Form zu bringen. »Wie auch immer, wie kommen Sie zu diesem Foto? Das ist doch der Herr Gabriel, der Kantor, der bei mir zur Untermiete gewohnt hat.«

»Also, der junge Mann da heißt Antonio Bertani, und das Foto habe ich in seiner Wohnung gefunden. Seine Großmutter hat mich angeheuert, bat mich, ihren Enkel zu finden. Sie vermisst ihn seit geraumer Zeit, und jetzt bin ich auf der Suche nach ihm, doch erfolglos. Was meinen Sie mit ›Untermieter‹, und wo überhaupt? Wo kommen Sie her, Signora 'orvath?«

»Horvath«, sagte sie energisch und umrundete wieder den Schreibtisch. Sie setzte sich Tremente gegenüber wieder in den einzigen Sessel, direkt vor den Ventilator, der den Raum in eine angenehme Kühle tauchte. Dann fing sie an zu erzählen, vom Josef, von der Verwandlung des Jagdzimmers in ein Gästezimmer, vom Einzug des Herrn Gabriel, von seiner Arbeit als Kantor und Organist, von der plötzlichen Verdoppelung der weiblichen Mitgliederanzahl im örtlichen Kirchenchor. Sie vergaß nicht, das mit dem Alphorn zu erwähnen und der Zugehörigkeit zur Schweiz und dass er sich nie so wirklich gegen die Annahme gewehrt hatte, ein Eidgenosse zu sein. Erzählt habe er gar nichts über sich und die Seinen, aber so sei er halt gewesen, der Herr Gabriel. Sie schilderte recht eindrucksvoll den grauenvollen Vorfall, der dem Herrn Gabriel das Leben genommen hatte. Und sie verpasste nicht, die wunderschöne Beerdigung in Rotenturm zu erwähnen und dass er gleich neben ihrem Josef ein Platzerl gefunden hatte. Das war praktischer für sie mit der Betreuung der Gräber. Leute waren viele gekommen, wollten sich verabschieden vom Kantor, nur eben keine Verwandten, und das fand Adelheid irgendwie sehr traurig. Sie wischte sich eine Träne aus dem rechten Auge.

»Sie können sich gar nicht vorstellen, wie er mir ans Herz g'wachsen ist, der Herr Gabriel, fast wie ein eigener Sohn. Leben ist wieder in mein Haus eingezogen, und er war immer so gut gelaunt, nie grantig, und mein Herr Schnurr hat ihn gemocht, ist immer bei ihm am Pianino g'legen, wenn er seine Sonaten eingeübt hat.«

Adelheid kramte in ihrer Handtasche nach einem Papiertaschentuch. »Dass das so ein Ende haben würde mit ihm, hätte ich mir nie im Leben träumen lassen. Die Polizei hat vor der Beerdigung in allen namhaften Zeitungen ein Foto veröffentlicht, doch das erwartete Echo blieb aus. Niemand schien ihn zu kennen. Die haben dann noch mit den Schweizer Kollegen Kontakt aufg'nommen, erfolglos, ja wie auch, er war ja kein Schweizer.«

»Und wie sind Sie auf Triest gekommen?«, fragte Tremente, gefesselt von dem eben Gehörten.

Anstatt in ihrer Erzählung fortzufahren, holte sie die Schatulle aus ihrer Tasche und reichte sie Tremente.

Es war ganz still geworden in der kleinen Detektei, nur ab und zu drang das Hupen eines vorbeifahrenden Autos durch die geschlossenen Fenster herein, erinnerte daran, dass sie mitten in Triest waren.

Tremente öffnete die Schatulle, entnahm die Papiere darin und vertiefte sich in die Zeitungsausschnitte.

»Der reinste Wahnsinn!«, rief er nach einiger Zeit aus. »Wissen Sie, was da steht, oder soll ich es für Sie übersetzen?«

Adelheid holte weiter aus als notwendig, erzählte von Loni und dass die wiederum bekannt war mit Signora Wrana, einer Wahlburgenländerin seit ewigen Zeiten, glücklicherweise des Italienischen mächtig.

»Und da ist dann noch was passiert im Ort bei uns, da ist ein Bub verschwunden, so von heut auf morgen, der Haller Tobias. Ich frag mich jetzt nur, ob das irgendwie miteinander zu tun hat, ob da eine Verbindung besteht.«

»*Allora*, Signora 'orvath.«

Adelheid verzichtete diesmal darauf, ihn zu verbessern, gewöhnte sich langsam an die Verballhornung ihres Namens.

»Das Allererste, was wir jetzt machen: Wir fahren in die Questura zu meinem Freund, dem Vice-Questore, und Sie erzählen ihm die Geschichte von diesem Bertani alias Gabriel Bertl. Man muss die Leiche wahrscheinlich exhumieren und überstellen lassen. Das wird sicher der Wunsch der Großmutter sein.«

Er nahm seinen Helm vom Garderobenständer, ließ Adelheid den Vortritt, und kurze Zeit später hatte sie die Mittagshitze gefangen genommen.

Draußen auf der Straße steuerte Tremente auf ein rotes zweirädriges Fahrzeug zu, drückte Adelheid einen Helm, der im Inneren der Sitzbank verstaut gewesen war, in die Hand und tat so, als wäre es das Selbstverständlichste auf der Welt, dass sie auf dem Sozius Platz nahm.

Für ihn vielleicht, für sie lagen beinahe fünfzig Jahre dazwischen, dass sie mit solch einem Gefährt mitgefahren war. Sie war süße sechzehn gewesen und auf Sommerferien am Stubenbergsee mit Eltern, Verwandten und Freunden, da hatten Loni und sie so eine Mopedclique kennengelernt. Eines Nachts nach diesem Discobesuch hatte ihr neuer Schwarm, übrigens ein Bild von einem Jüngling, sie auf seiner Zündapp ins Hotel zurückgefahren. Leider hatte sie vergessen, dass solch ein Gefährt einen Auspuff hatte, einen extrem heißen, und so war beim Absteigen die Nylonstrumpfhose mit ihrer Haut verschmolzen. Wochenlang hatte die Brandwunde vor sich hin geeitert, bis Loni es der Mutter erzählt hatte und die mit allen möglichen Hausmitteln die Wunde endlich zum Verheilen brachte, nicht ohne den Mädchen vorher eine ordentliche Strafpredigt gehalten zu haben.

Tremente startete. Das Kleid, das Adelheid heute trug, war sehr eng, und so setzte sie sich, wie bei einem Pferd, und das konnte sie sehr gut, war sie durch ihren Aufenthalt in England doch an das Reiten im Damensattel gewöhnt, mit beiden Beinen auf der rechten Seite auf den Sozius und hielt sich mit einem Arm an Trementes Taille fest, ertastete seine Muskulatur, schnupperte an seinem Duft.

Unweigerlich musste sie an Josef denken. Josef, der war halt anders gewesen, österreichischer, kein Draufgänger. Immer schön am Boden bleiben, war seine Devise gewesen, nur nicht auffallen. Es hatte immer alles seine Ordnung gehabt, geradlinig war er gewesen, geradlinig langweilig und ohne Muskulatur. Ein kleines Bäuchlein hatte er immer gehabt, das dann mit den Jahren an Umfang zugenommen hatte.

Adelheid genoss die Fahrt, fühlte sich sicher hinter Trementes Rücken, wünschte sich, die Questura wäre in Venedig.

Ungeduldig wurden sie von Sicurra erwartet, den Tremente vom Büro aus schon über ihr Kommen informiert hatte. Er reichte Adelheid seine schweißnasse Hand, bot ihr Platz in der gemütlichen Sitzecke an, und sie nutzte die Gelegenheit, während er mit Tremente sprach, sich die Handfläche am samtigen Überzug trocken zu wischen. Trotz Klimaanlage war das Hemd nass, legte sich wie eine zweite Haut um den Bauch des Vice-Questore. Er fächelte sich mit einer Akte Luft zu, drückte auf die Gegensprechanlage und bestellte Kaffee bei der Sekretärin.

Adelheid schaute sich im Zimmer um, es war pompöser eingerichtet als Trementes Detektei, natürlich auf Staatskosten, allein der Schreibtisch aus Eiche mit den hübschen Intarsien an der Seite nahm gut ein Viertel des Raumes ein und musste ein Vermögen gekostet haben. Auch die Sitzgarnitur, roter Samt, erinnerte Adelheid eher an das Flügeladjutantenzimmer von Schönbrunn als an eine Wachstube.

Jetzt kamen die beiden Männer auf sie zu, nahmen Platz, und Tremente versuchte zu dolmetschen. Es dauerte endlos, bis alles erzählt, übersetzt und mitgeschrieben war, und Adelheid hätte lieber am Strand unter einem Sonnenschirm gesessen und an ihrer leichten Sommerlektüre weitergelesen, als hier in der Questura wie Butter in der Sonne zu zerschmelzen.

Das Ende der Unterhaltung sah so aus, dass der Vice-Questore es Tremente und Adelheid überließ, Signora Bertani über den Tod ihres Enkels in Kenntnis zu setzen. Sie, Adelheid, war diejenige gewesen, die mit dem Toten zuletzt zusammengelebt hatte, und Frauen seien einfühlsamer, was das Überbringen solcher Nachrichten betraf, meinte Siccura.

Zusammengelebt – als ob sie ein Liebespaar gewesen wären!

Tremente wählte die Nummer dieser Bertani, verabredete sich für den frühen Abend, so gegen sechs.

»Übrigens, wenn es dich interessiert, wir haben diesen Federico, diesen Hausmeister, verhört«, sagte der Vice-Questore. »Seine Aussage ist identisch mit der von Suora Varella, somit können wir den Fall bald abschließen.«

Sie verließen das Büro. Adelheids Magen knurrte.

»Kann es sein, dass die Signora Hunger hat?«, fragte Tremente. »Ich schlage vor, wir fahren zurück ins ›Gapitelli‹. Sofie wird sicher noch eine Kleinigkeit von heute Mittag zu essen übrig haben.«

Adelheid fand die Idee wunderbar, und allein der Gedanke, nochmals eine Fahrt mit der Vespa genießen zu können, war vergleichbar mit dem Genuss von heißen Himbeeren auf Vanilleeis, einer ihrer vielen Lieblingsspeisen.

La dolce vita, dachte Adelheid und lächelte.

26

Johann hatte ungeduldig in der Lobby gewartet, winkte ihr mit einem Prospekt über Triests Sehenswürdigkeiten zu, als er sie sah, und kam auf sie zugelaufen. »Aber Adelheid, wo warst du denn so lange? Wir wollten doch …« Erst jetzt schien er Tremente zu bemerken, der hinter ihr eingetreten war.

Adelheid stellte die Männer einander vor, und in ihren Blicken konnte man schon die aufkeimende Rivalität, das Knistern in der Luft spüren.

»Tut mir leid, meine Herren, aber es war ein langer Vormittag und ziemlich heiß, ich muss Sie jetzt kurz alleine lassen, muss mich frisch machen«, sagte sie und schlüpfte unter den ausgebreiteten Armen Johanns hindurch zur Treppe, winkte den beiden nochmals zu und verschwand um die Ecke.

Sie knallte erleichtert die Zimmertür zu und dachte nur: Endlich allein. Dann kickte sie wie ein Schulmädchen die Schuhe von den Füßen, streifte das Kleid ab, ließ es auf den Boden gleiten und duschte ausgiebig.

Sie hatte sich noch nicht entschieden, was sie anziehen würde, da läutete das Handy. »Tremente«, war auf dem Display zu lesen, und automatisch verhüllte sie ihren Körper mit einem dieser riesigen Strandtücher, bevor sie auf den grünen Knopf drückte.

»Signora 'orvath, darf ich Sie zum Essen einladen? Sofie hat uns einen Tisch im Frühstückszimmer gedeckt. Ich hoffe, Sie schlagen meine Einladung nicht aus.«

Natürlich werde sie kommen, in einigen Minuten. Sie knetete ihre Haare unter dem Föhn in Form, gab sich besonders viel Mühe mit dem Make-up und wählte dieses Mal eine luftige Dreiviertelhose in Himbeere.

Als sie fertig war, ging sie die Treppe hinunter, spähte vorsichtig um die Ecke, hielt Ausschau nach dem Oberstudienrat. Dem Himmel sei Dank, er war nirgends zu sehen, dennoch durchquerte sie den Gefahrenbereich trotz ihres Knies mit einer

Schnelligkeit, die selbst Dr. Frühmann beeindruckt hätte, und verschwand, ohne sich umzublicken, im Frühstückszimmer.

Es war angenehm kühl hier drinnen, und da die Fenster zum Innenhof hinausgingen, in dem der prächtige Garten wuchs, und das um diese Zeit laute Triest aussperrten, genossen sie es doppelt.

Richtig romantisch war es, nur sie beide. Tremente kam ihr entgegen, küsste ihr galant die Hand und geleitete sie zum Tisch. Ganz Kavalier der alten Schule, dachte Adelheid und genoss es, wieder als Frau wahrgenommen zu werden, aber auch die Tortellini all'arrabbiata und den Wein. Sie lauschte mit Begeisterung, als Tremente von seinen Fällen als Commissario erzählte.

Doch nach dem Espresso wurde Tremente ernst, blickte auf die Uhr. Sie mussten los, zu dieser Bertani, mussten das Unangenehme, das ihnen der Vice-Questore aufgehalst hatte, hinter sich bringen.

»Postino oder Vespa?«, fragte Tremente.

»Postino klingt interessant«, sagte Adelheid, und Tremente lotste sie aus dem Hotel hinaus.

Er lenkte sie in eine Seitengasse. Ein Wagen in sattem Postgelb, winzig klein, parkte zwischen all den in Silber und Schwarz gehaltenen größeren Geschwistern. Ein Fiat 500 mit einem schwarzen Faltdach war beinahe so toll wie ein VW Käfer Cabrio. Wie hatte sie damals geschwärmt von so einem Auto, und dann hatte sie es nicht einmal bis zum Führerschein geschafft. Aber eines hatten Trementes und ihre Knutschkugel gemein, sein Postino und ihr Graf – sie waren beide keine Raser.

Wieder ganz der Gentleman, hielt er ihr die Tür auf, und kurz darauf schlängelten sie sich durch die allabendliche Rushhour zum Stadtrand. Langsam begann Adelheid, den Fahrstil der Italiener zu genießen, diese Lässigkeit und Toleranz am Steuer. Sie fahren einfach frecher als wir Österreicher, dachte sie, nicht immer stur nach Vorschrift und nur ja keinen reinlassen. Josef war auch so einer gewesen, der Vorrang ist mein, hat er immer gesagt, ich kann mich ja nicht um Gott und die Welt auch noch kümmern.

Das Haus Signora Bertanis lag außerhalb von Triest, in Santa Croce. Tremente lenkte den Postino in einen Feldweg. Eingehüllt in eine rosa Staubwolke, passierten sie das unwegsame Gelände, und Tremente kamen gerade so seine Zweifel über die Richtigkeit dieses Weges, da funkelte rechts in einigen Metern Entfernung weißes Mauerwerk zwischen dem Gestrüpp hindurch. Tremente bremste scharf, und sie kamen vor der Eingangstür zum Stehen. Das Häuschen war alt, teilweise verfallen, sah unbewohnt aus.

Tremente klopfte an die Tür, wartete. Ein lautes, kräftiges *»Avanti!«* forderte zum Eintreten auf.

Sie betraten die Stube. Signora Bertani reichte Tremente die Hand, die heute nicht behandschuht war und ihre gichtverkrümmten Finger zeigte. In der linken hielt sie ihren Onyxzigarettenspitz. Sie machte einen Zug, die Zigarette glomm auf, und die Asche fiel unbeachtet zu Boden. Misstrauisch blickte sie zu Adelheid herüber, ignorierte die ihr entgegengestreckte Hand.

Sie bot ihnen Platz an und zeigte dabei in eine Richtung, wo ein Diwan unter einem Haufen vielleicht einmal aktueller Zeitungen zum Vorschein kam. Sie versetzte den Zeitschriften einen Stoß, sodass diese polternd zu Boden fielen und die Sitzgelegenheit freigaben.

Während Tremente den Grund des Besuches erklärte, konnte sich Adelheid im Zimmer umschauen. Mittlerweile war es dämmrig geworden, und eine einzelne Lampe, die wie eine vergessene Birne an einem Baum von der Decke hing, erhellte den Raum, so gut es eben ging. Er war nicht groß, doch überfüllt mit Möbeln aus allen Stilrichtungen der letzten fünfzig Jahre. Wäschestücke wucherten aus halb geöffneten Schubladen, überall waren Unmengen an Zeitungen aufgestapelt, die über die Jahre zu kleinen Beistelltischen und Hockern geworden waren. Wollmäuse, faustgroß, wirbelten bei jeder Bewegung unter dem Diwan hervor und blieben an einem vergessenen Stück Ciabatta, das am Boden lag, hängen. Und dann diese unzähligen Weinflaschen auf der Anrichte neben der Tür, die meisten leer, andere wiederum bis zur Hälfte gefüllt, manche noch verschlossen.

Ein Aufschluchzen aus der Richtung, wo Bertani saß, löste Adelheids Gedanken vom Interieur, und sie schaute der alten Frau direkt ins Gesicht.

»Was ist mit meinem Jungen passiert, Signora?«, fragte sie jetzt Adelheid, fast tonlos, in einem beinahe einwandfreien Deutsch. Zwischendurch nippte sie immer wieder hastig an einem Wasserglas, das mit Wein gefüllt war. Sie zuckte mit den Schultern, gerade so, als wollte sie sich für die Trinkerei entschuldigen. Ihre brüchige Stimme wurde jetzt lauter. »Signora, was ist mit meinem Jungen passiert? Sprechen Sie, ich will endlich die Wahrheit wissen. Sprechen Sie!«, schrie sie Adelheid an und trank dann das Glas in einem Zug leer. Mit dem Handrücken wischte sie sich die Tränen von den Augen.

Adelheid begann zu erzählen, lobte den Herrn Gabriel, eigentlich Antonio Bertani, wie es in seiner Geburtsurkunde stand. Musste aufpassen bei ihrer Schilderung, dass sie nicht ausplauderte, was Signora Bertani verletzen könnte. Beschönigte so einiges, verschwieg die vielen Frauenbesuche.

»Er war uns im Dorf so richtig ans Herz gewachsen, wir alle haben ihn g'mocht, den Herrn Gabriel, den Antonio, äh … Gabriel, meine ich. Meistens haben wir halt ›Herr Gabriel‹ zu ihm gesagt. Und g'spielt hat der am Sonntag immer in der Kirche auf der Orgel, es war so schön, dass ich manchmal sogar weinen musste, so gerührt war ich.«

Das stimmte auch, da musste Adelheid gar nicht lügen.

»Sogar der Herr Schnurr, mein Kater, hat den Herrn Gabriel g'mocht, der ist immer bei ihm am Pianino gelegen, wenn er g'spielt hat, und er hat oft und viel g'spielt, mit so einer Leidenschaft, da können Sie stolz sein auf den Buben.«

Ein Schluchzen war die Antwort, doch die Lippen Bertanis verzogen sich kaum wahrnehmbar, und die Mundwinkel gingen nach oben. Bittend blickten ihre Augen in die von Adelheid, bittend und wartend … und sie verstand.

»Ja, der Herr Gabriel, der hat auch mit den Kindern gut gekonnt, war beliebt bei den Ministranten, hat denen Klavierunterricht 'geben, und er hat Ausflüge mit ihnen g'macht. Einmal, da ist er sogar mit den Buben in so einen Dinosaurierpark g'fahren, die Kinder mögen diese alten Viecher. Und im Sommer hat er ihnen immer G'frorenes 'kauft.«

Die Bertani blickte sie verständnislos, fragend an, wiederholte langsam: »G'frorenes?«

Das war der Zeitpunkt, als Adelheid ihren Dialekt ablegte und schön sprach, wie der Lehrer in der Volksschule immer zu ihnen gesagt hatte – schön sprechen, damit hatte er wohl Hochdeutsch gemeint.

»Na, ein *gelato*, meine ich, ein Eis hat er ihnen gekauft. Mich hat er auch öfter zum Einkaufen in die Stadt mitgenommen, weil sein Auto größer war als meines. Er war so ein hilfsbereiter, zuvorkommender Mensch, der Herr Gabriel, so gütig und immer freundlich.«

Die Bertani nickte, sah zum Fenster hinaus. »Der Antonio war immer freundlich, schon als Kind. Erst später, wie er dann ins Heim gekommen ist, da ist er dann immer verschlossener, immer stiller geworden, mein kleiner *ragazzo*. Weiß auch nicht, warum.« Sie kramte wieder ihr Taschentuch aus der Kleiderschürze hervor, schnäuzte sich. »Wie ist es passiert, das mit meinem Antonio?«

Adelheid sah hilfesuchend zu Tremente. Dieser übernahm den unangenehmen Part und begann, den Tathergang zu schildern.

»Es war am Abend vor dem Ostersonntag. Er wollte neue Lieder auf der Orgel einstudieren, und da ist irgendwer zu Antonio auf den Balkon, und es ist höchstwahrscheinlich zu einer Auseinandersetzung gekommen, zu einem Gerangel. Dabei ist der Antonio unglücklich gestürzt und mit dem Kopf aufgefallen, direkt auf die Steinfliesen.«

Adelheid nickte zustimmend, war ziemlich erleichtert, dass er Bertani all die Grausamkeiten um Gabriels wirkliches Ableben verschwieg.

»Wie der Doktor gekommen ist, da war es schon zu spät«, sagte er leise.

Jetzt begann Signora Bertani kläglich zu schluchzen, bat alle Heiligen um Vergebung, um Barmherzigkeit. Das Schluchzen schwoll zu einem Plärren an, und ihr schmächtiger Körper wurde von einem heftigen Weinkrampf geschüttelt. Dann war schlagartig Stille, sie schaute auf, direkt in Adelheids Augen, anklagend.

»Warum haben Sie meinen Antonio nicht nach Hause gebracht? Warum?« Sie schrie es ihr entgegen.

Das »Warum« hallte in Adelheids Kopf wider, ja, warum wohl? Sollte sie dieser gebrochenen Frau von der Schatulle erzählen? Irgendetwas hatte er verbergen wollen vor der Öffentlichkeit, vielleicht verbergen müssen.

Tremente kam ihr abermals zu Hilfe, und nun sprach er in seiner Muttersprache auf Bertani ein. Sie nickte ab und zu, so als verstünde sie, wischte sich die Tränen von ihren Wangen, dann erhob sie sich von dem Zeitungsstapel, auf dem sie gesessen hatte, ging auf Adelheid zu, die ebenfalls aufgestanden war, und umarmte sie.

Die beiden waren ein ungleiches Paar, und neben Adelheid sah Bertani wie ein Schulkind aus, stammelte immer wieder die Worte: *»Grazie, signora, grazie mille.«* Sie ließ Adelheid so abrupt los, dass diese einige Schritte zurücktaumelte und beinahe, wäre Tremente nicht vom Sofa aufgesprungen und hätte sie am Oberarm zu fassen bekommen, über eines dieser Zeitungstischchen gefallen wäre. Ihr Blick war starr, sie schien durch Adelheid hindurchzuschauen, steckte sich mit den knöchernen Fingern eine Zigarette in den Zigarettenspitz, füllte das Weinglas nach, leerte es in einem Zug und scheuchte Adelheid und Tremente wie Hühner aus dem Stall.

»Was haben Sie ihr für ein Märchen erzählt?«, wollte Adelheid wissen, als sie wieder im Auto saßen.

»Eine Notlüge, der Herrgott wird es mir verzeihen.«

»Um Himmels willen, reden Sie doch, was für eine Notlüge war denn das?«

»Ich habe ihr irgendetwas vom Meldeamt und von verlegten Papieren gesagt, aber die Bertani hat mir kaum mehr zugehört. Allerdings, was ist wirklich mit seinen Unterlagen passiert? Da muss doch etwas da gewesen sein. Jeder Mensch hat doch Dokumente, irgendetwas, womit er sich ausweisen kann.«

»Da haben Sie recht, Herr Tremente, aber leider alles gefälscht, Führerschein, Reisepass, Meldezettel, lauter falsche Angaben. Aber fast perfekt gemacht, weil, die Polizei, die unsrige, die hat es gar nicht bemerkt, anfangs. Dann haben die recherchiert, und dann sind die erst drauf gekommen, dass das alles nicht gestimmt hat.«

»Warum sind Sie mit der Schatulle nicht zur Polizei gegangen?«

»Ich weiß es selber nicht, obwohl die Loni, meine Schwester, immer gesagt hat: ›Adelheid, dass du ja nicht auf eigene Faust wieder zu ermitteln beginnst.‹ – ›Aber wo denkst du denn hin, Loni, ich doch nicht‹, hab ich ihr geantwortet. Doch im Innersten wusste ich es, ich fahre da hinunter, in dieses Triest, und schau mich einmal um.«

Erstaunt hörte Tremente zu. Eine Frau mit so viel Mut und vor allem diesem Hang zum Abenteuer, die beeindruckte ihn. Doch bevor er diesem Gedanken noch weiter nachgehen konnte, zerriss ein elektronisches Geräusch die Stille im Wagen.

Es war sein Mobiltelefon. Sicurra war dran, wollte wissen, wie es gelaufen war, das Gespräch mit Bertani, und lud die beiden zu »Peppino« ein.

»Na, dann los«, sagte Tremente und startete seinen Fiat. Obwohl man dort unten im Hafenviertel kaum einen Parkplatz bekam, fuhren sie trotzdem mit dem Auto hin, denn nur Feiglinge benutzten den Bus, das war immer Trementes Motto gewesen.

Der Kellner ging gerade mit Pizzen vorbei, als das Triumvirat die Tür zu der kleinen Pizzeria öffnete. Sie hatten Sicurra vor der Tür getroffen, wo Adelheid bereits der Duft von gebackenem Teig, Tomatensoße, Schinken und Käse in die Nase gestiegen war. Das Ergebnis des olfaktorischen Angriffs war, dass sie sich eine Pizza della Casa bestellte und dazu einen Ribolla. Sie liebte diese alte Rebsorte, die nach Lindenblüten und Honig duftete, hatte aber selten Gelegenheit, ihn zu trinken.

Sie musste an Josef denken, an ihr erstes wirkliches Rendezvous, da hatte er sie in die Pizzeria »Zum Bergwirt« eingeladen. Pizzeria alla Austria, und so wurde auch gekocht, deftig, fett, nicht mit Kalorien geizend, das Zuviel an Olivenöl lag schwer im Magen. Bis drei Uhr in der Früh konnte sie nicht einschlafen, neben sich einen Liter Mineralwasser, um den aufkommenden Durst, die Schärfe der Pfefferoni hinunterzuschwemmen. Doch der Ribolla war gut gewesen, und Adelheid rätselte immer noch, wie ein Bergwirt erstens nur Pizzen auf der Speisekarte haben konnte und zweitens zu einem so ausgezeichneten Wein kam. Allein bei dem Gedanken daran vermehrte sich der Speichel in ihrem Mund, und ihr Körper erbebte leicht, an den Armen und im Nacken rieselte eine Gänsehaut hinab.

Peppino servierte den Wein, und sie prosteten sich zu. Leider sprach der Vice-Questore kein einziges deutsches Wort, und so musste Tremente erneut als Dolmetscher fungieren.

Sicurra bat die beiden, morgen in die Questura zu kommen, fürs Protokoll, es müsse halt alles seine Ordnung haben, da sei die Justiz streng, übersetzte Tremente die Bitte, während dieser »amtlich« mit dem Zeigefinger drohte.

Gegen halb zehn verließ der Vice-Questore die Pizzeria, und Tremente und Adelheid genossen die Ruhe, das Alleinsein. Sicurra war zwar sehr sympathisch, aber anstrengend, redete viel, vor allem über seine Erlebnisse bei der Polizei und wie tollkühn er immer auf Verfolgungsjagd gegangen war, manchmal auch gemeinsam mit Tremente. Sie waren ein großartiges, ein erfahrenes, eingespieltes Team gewesen, hatte Sicurra gesagt und dabei Tremente herzlich auf die Schulter geklopft.

Tremente bestellte noch je ein Glas Ribolla für Adelheid und sich, und sie ließen die Gläser klingen, prosteten sich zu und schauten sich in die Augen, länger als notwendig. Da hörte sich Tremente ganz gegen seine sonstige Gewohnheit, er war in Sachen Frauen eher zurückhaltend, sagen: »Alessandro, bitte.«

Adelheid merkte, wie ihr die Röte ins Gesicht stieg, und das nicht nur vom Wein. Oh mein Gott, wann war sie das letzte Mal rot geworden? War es noch während der Schulzeit gewesen, als ihr der Taschek Peppi einen Schmatz auf die Wange gedrückt hatte? Es war ihr peinlich gewesen damals, und die ganze Klasse hatte sich köstlich darüber amüsiert.

»A… Adelheid«, kam es leicht stockend aus ihrem Mund, »Adelheid Horvath, angenehm.«

Sie war verlegen wie ein Schulmädchen, doch da ergriff Tremente die Initiative, erhob sich aus seinem Stuhl und gab ihr einen Kuss auf die Wange. Zaghaft küsste Adelheid zurück, und Peppino, der gerade an den Tisch getreten war, klatschte übermütig. Jetzt schauten auch die wenigen Gäste, die zu so fortgeschrittener Stunde den Abend ausklingen ließen, zu den beiden hinüber und nickten, verstehend, offenherzig, wissend.

Es war ihnen peinlich, Tremente und Adelheid, sie fühlten sich ertappt, und er verlangte die Rechnung, aber *avanti*, wie er betonte. Dann verschwanden sie lautlos in der Nacht. Während der Heimfahrt sprachen sie kein Wort. Beim »Gapitelli« angekommen, war Tremente wieder ganz der Gentleman der alten Schule. Er öffnete die Beifahrertür und reichte Adelheid die Hand, und sie hievte sich, so gut es eben ging mit einem noch nicht operierten Knie und doch noch einigen Kilo zu viel um den Bauch, aus dem Gefährt.

»Darf ich dich morgen in das echte Triest entführen?«, fragte Tremente, als Adelheid schon beinahe durch die Eingangstür verschwunden war.

Sie nickte, winkte ihm noch mal zu und ließ die Tür hinter sich ins Schloss fallen.

An der Bar saß der Oberstudienrat. Mit dem Rücken Adelheid zugewandt, nippte er an seinem Bier. Sie wollte sich gerade durchs Foyer schleichen, auf Zehenspitzen, wegen der Stöckel, da musste er irgendwie, wahrscheinlich durch die zugefallene Eingangstür, alarmiert worden sein, dass da jemand das Hotel verließ oder, was um diese Uhrzeit möglicher erschien, gerade hereingekommen war. Automatisch drehte sich sein Kopf in ihre Richtung, und dann stand er vom Barhocker auf, schwebte leichtfüßig, als wenn er einen Walzer tanzen wollte, zu ihr hinüber.

»Adelheid, so spät noch aus?«, fragte er in vorwurfsvollem Tonfall. »Ohne Begleitung, und das in Italien.«

Jetzt hatte er Adelheid erreicht, nahm ihre Hand und deutete auf ihrem Handrücken galant einen Kuss an.

Sie roch das Bier, dessen Odeur sich in ihre Richtung ausbreitete.

»Noch ein Glas Frizzante, Adelheid, das sind Sie, ich meine, bist du mir schuldig, nachdem du mir heute einen Korb gegeben hast.« Er nahm ihren Arm und dirigierte sie in Richtung Bar.

Sie ließ es geschehen, wieder einmal hatte sie Ja gesagt und eigentlich Nein gemeint, weil sie Mitleid mit ihm hatte. Du immer mit deiner sozialen Ader, hatte der Josef zu ihr gesagt, dauernd halst du dir die Probleme von Gott und der Welt auf! Gleich nach ihrer Rückkehr würde sie so ein Seminar buchen, so einen »Sag einfach Nein, wenn du Nein meinst«-Kurs.

Aus dem einen Glas wurden zwei, und mittlerweile kannte Adelheid seinen Lebenslauf, dass er eigentlich nie Lehrer hatte werden wollen, nur wegen der vielen freien Tage und weil seine Eltern das so gewollt hatten, sie waren ebenfalls Lehrer gewesen. Und dann war das noch mit seiner Frau, die sei durchgebrannt mit einem Mexikaner, lebe jetzt wahrscheinlich dort, aber Genaues wisse er nicht. Sie habe das Leben an seiner Seite nicht mehr aufregend genug gefunden, und das mit beinahe sechzig. Ein spöttisches Lachen begleitete diese letzten Worte, wurde lauter, beißender, bis es schließlich in ein Schluchzen überging und er kurz darauf hemmungslos, die Hände vor das Gesicht haltend, zu jammern und klagen begann.

Irgendwie tat er Adelheid zwar leid, aber sie bewunderte seine Ehefrau, seine Exfrau, gewissermaßen. Es war schön mutig von ihr gewesen, das mit dem Mexikaner, das hätte sie sich nie getraut, obwohl es manchmal auch zum Davonlaufen gewesen war mit dem Josef, mit all seinen Eigenheiten, allen voran der Jägerei. Das hatte sie nie verstanden, auf lebendige, gesunde Tiere schießen, ihnen regelrecht auflauern, um sie dann in geselliger Runde zu verspeisen und ihre ausgestopften Kadaver als Trophäen an die Wand zu hängen.

Plötzlich verstummte das Klagelied.

»Einen doppelten Grappa, Signor!«, sagte Johann zum Barkeeper und war wieder ganz der Alte, hatte seine Gefühle unter Kontrolle, und der Langweiler war wieder zurück. »Nein, *zwei* doppelte, Signor!«, änderte er seine Bestellung.

Adelheid winkte energisch mit den Händen und erklärte mit einem Blick auf ihre Uhr, es sei Zeit, das Nachtlager aufzusuchen. Mit Schwung drehte sie sich einmal um hundertachtzig Grad auf dem Barhocker, wünschte dem Barkeeper eine trinkgeldreiche Nacht und verschwand. Ihre Absätze klapperten in der menschenleeren Empfangshalle, und sie hatte nach dem Alkoholgenuss des heutigen Abends Mühe, nicht aus den Stöckeln zu kippen.

»Frau Horvath! Adelheid! Heidi!«, rief Johann ihr nach. »Wir könnten doch morgen gemeinsam was unternehmen, uns Triest anschauen, die Kirchen …«

Sie huschte um die Ecke, tat so, als ginge sie das Ganze gar nichts mehr an, dachte nur: Kirchen, wie langweilig, das ist wieder typisch für ihn. Da würde ich mir auch einen Mexikaner, zumindest einen Italiener suchen.

Sie zog die Schuhe aus, ging barfuß die Treppe hoch. Endlich allein! So viel männlicher Begleitschutz den ganzen Tag bis spät in die Nacht hinein war beinahe Verschwendung nach all den Jahren der Entsagung.

Im Zimmer war es angenehm kühl, und Adelheid schmiss die Sandalen in die hinterste Ecke. Sie waren elegant, daran gab es keinen Zweifel, auch mondän, nur eben mit diesen Absätzen nicht geeignet für eine Tagestour. Die Folterinstrumente hatte Magenta ihr eingeredet: »Da kriegst stramme Wadln und einen Hintern wie die Lopez.«

Eine Dusche und danach ein Fußbad mit kaltem Wasser gönnte sie sich. Dann kam das Abschminken. »Das Gesicht ist das Heiligtum einer Frau, das bedarf besonderer Pflege, das ist unser Kapital, neben unserem Körper«, sagte Timi immer, und wo sie recht hatte, hatte sie recht. »Das Abschminken ist das A und O für die schon ein bisserl reifere Haut.«

»Ein bisserl reifere Haut« war nett formuliert von Timi. Adelheid nahm das Gesichtswasser und einen Wattebausch und fuhr sich mit Hingabe über das Gesicht, bis auch die Stirn samt den Geheimratsecken vom Alltagsschmutz befreit waren. Ganz grau war die Watte, vermischt mit einem letzten Rest ihres Make-ups und einem Hauch Orange vom Lippenstift.

Als sie im Bett lag, dachte sie an Josef. Seit Ewigkeiten hatte sie sich nicht mehr seine Stimme angehört. Das Handy lag zwar neben ihr auf dem Nachtkästchen. Aber jetzt seine Stimme anhören? Nein, das konnte sie wieder machen, wenn sie zu Hause war, und überhaupt hatte ihr Magenta abgeraten, dauernd der Stimme eines Toten zu lauschen. »Mensch, Adelheid, lösch doch diesen Kram, den Josef trägst du ja im Herzen, und außerdem kannst nicht ewig trauern. Das Leben muss weitergehen, das würde der Josef sicher auch wollen.«

Ob er das so gewollt hätte, da war sich Adelheid nicht immer sicher, denn er hatte ganz schön eifersüchtig sein können, besonders wenn einer länger seine Adelheid anschaute oder sich gar mit ihr unterhielt. Aber das war ja nicht so oft der Fall gewesen, und ansonsten war er eigentlich ganz in Ordnung, ihr Josef.

Sie schloss die Augen und dachte an Tremente. Schon wieder.

27

Tremente saß im Frühstückszimmer, erwartete sie. Adelheid flog förmlich durch den Raum zu seinem Tisch, wo er ihr galant den Stuhl richtete. Sie nahm sich vom Obst, davon reichlich, aß ein kleines Brötchen mit Schinken und trank eine Tasse Kaffee, schwarz.

Tremente lud sich ordentlich von allem etwas auf den Teller. Und noch bevor Herr Oberstudienrat im Frühstückszimmer erschien, höchstwahrscheinlich hatte er Kopfschmerzen vom nächtlichen Alkoholexzess, verschwanden die beiden in Richtung Piazza Oberdan.

Da standen sie nun und warteten, worauf, das wusste Adelheid nicht, und Tremente war schweigsam, tat sehr geheimnisvoll, bis sie ein Rumpeln vernahm in der Ferne, das langsam näher kam. Adelheid war, als sie die Straßenbahn erblickte, entzückt von so viel Nostalgie und fühlte sich zurückversetzt in ihre Kindheit, in ihre Ferien bei Mitzi Tant. Sie dachte an ihre erste Fahrt mit der Straßenbahn, mit der 71er waren sie zum Zentralfriedhof gefahren, zu Onkel Pepps Grab. Ja, Mitzi Tant war in einem Wiener Gemeindebau aufgewachsen und gestorben, und dazwischen war nichts passiert, absolut nichts. Sie, Adelheid, war wenigstens in England und auch am Meer gewesen.

Tremente nahm ihre Hand, und sie stiegen in diese Tram, die Sitzbänke so eng einander gegenüberstehend, dass sich ihre Knie mehr als nur einmal berührten. Tapfer schlängelte sich die alte keuchende Dame die Hügelkette hinauf zu dieser wunderschönen Aussichtswarte und dem Obelisken. Sie fuhren dann weiter bis zur Endstation, wo Tische und Stühle eines kleinen Cafés standen. Sie beschlossen, Kaffeepause zu machen, bevor es wieder talwärts gehen würde.

Gedankenverloren schaute Adelheid in die Ferne, während Tremente die Bestellung an den Kellner weitergab.

»Ich muss immer wieder an diese Signora Bertani denken.

Sie tut mir richtig leid. Irgendetwas muss doch passiert sein, so einfach fängt man doch nicht zu trinken an. Und dann das mit dem Gabriel, dem Antonio oder wie auch immer. Du hättest ihn sehen sollen, wie er da oben neben der Orgel gelegen ist. Mit dem zertrümmerten Schädel. Blut, so viel Blut, überall. Ich darf gar nicht daran denken, da kommt mir gleich wieder das Frühstück hoch. Irgendwer muss den ganz schön gehasst haben, so wie der zugerichtet war, hat der Inspektor Wurz gesagt. Dabei war er so beliebt bei uns im Dorf.«

»Aber anscheinend nicht bei allen«, warf Tremente ein. »Übrigens muss ich heute noch mal hinaus nach Monfalcone ins Kinderheim, ich wollte mit der Mutter Oberin sprechen wegen Antonio. Was er so für ein Kind war. Vielleicht weiß sie, warum er unter falschem Namen ins Ausland gegangen ist. Da steckt sicher mehr dahinter, wenn einer seine Vergangenheit zu vertuschen versucht.«

»Ich würde dich gerne begleiten, schließlich geht mich das Ganze auch was an, ich hab fast ein halbes Jahr mit ihm zusammengewohnt.«

Tremente nickte.

»Weißt du, wann der Antonio«, Adelheid nannte ihn der Einfachheit halber so, und das war auch sein richtiger Name hier in Italien, Antonio Gabriele Bertani, »nach Santa Croce überstellt wird?«

»Nein, kann ich dir nicht sagen.«

Tremente holte sein Handy und wählte die Nummer des Vice-Questore. Als er das Telefonat beendet hatte, sagte er: »Wir sollen nach unserer Sightseeingtour vorbeikommen, das hätte ich beinahe vergessen, er will von dir was fürs Protokoll aufschreiben. Übrigens, Antonio kommt heute noch, übermorgen ist das Begräbnis, und das möchte ich auf keinen Fall versäumen. Ich will mir anschauen, wer ihm die letzte Ehre erweist hier im Lande.«

»Ja, und ich könnt mich ein bisschen um die Bertani kümmern bei diesem schweren letzten Gang.«

Die Pflicht rief. Tremente zahlte, und die beiden erreichten gerade noch die Tram, die sie zwar nicht allzu schnell, aber sicher durch die gartenähnliche Umgebung der Strecke mitten in das Triester Verkehrsgewühl zur Piazza Scorcola brachte.

Zum Hafen sind es jetzt nur mehr ein paar hundert Meter, dachte Adelheid. Sie liebte es, dort zu sitzen und die einfahrenden Schiffe zu beobachten, wie sie sich mit ihren Signalhörnern Aufmerksamkeit verschafften. Manche erinnerten sie an die archaischen Töne eines Didgeridoos, so altertümlich, so gar nicht in die moderne Welt passend, und dann gab es da noch die Hupen der kleineren Schiffe, die eher wie ein automatischer Türöffner klangen. Vielleicht ein andermal, denn jetzt hakte sich Tremente bei ihr unter und schlug den Weg zur Questura ein.

Sie mussten ein komisches Paar sein, jeder klammerte sich am anderen fest, so nahmen sie den Gehsteig für sich ein, und wer ihnen entgegenkam, wich auf die Straße aus oder drückte seinen Körper enger an die Hausmauer, um den beiden den Vorrang zu geben. Der Polizist, der vor dem Eingang der Questura stand, blickte den beiden verwundert entgegen und hätte beinahe zu grüßen vergessen. Gerade als Tremente und Adelheid an ihm vorbeigingen, riss er seine Hand hoch zum Hutrand, salutierte und murmelte: *»Buongiorno, commissario. Buongiorno, signora.«*

Erstaunt drehte Adelheid den Kopf zu Tremente. »›Commissario‹?«

»Ach so, das habe ich dir ja noch gar nicht erzählt, ich war Commissario, hier in der Questura, aber dann ist mir das mit dem Knie passiert, und seither bin ich in Pen… Seither habe ich diese kleine Detektei.«

Sie wollten mit dem Lift in den ersten Stock fahren. Gerade in dem Moment, als die Tür zuging, zwängte sich Orabella Pagani in die Kabine, und augenblicklich verwandelte sich der kleine Kasten in eine Parfümerie. Der Duft von Patschuli bedrängte Adelheids Nase. Sie hatte ihn nie gemocht, diesen exotisch-schweren Geruch, der sie ein bisschen an muffige Kleiderschränke und auch an ihre Schwester erinnerte – obwohl sie die mochte. Loni, fiel ihr ein, sie hatte Loni ganz vergessen, hatte ihr noch immer keine Karte aus *Bella Italia* geschrieben.

Mit Küsschen links und rechts auf die Wange begrüßte Orabella Pagani Tremente, redete munter auf Italienisch auf ihn ein.

Der Lift setzte sich knarrend in Bewegung, bis er kurz vor Erreichen des ersten Stockes ruckartig zum Stehen kam, aber gleich darauf seine Fahrt wieder fortsetzte. Orabella verlor mit ihren hohen Absätzen das Gleichgewicht, fiel Tremente geradewegs in die Arme, und Adelheid, die schräg hinter ihm stand, wurde an die Wand gedrückt. Mit einem *»Scusi!«* und endlosen Sätzen entschuldigte sie sich bei ihr, und Tremente nutzte die Gelegenheit, Adelheid vorzustellen.

»Adel'eid 'orvath, ein Gast aus unserem Hotel.« Und zu Adelheid gewandt: »Orabella Pagani, die Staatsanwältin von Triest.«

Die beiden nickten sich zu, nicht ohne sich gegenseitig von der Haarwurzel bis zur Zehenspitze zu mustern, dann ließ die Staatsanwältin Adelheid links liegen und unterhielt sich mit Tremente, als wäre sie nicht da, scherzte und flirtete, und Adelheid verspürte so ein Gefühl, das sie das letzte Mal gehabt hatte, als ihr Josef, der Janisch, eine Spur zu lange auf das freizügig zur Schau gestellte Dekolleté gestarrt hatte. War sie etwa neidisch auf diese Schönheit?

Oh mein Gott, Adelheid, schalt sie sich selbst, ihr seid nur Freunde, eine Urlaubsbekanntschaft. Du kannst keine Besitzansprüche stellen, nur weil diese Orabella die Bühne betritt. Contenance, Adelheid, Contenance! Bleib gelassen, sie würde sowieso besser zu ihm passen, so makellos modern.

Nein. Würde sie nicht.

Verstohlen blickte Adelheid an sich hinunter, zog den Bauch ein. Die Garderobe war gut gewählt, das Orange ihres Jerseykleids unterstrich den Farbton ihrer Haare. Der Schnitt war schlicht, nicht ganz so figurbetont, aber alles andere als langweilig, eine Mischung aus Zeitgeist und urbanem Look. Sie warf einen Blick in den Spiegel, der neben ihr an der Kabinenwand hing. Das Make-up zeigte trotz mediterraner Temperaturen noch keine Verschleißspuren, und der Lidschatten hatte sich ebenfalls noch nicht in der Lidfalte abgesetzt. Es passte so, wie sie aussah, und sie waren ja nur Bekannte, vielleicht nach der Verbrüderung am Abend zuvor Freunde.

Ein Surren brachte Adelheids Gedanken wieder zurück in die Kabine. Tapfer lächelte sie Orabella an, die es ihr gleichtat, doch es schien Adelheid, als würde sie etwas wie Verachtung in ihrem Blick wahrnehmen – oder war es nur Einbildung?

Endlich erreichte der Lift den ersten Stock. Als die Türen aufgingen, entfernte sich Orabella in die entgegengesetzte Richtung, nur der Duft von Patschuli schwebte in der Luft und war stummer Zeuge ihrer Zusammenkunft.

Sicurra erwartete die beiden bereits, erhob sich aus seinem Sessel hinter diesem riesigen Eichenschreibtisch und bestellte über die Gegensprechanlage Espresso für alle. Wieder musste Adelheid an Schloss Schönbrunn denken, als sie es sich in der bequemen Sitzgarnitur gemütlich machte.

Der Vice-Questore kam mit einer gelben Flügelmappe, setzte sich zu ihnen und überreichte Adelheid die Kladde mit der Bitte, das Geschriebene noch einmal durchzulesen und dann zu unterschreiben, der Ordnung halber, wie er sagte.

Adelheid warf einen Blick auf das Papier, aber ihre Aussage war natürlich auf Italienisch festgehalten, also verstand sie kein Wort. Stattdessen musste sie an diese Orabella denken. Hatte er was gehabt mit ihr, oder bahnte sich da erst eine Liebschaft an? Mensch, Adelheid, reiß dich zusammen, er ist bloß eine Urlaubsbekanntschaft, und er hat dir geholfen, Licht in die Vergangenheit vom Herrn Gabriel zu bringen! Ohne das Protokoll zu Ende zu lesen, unterschrieb sie, nippte an ihrem Espresso, der war heiß und stark, wie eben die Italiener auch, dachte Adelheid, musste lächeln und hörte dem Gespräch der beiden Männer zu. Jedoch war ihr Italienisch zu karg, um irgendeinen Zusammenhang im Dialog zu erkennen, es beschränkte sich auf das Wesentliche, *si* oder *no*, *prego* und *grazie* und zu grüßen eben. Tremente saß auf der linken Seite neben ihr, und ihre nackten Unterarme berührten sich für einen kurzen Moment. Adelheid bekam eine Gänsehaut, und etwas wie Schmetterlinge flatterte in ihrem Bauch.

Gerade als es sich Sicurra in dem breiten Fauteuil gemütlich machen wollte, läutete sein Telefon, und Tremente nutzte die Gelegenheit, Adelheid das Zeichen zum Aufbruch zu geben. Beide winkten mit der Hand, flüsterten ein verhaltenes *»Arrivederci«*, um das Gespräch nicht zu stören, dann schob er sie sachte, aber dennoch bestimmt zur Tür hinaus.

»Es ist schon weit über Mittag, und wir sollten längst unterwegs sein«, sagte Tremente und rief ein Taxi, das sie ins Hotel brachte.

28

Es war wieder einmal einer dieser trostlosen Nachmittage, die Wurz am Kommissariat hinter seinem Schreibtisch verbrachte, um den Stapel blassgrüner Akten, der sich gefährlich zur Seite neigte, zu bearbeiten. Gelangweilt kaute er an einem Kugelschreiber mit der Aufschrift »bfi Burgenland«, musste wohl von einer Infoveranstaltung übrig geblieben sein. Er schaute zu dem verstaubten Gummibaum in der Zimmerecke, der vor Monaten sein letztes Blatt abgeworfen hatte.

Sein Blick wanderte weiter zu Hafners Schreibtisch, der seinem direkt gegenüberstand. Penibel aufgeräumt, keine Papierberge, die zu Wolkenkratzern wuchsen, keine alten Kaffeehäferl, nur ein Foto, die Monika Wenzl und er, natürlich in Uniform. Nach acht Jahren Beziehung oder mehr hatte Hafners erste Frau einen anderen gefunden, einen Familienmenschen, keinen Polizisten, wie sie betonte. Er war lang allein geblieben, Hafner, zerstört in seinem Innersten, hatte von keinem weiblichen Wesen mehr was wissen wollen, bis eines Tages die Moni aufgetaucht war. Aus Wien ins Südliche beordert, beinahe das gleiche Schicksal wie sein eigenes, dachte Wurz. Diese Beziehung klappte wunderbar, beide keine Familienmenschen, beide bei der Polizei. So konnte es gehen.

Wurz griff gerade zur nächsten Akte, da erlöste ihn das Läuten des Telefons von seinem Vorhaben.

»Grüß Sie, Wurz, gut, dass Sie heute im Dienst sind«, hörte er die Stimme vom Kranich am anderen Ende der Leitung. »Eine Exhumierung müssen S' vornehmen, Wurz, der Kantor, der da so grausam zug'richtet worden ist, ich glaub, Gabriel Bertl hat der g'heißen, da ist jetzt aus Italien ein Fax 'kommen, der soll nämlich von da unten sein. Eine Großmutter gibts noch, und die möchte, dass ihr Enkel bei ihr zu Hause ein'graben wird.«

»Aber wie will die wissen, dass gerade er der Richtige ist?«, warf Wurz zweifelnd ein. »Dann lassen wir ihn ausgraben, und dann ist das nicht der Gabriel, den sie gemeint hat, und dann können wir den wieder von Italien holen und bei uns eingraben. Dann war alles für die Katz.«

»Eine gewisse Frau Horvath ist nach Triest gereist mit einem Foto von diesem Gabriel. Übrigens, der hat gar nicht so g'heißen, Antonio Gabriele Bertani war sein richtiger Name, na ja, und da hat diese Horvath zusammen mit einem Detektiv das herausg'funden, das mit der Großmutter.«

»Nicht schon wieder diese Horvath! Ich hab mich gleich gewundert, dass die nach Italien gereist ist.«

»Was soll das heißen, ›nicht schon wieder diese Horvath‹? Kennen Sie die besagte Person etwa? Wie auch immer, veranlassen Sie das mit der Exhumierung, und zwar gleich, damit wir es hinter uns haben. Übrigens, die Italiener schicken einen Leichenwagen herauf, der den Toten abholt. Morgen am Vormittag kommt der schon. Also dann, an die Arbeit, *avanti*, wie die Italiener so sagen.«

Das Freizeichen verkündete Wurz das Ende des Gespräches, doch er hielt noch immer den Hörer in der Hand, dachte nach.

In diesem Augenblick wurde die Tür geöffnet, und Hafner und seine Moni traten ein und mit ihnen auch der Geruch von Pizza.

»He, Wurz, was ist passiert? Weil'st Löcher in die Luft starrst. Magst auch ein Stück Pizza?«

»Pizza, das hat mir jetzt gerade noch gefehlt. Wo ich doch diesen Italiener, den Bertl, exhumieren soll.«

»Was meinst? Italiener? Exhumieren?«

»Ausgraben lassen muss ich den! Hat jetzt auf einmal Familie, eine Großmutter, die den ›Jungen‹«, Wurz machte mit den Fingern Anführungszeichen in der Luft, »bei sich haben möchte. Egal, wie auch immer, ich muss das jetzt organisieren. Hat schon mal jemand Erfahrungen mit so was gemacht?«

»Ja, einmal war ich dabei, in Klosterneuburg, da ist es um Giftmord gegangen. Als Erstes brauchst du den Totengräber, der muss das Grab wieder ausschaufeln, und absperren musst du den Friedhof natürlich, und dann brauchst du einen blechernen Sarg, wo du den Holzsarg reintust. Ich glaub, aus Zink, aber der Bestatter weiß sicher Bescheid. Das war's eigentlich schon, und natürlich alles mit Diskretion, sonst hast du die ganzen Pressefritzen dabei.«

Wurz war erleichtert, blickte etwas zuversichtlicher dem morgigen Tag entgegen. Das war machbar. Er nahm seine Autoschlüssel und fuhr nach Rotenturm aufs Gemeindeamt, musste doch alles bis ins kleinste Detail geplant werden, der Einsatz morgen, man wollte sich doch keine Blöße geben vor den Südländern. Auf ein Wurstsemmerl würde er bei Birgit hineinschauen, die Gelegenheit nutzen, sie zu einem Badeausflug ins Fürstenfelder Freibad einzuladen. Das würde schon alles irgendwie werden.

Das mit der Diskretion musste Gross Erich, Gemeindearbeiter und Totengräber, irgendwie falsch verstanden haben. Um acht Uhr morgens, als Wurz mit seinen Kollegen, Hafner und Wenzl, eintraf, war der kleine Parkplatz vorm Friedhof zugeparkt. Das Kamerateam vom ORF Burgenland hatte sich an der Friedhofsmauer positioniert, und natürlich waren Leute von der Presse da, die Wurz bestürmten, um eine Stellungnahme baten. Die Polizisten kämpften sich zielstrebig zum Eingang durch, wo Wenzl das Schild mit der Aufschrift »Friedhof wegen dringender Arbeiten gesperrt« an den Türgriff am eisernen Tor hängte. Daraufhin kletterte die Presse auf die Mauer, die Kamera bereit für den Ansager der Woche.

Drinnen hörte man das Scharren der Schaufel und das Aufschlagen von Erde auf Erde. Vor dem Grab war Desch Willi positioniert, die Aushilfe der kleinen Gemeinde. Herr Gross stand bereits oben auf dem Sarg und befreite ihn rundherum von der Erde, damit der Gurt, der für das Hochheben aus dem Grab benutzt werden würde, befestigt werden konnte. Es war einer der heißesten Tage bis jetzt, und Wurz fächelte sich Frischluft zu.

Kurz vor halb zehn verschwanden ORF und Presse von der Mauer und liefen Richtung Parkplatz. Ein kleiner Lieferwagen mit italienischem Kennzeichen war gleichzeitig mit dem örtlichen Bestatter, der den Zinksarg brachte, eingetroffen.

Danach ging alles blitzschnell. Der Sarg wurde hochgezogen,

schlug einmal links, dann rechts an die Grabwand, und Wurz befürchtete schon, dass sich der hölzerne Kasten in seine Einzelteile zerlegen und Bertl wieder freigeben würde. Alles ging gut. Endlich war Sarg in Sarg, und da Not am Mann war, mussten Wurz und Kollege Hafner mit anfassen, um die ganze Apparatur anschließend im Inneren des Lieferwagens verschwinden lassen zu können.

Jetzt kam der Herr Bürgermeister, wollte dem letzten Akt dieses Trauerspieles beiwohnen. Er schaute auch deshalb vorbei, um alle Beteiligten dieser Exhumierung zum Schlosswirt einzuladen, auf einen kleinen Imbiss. Mit einigen Brocken Deutsch seitens des Fahrers und ein bisschen Englisch der hiesigen Gäste kam man zu Tisch sogar ins Plaudern, und es stellte sich heraus, dass der kleine Lieferwagen heute eine Leiche statt Zucchini und Zichorie transportierte, wobei sich der Chauffeur mit der Handfläche auf den Oberschenkel haute und loslachte, als er das erzählte.

Um elf Uhr war der Spuk vorbei, nur einige Reporter, die anscheinend falsch informiert worden waren, lungerten noch vorm Gasthaus herum und schossen ein paar Fotos vom abfahrenden Lieferwagen, der durch seine Aufschrift »Frutta e verdura« nicht im Mindesten erahnen ließ, was die wirkliche Fracht war.

29

Sie betraten das Hotel durch die Hintertür und gingen in die Küche, wo Sofie gerade an der Verfeinerung ihrer Tomatensoße herumexperimentierte. Tremente sagte etwas auf Italienisch zu seiner Tochter, und im Nu standen zwei Teller mit Makkaroni und dieser eben noch im Topf köchelnden Tomatensoße auf dem kleinen Tischchen, das fürs Personal in der Küche aufgestellt war.

Adelheid wollte sich frisch machen, bevor sie losfuhren. Als sie aber durch das beschlagene Fenster der Schwingtür, die die Küche mit dem Restaurant verband, den Oberstudienrat mit weiblicher Begleitung, nicht unattraktiv, schwarzhaarig und mit goldumrahmter Brille, die ihrer Erscheinung etwas Erzieherisches, Gouvernantenhaftes verlieh, bei einem Glas Wein sitzen sah, verwarf sie den Gedanken wieder. Das ging ja schnell, das mit dem Trösten. Wie Magenta über die Männer immer zu sagen pflegte: »Aus den Augen, aus dem Sinn«, was hiermit wieder einmal bewiesen wäre.

Also nur Katzenwäsche. Sie bog links von der Rezeption ab, statt die Treppe hinaufzugehen, suchte die Toilette auf. Schaute in den Spiegel. Adelheid ließ das kühle Nass über ihre Handflächen rinnen und genoss diese Erfrischung. Sie strich sich durchs Haar und schüttelte sie kräftig durch, um sie wieder in Form zu bringen. Anschließend puderte sie Nase und Stirn und legte als krönenden Abschluss ein kontrastreiches Orange auf die Lippen. Äußerst zufrieden lächelte sie ihrem Spiegelbild zu.

Tremente hatte das Dach von seinem Postino zurückgeschlagen, und der Fahrtwind umgarnte sie mit einer angenehmen Kühle. Sie fuhren die Küstenstraße entlang, und Adelheid war immer wieder aufs Neue verzückt vom Meer und von den Booten, die wie bunte Falter darauf tanzten.

Angekommen in Monfalcone, konnte sie gleich das Wahrzeichen sehen, diese mittelalterliche Burg auf der Anhöhe, um die sich die Häuser der Stadt reihten. Trementes Wagen schlängelte sich durch die Stadt zum Heim Santa Maria Maggiore, das, wie er berichtete, am Ortsrand auf einer kleinen Erhebung mit Blick aufs Meer lag. Er fuhr die Steinmauer entlang, und Adelheid staunte nicht schlecht über das Ausmaß der Mauer, die das Innere des Besitztums nur erahnen ließ, bis sie vor einem kunstvoll geschmiedeten Tor anhielten.

Tremente stieg aus, drückte den Knopf in der steingemauerten Säule links neben dem Tor. Er spähte zwischen den Eisengittern hindurch und wunderte sich erneut über diese Zypressenallee, die scheinbar ins Endlose führte. Quietschend öffnete sich das Eingangstor. Tremente stieg wieder ein, fuhr die Allee entlang, nicht ohne die Gegend mit seinem geschulten Auge zu sondieren, suchte nach, ja, wonach, nach irgendetwas Abartigem, nicht ins Bild Passendem.

Wie beim letzten Mal kam ihnen auf dem Weg eine Gruppe von Kindern entgegen. Er nahm den Fuß vom Gaspedal, blickte beim Vorbeifahren in ihre Gesichter. Auch Adelheid beugte ihren Oberkörper kaum merklich vor, schaute in die Augen der Buben, versuchte, darin zu lesen.

»Aufpassen! Achtung, Alessandro, Achtung, ein Auto!«, schrie Adelheid plötzlich, die wieder ihren Blick nach vorn gerichtet hatte.

Tremente war gar nicht darauf eingestellt, dass er hier mit Gegenverkehr rechnen musste, und hätte Adelheid nicht geschrien, wäre er beinahe in eine schwarze Mercedeslimousine gekracht, die ihm entgegenkam. Er riss das Lenkrad nach rechts herum, im allerletzten Augenblick, und blieb in der Wiese stehen. Der Limousinenfahrer hielt kurz an, hupte lang anhaltend, wie von Geisterhand öffnete sich das Fenster der Fahrerseite, und ein ausgestreckter Mittelfinger im schwarzen Lederhandschuh war die Folge von Trementes Unachtsamkeit.

Adelheid versuchte, in das Innere des Wagens zu schauen, mit zusammengekniffenen Augen die schwarze Tönung des Glases zu durchbrechen. Zwecklos, das Fenster schloss sich geräuschlos wieder, und der Wagen schwebte wie ein Luftkissenboot davon.

»Ich komme mir vor wie auf einem anderen Planeten. Erst

diese ausdruckslosen Gesichter der Jungen und jetzt dieses Auto, dessen Fracht wir vermutlich nie in Erfahrung bringen werden. Du könntest sie verfolgen, Alessandro. Eine echte Verfolgungsjagd, das wäre mal was, das wäre … das wäre … so hautnah«, stammelte sie vor Aufregung.

Tremente lächelte. »Was du für Wünsche hast, Verfolgungsjagd. Damit kann ich nicht dienen und mit meinem Postino schon gar nicht, er ist kaum schnell genug mit den paar Pferden.«

Es hatte in der Nacht ein bisschen geregnet, und jetzt hatte Tremente Schwierigkeiten, den Fiat aus der Wiese und wieder festes Terrain unter den Rädern zu bekommen. Adelheid wollte aussteigen, einerseits, um das Gewicht zu reduzieren, andererseits, um eventuell anzuschieben, da trat Tremente noch einmal das Gaspedal bis zum Anschlag durch, es machte einen Ruck, der Adelheid nach hinten in den Sitz drückte, und der Wagen wurde endlich wieder dorthin befördert, wo er den Weg unfreiwillig verlassen hatte.

»Geschafft, der Herr war uns gnädig«, sagte Adelheid, lachte, schloss die Hände zum Gebet und verbeugte sich leicht, »aber was macht so ein angeberischer Wagen hier im Heim? Überhaupt, wo ist dieses Heim eigentlich?«

Tremente zeigte mit dem Finger nach vorn. »Da vorne am Ende, siehst du das Steinhaus?«

Adelheid kniff die Augen zusammen, und wirklich, in der Ferne konnte sie etwas entdecken, was einem Gebäude ähnlich war, das näher kam, als Tremente wieder losfuhr, und zu einem dreistöckigen Steinhaus emporwuchs.

Tremente stieg aus, ging herum und half Adelheid galant aus dem Wagen. Er blickte zum Eingang, und Unbehagen stieg in ihm auf, als er mit dieser Bronzehand gegen das massive Holztor klopfte. Er hatte die Hand noch gar nicht losgelassen, da wurde geöffnet.

Hatte man sie erwartet?

Eigentlich hatte er gehofft, Suora Varella anzutreffen, doch diesmal stand eine in die Jahre gekommene leicht gebückte Nonne vor ihm, fragte nach seinem Begehr.

»*Buongiorno*, Suora, Commissario Tremente aus Triest.«

Adelheid, die dicht neben ihm stand, puffte ihn, kaum merklich für die Schwester, in die Seite.

»*Buongiorno,* Commissario, was kann ich für Sie tun?«, fragte sie auf Italienisch, und er erklärte ihr, dass sie die Mutter Oberin zu sprechen wünschten.

Sie deutete auf ein paar Stühle und verschwand über die Treppe in den ersten Stock.

»Was sollte denn das mit dem ›Commissario‹?«, wollte Adelheid wissen.

Doch ehe er seinen Standpunkt verteidigen konnte, wurden sie nach oben zitiert.

Sie traten in das spartanisch eingerichtete Büro der Mutter Oberin, die am Fenster stand, den beiden den Rücken zukehrte und in den weitläufigen Park blickte. Dann drehte sie sich um, und Adelheid konnte ihr Erstaunen nicht verbergen.

30

»Willst nicht abheben?«, fragte Birgit, und es war ihr anzusehen, dass sie hoffte, damit endlich den Gefangenenchor zum Schweigen zu bringen.

Widerwillig schaute Wurz auf sein Display. Er hatte seinen freien Tag. Und er war mit Birgit ins Freibad gefahren, um so wenigstens ein bisschen was vom Sommer abzubekommen.

Zwei Anrufe in Abwesenheit, Kollege Hafner um dreizehn Uhr siebenundzwanzig und kurz darauf Kranich. Wenn Letzterer aus der Landeshauptstadt anrief, dann bedeutete das meistens Arbeit, und so beschloss Wurz, erst einmal Hafner zurückzurufen, vielleicht wusste er mehr darüber.

»Hallo, Wurz, gut, dass du anrufst, es pressiert wieder einmal. Tut mir leid wegen deinem freien Tag, aber du weißt ja, der Granditsch, der hat sich ein paar Tage Urlaub genommen. Der ist mit den Stegersbacher Wallfahrern nach Mariazell, zu Fuß, und den kann ich schlecht anrufen, also kommst nur du in Frage.«

»Sag schon, was ist passiert, dass du mich beim Baden störst? Brennt es wieder irgendwo?«, fragte Wurz scherzhaft. »Dann musst du die 122 wählen.«

»Na, eine Bubenleiche ist g'funden worden, am Rauchwarter Badesee. Die Güssinger sind unterwegs, aber sie bräuchten Hilfe von einem Profi. Geh, sei so lieb und fahr dahin, unterstütz die Kollegenschaft, du hast da ja mehr Erfahrung als ehemaliger Beamter der Kripo Eisenstadt.«

»Wenn es sein muss. Sag denen Bescheid, in ungefähr einer halben Stunde bin ich dort. Weißt du vielleicht, wer die Leiche gefunden hat? Hoffentlich nicht schon wieder diese Horvath.«

Am anderen Ende der Leitung hörte man ein Lachen. »Ich weiß nicht, aber möglich wär's, die zieht ja die Leichen an wie die Scheiße die Fliegen, wie du immer sagst. Wünsch dir was, bis später!«

Birgit hatte in der Zwischenzeit die Handtücher in ihrem

Badekorb verstaut und sich ihr gelb geblümtes Sommerkleid übergestreift.

Wurz zuckte mit den Schultern. »Entschuldige, aber die haben da eine Kinderleiche in Rauchwart am See gefunden.«

»Du brauchst dich nicht zu rechtfertigen, Max, ich bin selber schuld, dass ich mich mit einem Polizisten eingelassen habe. Immerhin waren wir drei Stunden, nein, wenn man die Fahrt mitrechnet hin und zurück, fast vier Stunden ungestört zusammen.«

Birgit lächelte, küsste ihn auf den Hinterkopf, da, wo sein Haar schon etwas dünn wurde, und sie eilten Hand in Hand in Richtung Parkplatz.

»Das wird länger dauern«, sagte Wurz und überließ Birgit seinen Wagen. In der Zwischenzeit hatte er mit Kranich in Eisenstadt telefoniert, der ihm das Gleiche berichtet hatte wie Hafner zuvor auch. Er hatte ihm versichert, dass die Kollegen von der Spurensicherung bald eintreffen würden.

Diese hatten bereits gute Arbeit geleistet und eine Absperrung mit rot-weißen Bändern rund um den Ort des Geschehens errichtet. Die Rettungskräfte und sogar die Feuerwehr waren ebenfalls schon eingetroffen.

Wurz schlängelte sich zwischen der beachtlich angesammelten Menge an Schaulustigen durch, schwang die Beine über die Absperrung. Insgeheim war er froh, dass er heute in Fürstenfeld gewesen war. Ein Schauder lief ihm den Nacken hinunter bis zu den Pobacken, als er daran dachte, im selben Gewässer wie diese Leiche zu schwimmen, womöglich war die über längere Zeit dadrinnen gewesen. Er suchte nach dem Einsatzleiter, dem Wallner, Bezirksinspektor von Güssing. Dieser überwachte gerade die Bergung der Leiche, die beim Wehr hängen geblieben war und jetzt mit Haken, so wie sie sonst die Holzarbeiter für den Weitertransport der Bäume benutzten, ans Ufer gezogen wurde.

»Grüß dich, Wurz, tut mir leid, dass wir dich vom Schwimmen geholt haben, aber die Leiche hat sich den Zeitpunkt zum Auftauchen bedauerlicherweise nicht anders aussuchen können.«

Er schüttelte Wurz die Hand und klopfte ihm freundschaftlich auf die Schulter.

Die Männer von der Feuerwehr zogen nun den leblosen Körper aus dem Wasser, drehten ihn auf den Rücken.

»Der ist ja noch keine vierzehn! Außerdem hat er nur eine Unterhose an, oder ist das eine Badehose? Mensch, was ist denn da passiert?«, sagte Wurz und beugte sich zu Dr. Kleirer hinunter, der bereits dabei war, den Leichnam zu untersuchen. »So wie der ausschaut, muss der wohl schon eine Zeit lang im See gewesen sein.«

»Ja, da hast du recht, hier sehen wir das Phänomen der Waschhautbildung, wie wenn man zu lange im Badewasser liegt.« Der Doktor zeigte auf bestimmte Stellen des kleinen Körpers. »Aber länger als vierzehn Tage war die Leiche nicht unter Wasser, sonst hätte sich das Körperfett schon in Fettwachs verwandeln müssen.«

»Was meinst du mit ›Fettwachs‹? Den Ausdruck habe ich irgendwo schon einmal gehört, ich glaube, in der Ausbildung, kann das sein?«

»Wenn eine Leiche länger im Wasser liegt, verwandelt sich das Körperfett in Fettwachs. Du musst wissen, das Fettwachs konserviert die äußeren Umrisse des Toten wie ein Panzer. Aber bei diesem Jungen hier, da ist nicht die geringste Spur davon.« Dr. Kleirer drehte den Kopf des Jungen auf die andere Seite. »Das Gesicht ist ziemlich auf'dunsen, am Kopf sieht man Anzeichen einer Verletzung, eine Platzwunde. Kann sein, dass er g'stolpert ist, kann aber auch sein, dass er mit einem stumpfen Gegenstand attackiert wurde. Der Bauch ist auf'bläht, die Fäulnisgase haben noch jeden wieder an die Oberfläche 'bracht. Ob was in den Lungen ist, also ob der Bub ertrunken ist oder ob der vorher schon tot war und dann in den See g'schmissen wurde, das kann ich dir erst nach der Obduktion sagen. Frühestens morgen, so gegen elf, kannst mich anrufen.« Der Arzt packte seine Instrumente ein, streifte sich die Handschuhe ab und verabschiedete sich von Wurz.

»Irgendwelche Zeugen? Wer hat den Toten gefunden?«

Wallner deutete mit dem Kopf nach links. »Die Frau da drüben, eine gewisse Frau Novacek aus Wien, Meidling, der gehört gleich daneben das Ferienhaus, die schwimmt jeden Tag eine Runde im See. Aber in Ufernähe, weil s' halt nicht mehr so gut mit der Kondition ist. Kannst sie ja selber fragen.«

Wurz blickte in die von Wallner angedeutete Richtung, und die schräg einfallende Nachmittagssonne ließ ihn für einen Augenblick glauben, dass er besagte Horvath dort stehen sah. Konnte jedoch nicht sein, da ihr Haus in Rotenturm war und sie ohnehin noch in Italien weilte.

»He, Wurz«, rief ihm der Wallner nach, »was machen wir jetzt mit der Leich?«

»Die kannst du schon abtransportieren lassen. Die Sanis sollen ihn mitnehmen in die Pathologie.« Wurz drängte sich an den Schaulustigen vorbei, hin zu dieser Zeugin. »Frau Novacek? Inspektor Wurz, Kripo Eisenstadt. Ich hätte ein paar Fragen wegen der Leiche.«

Die Frau schaute ihm misstrauisch ins Gesicht, danach blieben ihre Augen erst beim grün geblümten Hawaiihemd, dann bei den weißen Bermudashorts haften, die er trug. Einen Inspektor von der Kripo hatte sie sich vermutlich anders vorgestellt.

Wurz bemerkte ihren abschätzenden Blick und schaute ebenfalls an sich hinunter. Er hatte total vergessen, dass er keine Uniform trug. »Sie müssen entschuldigen, aber ich hätte heute meinen freien Tag gehabt, komme gerade vom Schwimmen. Nicht da vom See, ich war in Fürstenfeld im Freibad. Frau Novacek, Sie haben den Toten gefunden. Können Sie mir sagen, wo und wann das genau war?«

»Also, Herr Inspektor, Sie müssen entschuldigen, dass ich Sie so angeschaut hab, aber ich hab mir gedacht, Sie sind der Bademeister! Wissen S', die Kommissare beim Tatort, der Krassnitzer oder der Brunetti, den mag ich besonders gern, die schauen halt immer so anders aus.«

Wurz hasste diese Vergleiche, musste ihr jedoch recht geben – wie ein Exekutivbeamter sah er heute wirklich nicht aus.

»Eines sag ich Ihnen gleich, das Haus da verkaufe ich. Glauben Sie, ich tunke noch einmal auch nur eine Zehenspitze in den See hinein, wo die Toten herumschwimmen? Wer weiß, wie viele da noch am Grund liegen.«

»Aber es war bis jetzt nur einer, und der See hat einen Zufluss und natürlich einen Abfluss, vorn beim Gitter, da reinigt sich das Wasser, wenn Sie wissen, was ich meine, es fließt quasi durch. Es sind ja auch tote Fische drinnen, das macht keinem was aus, ein toter Mensch ist nichts anderes, nur eben ein bisserl größer vom Volumen her. Tot ist tot.«

»Ja, wenn S' meinen, Herr Inspektor.« So ganz überzeugt schien sie nicht von diesem Mensch-Fisch-Vergleich.

»Können wir jetzt, Frau Novacek?«

»Also, ich bin wie jeden Morgen aus dem Haus und über meinen eigenen Steg ins Wasser gegangen. Sie müssen nämlich wissen, ich schwimme täglich meine eineinhalb Stunden im Sommer, im Winter, da gehe ich spazieren, aber sporteln tu ich jeden Tag, außer am Sonntag, der ist mir heilig.«

»Wo genau sind Sie ins Wasser?«, fiel ihr Wurz ins Wort, um das Gespräch wieder zum Ursprung zurückzuführen.

»Wie gesagt, ich bin aus dem Haus zum Steg, und dann bin ich ins Wasser hinein und geschwommen.« Sie zeigte mit der Hand in die entgegengesetzte Richtung, wo die Leiche gefunden worden war. »Ich schwimme immer im Uhrzeigersinn, müssen Sie wissen, ist so eine Gewohnheit von mir, ein Ritual halt. Ja, und dann bin ich da drüben vorbei, und da hab ich mir gedacht, was treibt denn dort? Hat wieder jemand seinen Müll in den See geworfen? Hat ja so ausgeschaut wie ein aufgeblähtes Plastiksackerl, und ich muss ehrlich gestehen, meine Augen sind auch nicht mehr die besten. Na gut, dann bin ich hinübergeschwommen und wollt das Sackerl anfassen – na, ich darf gar nicht dran denken. Da hab ich den Körper angefasst, von dem Toten.« Automatisch wischte sie sich die Hände an den Tigerleggings ab. »Nein, morgen gleich fahre ich zum Immobilienmakler, der soll es verkaufen, oder wollen Sie vielleicht, Herr Inspektor?«

»Danke für das Angebot, aber ich bin versorgt«, sagte er, obwohl nur notdürftig versorgt mit seinen achtundzwanzig Quadratmetern zur Untermiete, wobei er sich das Klo und die Dusche mit einem Krankenpflegeschüler, dem Kevin, teilte. Irgendwann wollte er mit Birgit was bauen, was kaufen vielleicht, aber sicher nicht das Häuschen von der Novacek.

Er verabschiedete sich von der Zeugin, jetzt konnte er immerhin ungehindert den Tatort erreichen, denn mit dem Abtransport der Leiche hatte sich in der Zwischenzeit auch das Publikum verabschiedet.

Gegen fünf ließ ihn Wallner vorm Kommissariat aussteigen.

»Servus, Wurz«, begrüßte ihn Hafner, »hast einen schönen Badetag heute gehabt?«

»Geh, hör mir auf! Da gehe ich einmal schwimmen mit der Birgit und dann das. Nächstes Mal flieg ich auf die Malediven, dann kann der Kranich selber herunterfahren. Gibt es schon die Fotos vom Opfer?«, fragte Wurz.

»Ja, die Güssinger Kollegen haben schnell gearbeitet, schau mal her, und die haben auch gleich bei den vermissten Personen nachg'schaut, und wirklich, die sind fündig 'worden.«

Wurz setzte sich vor den Bildschirm, und auch er erkannte augenblicklich die Ähnlichkeit der beiden Gesichter.

31

Nanny McPhee, war Adelheids erster Gedanke, die »Zauberhafte Nanny«, als sich die Mutter Oberin umdrehte und ihnen die Hand reichte. Die daumennagelgroße Warze über der rechten Oberlippe und der weit vorstehende Vorderzahn passten. Und auch das schwarze lange Gewand erinnerte an die Filmfigur, nur statt des Hütchens, das die Nanny auf dem Kopf hatte, trug die Oberin einen Schleier, der ihr Haar verdeckte.

Sie bot den beiden auf den ungepolsterten Holzstühlen vor ihrem Schreibtisch einen Platz an. Auch eine Art, Buße zu tun, dachte Adelheid und spürte ein leichtes Ziehen in ihrer Sakralgegend. Unweigerlich schaute sie auf das Kreuz vor dem Gebetsschemel, dieser war ebenfalls nicht gepolstert, zur Buße gemacht. Seit Jahrhunderten war es ein Kreuz mit dem Kreuz, ob so oder so.

»Wasser?«, fragte die Oberin und befüllte, ohne die Antwort abzuwarten, drei Gläser, reichte eines davon Adelheid, nickte Tremente zu und trank selbst einen Schluck aus ihrem. »Was kann ich für Sie tun?«

Tremente zeigte ihr das Foto von Antonio Bertani. »Kennen Sie den jungen Mann auf dem Foto?«

»Ja, natürlich, das ist Antonio. Was ist mit ihm?«

»Er ist tot. Ermordet worden, um genau zu sein, und Signora 'orvath«, er deutete in Adelheids Richtung, »hat ihn gefunden.« Tremente erzählte die Geschichte, alles.

»Aber Antonio kann nicht tot sein, da muss ein Irrtum vorliegen, der war doch erst da. Warten Sie, lassen Sie mich nachdenken, es war im April. Kurz vor Ostern hat der uns besucht, wie immer, wenn er in der Nähe war. Mein Gott, ich kenne den Buben, da war er gerade mal fünf Jahre alt. Ein paar Wochen nach meinem Eintritt ins Kloster ist er aufgenommen worden. Ich weiß es noch wie heute, die Eltern sind gestorben, und die Großmutter war nicht in der Lage, für ihn zu sorgen, und da ist er halt zu uns gekommen.«

»Und Sie sagen, der Antonio hat sie öfter besucht?«, fragte Tremente weiter. »Einfach so oder aus irgendeinem Grund?«

»Wie gesagt, wenn er in der Nähe zu tun hatte, ist er gekommen, hat sich unseren Bus ausgeliehen und ist mit den Buben nach Triest gefahren, meistens ins Kino oder in ein Museum, oder sie haben einen Ausflug mit dem Schiff gemacht. Er war oft den ganzen Tag mit denen unterwegs. Geschenke hat er den Buben gemacht. Kleinigkeiten halt, einmal hat er sogar einen Computer mitgebracht, so einen für die Tasche, mir fällt jetzt der Name nicht ein.«

»Einen Laptop?«, fragte Tremente.

»Ja, genau, einen Laptop. Ich hab dann gesagt: ›Antonio, kannst du dir das überhaupt leisten?‹ Da hat er mit den Schultern gezuckt und gesagt: ›Ist ja nur eine kleine Wiedergutmachung für das, was sie erleiden müssen.‹ Da habe ich zu ihm gesagt: ›Aber so schlecht geht es ihnen ja nicht bei uns, du hast es ja auch überlebt.‹ Dann ist er oft ganz still geworden und bald darauf gegangen, aber irgendwann hat er wieder vor der Tür gestanden.«

»War Giacomo Ganzoli dabei bei diesen Ausflügen?«, fragte Tremente und bemerkte gar nicht, wie er instinktiv in die Rolle des Commissario schlüpfte.

»Zwei- oder dreimal, öfter nicht. Der war wegen seiner aufmüpfigen Art nicht sehr beliebt hier bei uns. Immer hat er rebelliert, hat auch die anderen ganz verrückt gemacht mit seiner Meuterei.«

»Die Buben werden hier im Haus unterrichtet, kommen praktisch mit der Außenwelt nie in Kontakt?«

»Oh doch, Commissario, oh doch, am Sonntag in die Kirche zur heiligen Messe unten im Ort und wenn Antonio sie mitgenommen hat. Der Monsignore nimmt sie auch öfter nach Triest mit. Aber sonst haben die alles, was sie brauchen, hier drinnen. Es ist besser, wenn sie in der sündigen Umwelt«, die Mutter Oberin bekreuzigte sich, nahm ihren Rosenkranz aus der Tasche, küsste den beinahe nackten Jesus auf dem winzigen Holzkreuz und ließ ihn wieder in ihrer Tracht verschwinden, »gar nicht erst in Versuchung geführt werden.«

»Übrigens, wie geht es dem Monsignore? Ist er wieder auf dem Weg der Besserung?«

Ein Lächeln huschte über ihr Gesicht, und ihre Wangen verfärbten sich blassrosa wie eine Kirschblüte. »Monsignore Rossi ist mit Gottes Hilfe auf dem Weg der Besserung. Er war eben hier, hat unseren Zöglingen einen Besuch abgestattet, sie eingeladen zur heiligen Messe für nächsten Sonntag in der Kathedrale von San Giusto und anschließend in das Palazzo Riti. Er möchte das Wiedersehen mit seinen kleinen Freunden feiern, hat er gesagt. Sie müssten ihm doch gerade begegnet sein.«

»Wenn das Rossis Limousine war, der schwarze Mercedes mit den verdunkelten Fenstern, der uns beinahe gerammt hätte, ja, dann sind wir ihm begegnet.«

Die Mutter Oberin blickte auf ihre Armbanduhr, was wohl als Zeichen für Adelheid und Tremente gedacht war, dass die Audienz vorbei war.

»Eine letzte Frage noch«, sagte Tremente. »Normalerweise wurde ich immer von Suora Varella an der Tür empfangen. Ist alles in Ordnung mit ihr? Sie war es doch, die den toten Giacomo gefunden hat.«

»Wir fanden, es sei eine gute Idee, wenn Suora Varella eine Zeit lang in Venedig verweilt, ein bisschen ausspannt. Es war sehr turbulent in den letzten Wochen, und sie ist so ein zartes Persönchen, da meinte Monsignore Rossi, das Convento Sant'Anna sei genau das Richtige für sie, um diesen Alptraum hinter sich zu lassen.«

Sie blickte wieder auf ihre Armbanduhr, ihr Gesicht schien mit einem Mal um Jahre gealtert, das Blassrosa war einem Grau gewichen.

»Ich muss Sie jetzt bitten, zu gehen, die Kinder warten auf mich in der Kapelle zum Abendgebet.« Beinahe hastig begleitete sie die beiden zum Tor.

Kaum dass sie im Wagen Platz genommen hatten, musste Tremente Adelheid alles erzählen, worüber er mit der Mutter Oberin gesprochen hatte. Am Ende seiner Schilderungen waren sie wieder in Triest angelangt, und Tremente lenkte den Wagen auf den Parkplatz vom »Peppino«. Durch das offene Dach drang der Duft von Fisch, Gewürzen, Basilikum, Oregano, aber auch von Ciabatta, frisch gebacken, und erst jetzt bemerkte Adelheid, dass sie hungrig war, spürte das Knurren ihres Magens. Das Lokal war gut besucht und wegen seiner begrenzten Räume ständig überfüllt, doch Peppino zauberte für spezielle Freunde immer einen Tisch herbei.

Was würde sie heute nehmen? Jedes Gericht auf der Speisekarte versprach einen kulinarischen Höhepunkt. »›*Costoletta viennese*‹«, las Adelheid. *Viennese*, das musste mit Wien zu tun haben, und überhaupt gab es da Gerichte wie *gulyás, sanguinaccio alla boema, sanguis*, das war doch irgendwas mit Blut. Tremente klärte sie auf über diese *Sanguinaccio alla boema*, dass das eine ganz ordinäre Blutwurst auf böhmische Art und das *costoletta viennese*, trotz des klingenden Namens, nur ein Wiener Schnitzel sei.

»Triest war einst ein bedeutender Seehandelsplatz, als wir zu euch gehörten, und da haben sich die verschiedenen Spezialitäten in unserer Küche vermischt. Durch die Verwendung von Gewürzkräutern wie Basilikum, Oregano, Knoblauch und so weiter haben wir die Gerichte italienischer gemacht, und das ist das Ergebnis.«

»Also ein Wiener Schnitzel oder die Blutwurst, die kann ich beim Schlosswirt auch essen. Ich werde heute einmal den Fisch probieren, den *branzino guarnito in sfoglia dorata*, was immer das heißen soll.«

Tremente wollte es ihr übersetzen, Adelheid winkte ab, wollte sich überraschen lassen, liebte Überraschungen, besonders kulinarische, und dazu ein Gläschen Wein. Sie studierte die Weinkarte, doch Tremente nahm es ihr ab, bestellte einen Vitovska, der hervorragend mit ihrem Menü harmonieren würde.

Peppino höchstpersönlich jonglierte auf der rechten Hand auf einem Tablett drei Weingläser mit bernsteinfarbenem Inhalt, auf der linken einen Teller mit Parmaschinken und Melone durch das übervolle Lokal an ihren Tisch, zog sich einen der letzten freien Stühle heran und setzte sich. Adelheid mochte dieses dürre kleine Männlein, den schwarzen Schnauzer, dessen Enden filigran hochgezwirbelt worden waren, den Charmeur, der es verstand, mit Worten zu bezaubern, und insgeheim dachte sie an die eigenen Landsleute, ihren Josef nicht ausgeschlossen, an die Langweiler daheim auf dem Sofa vor dem Fernseher.

Magenta pflegte zutreffend zu sagen: »Die Italiener, Adelheid, die sind gepflegt, wissen sich anzuziehen, zu genießen. Die Italiener sind wahre Überlebenskünstler, flexibel, mit der Gabe, sich zu arrangieren, und sie sind stolz auf die eigene Nation, auf die Geschichte ihrer Vorfahren.«

Gut, auf unseren Kaiser sind wir auch stolz, dachte Adelheid, aber Magenta hat recht, unsere Männer sind streberhaft, muffig, mitunter schwerblütig. Trennen peinlichst genau Privatleben vom Geschäft. Wie Josef immer gesagt hat: Adelheid, erst die Arbeit, dann das Vergnügen, wobei das Vergnügen immer mit diesem Spaziergang in den Wald zum Ansitzen auf einem der Hochstände endete. Eines hatte sie hier die paar Tage gelernt: Die Italiener trafen sich auf einen Espresso oder zum Essen, und dabei erledigte sich das Geschäftliche wie von selbst.

Peppino reichte Adelheid das Glas. Sie roch daran und meinte, den Duft des Karsts zu erkennen, nach Feldblumen und Heu. Sie prostete den beiden Männern zu, nippte am Wein, ließ den Schluck im Mund kreisen, und ein wohltuender Geschmack von Mandelaroma verbreitete sich. Adelheid spürte zum ersten Mal in ihrem Leben, was echtes Urlaubsgefühl bedeutete. Italien, das Land der grandiosen Sonnenuntergänge, wo der Wind einem leise *»Amore«* ins Ohr säuselte. Ihre Stimmung war heiter. Sie freute sich nach Jahren wieder einmal, als Frau wahrgenommen zu werden, spürte den eigenen Herzschlag. Sie genoss jeden Bissen des köstlichen Schinkens und jedes Stück Melone, und dann wurde ihr *branzino guarnito in sfoglia dorata* serviert, und sie aß sich durch den goldbraun gebackenen Blätterteig, bevor ein mit Gewürzen garnierter Seebarsch zum Vorschein kam.

Sie wollte Peppino ein Kompliment machen und kramte in ihrem Gedächtnis nach einigen Worten, die ihr aus diesem »Italienisch für Anfänger« noch geläufig waren: *»Peppinos cucina, molto bene, molto bene!«*

Peppino strahlte wie die Sonne in der Mittagshitze und redete auf sie ein, sagte: *»Mille grazie«*, irgendetwas von *»scusa«* und *»lavoro«* und verschwand Richtung Küche.

»Ich mag Peppino und das Lokal, ich fühl mich hier richtig zu Hause. Ach, mein Gott, wie werde ich das alles vermissen!« Und ein bisschen traurig dachte sie an die bevorstehende Abreise in einigen Tagen.

»Ich darf doch hoffen, dass wir uns wiedersehen?« Zärtlich legte Tremente seine Hand auf Adelheids Unterarm und schaute ihr tief in die Augen. »Triest ist ja nicht weit weg von Österreich, und ich wollte immer schon einmal das Land, dem wir einst angehörten, besuchen.«

32

Tremente saß an diesem Abend noch lange Zeit auf seinem Balkon, dachte nach. Nahm einen Zettel zur Hand und schrieb die Fakten auf. Das hatte er früher auch immer gemacht, als Commissario, wenn ein Fall sich festgefahren hatte.

In der Zeit, in der Antonio Gabriele Bertani alias Gabriel Bertl im Kinderheim Santa Maria Maggiore Zögling ist, verschwinden in der Gegend zwei Burschen, beide fünfzehn, so alt wie Bertani. Der eine aus dem Heim »Povero Caro« in Venedig, er wird Jahre danach gefunden, in einem Waldstück, stark verwest, jedoch anhand des genetischen Fingerabdruckes identifiziert, ein gewisser Mattia Rotolo, Waisenkind. Sein Mörder: nie gefunden.

Tremente nahm die Zeitungsausschnitte aus der Schatulle, studierte sie.

Der Zweite, der viel später mit einem Plastiksack über dem Kopf gefunden wird, dieser Luca Colei, der ist auch aus dem Santa Maria Maggiore, wie Bertani. Keine Eltern, keine Verwandten. Ebenfalls unaufgeklärt zu den Akten gelegt.

Und jetzt auch noch dieser Giacomo Ganzoli, der sich erhängt hatte und der vom Hausmeister, diesem Federico, in die Grotta Gigante gebracht worden war. Federico hatte bei seiner zweiten Vernehmung ausgesagt, er habe nur Suora Varella helfen wollen, denn die sei so verzweifelt gewesen, dass sie aus der Klostergemeinschaft ausgestoßen werde, weil sie die Aufsichtspflicht versäumt hatte. Das hatte Sicurra ihnen beim gemeinsamen Abendessen erzählt. Die Schwester habe geglaubt, das sei ihre Schuld gewesen, ganz allein ihre Schuld, dass er sich umgebracht habe.

Das Kloster sei zu ihrem Zuhause geworden, nachdem ihre

Mutter mit diesem neuen Liebhaber auf und davon gewesen war und sie einfach am Bahnhof zurückgelassen hatte, wie sie Sicurra beim Verhör mitteilte. Sie war auf der Toilette gewesen, und als sie wieder zurückkam, waren die beiden verschwunden. Damals lebte sie fast ein Jahr auf den Straßen von Monfalcone, ernährte sich vom Abfall aus den Mülltonnen der Supermärkte, schlief am Strand, und ihr einziges Hab und Gut war ein Schlafsack, der von einem Touristen achtlos liegen gelassen worden war. Doch eines Tages wurde sie von den Carabinieri aufgegriffen und der Fürsorge der Mutter Oberin im Santa Maria Maggiore zur vorläufigen Obhut übergeben. Aus diesem »vorläufig« waren mittlerweile fast fünfzehn Jahre geworden.

Fakt war: Sie war nicht ausgestoßen worden, bloß in das Convento Sant'Anna gebracht, zur Erholung, um diesen Alptraum hinter sich zu lassen, wie die Mutter Oberin versichert hatte.

Fakt war auch, dass kein Abschiedsbrief des Suizidenten gefunden worden war, und das konnte Tremente nicht glauben. Dieser Giacomo Ganzoli war der Einzige damals gewesen, der sich geäußert hatte über das Heim, und Tremente hatte noch immer seine Worte im Ohr: »Wie soll es einem schon gehen, wenn man kein richtiges Zuhause hat? Man hat keine Rechte hier, muss diesem Monsignore gehorchen, obwohl –«

Das »obwohl« machte ihn stutzig. Wie hatte er das wohl gemeint? Was hatte er ihm mitteilen wollen? Und warum war ihm die Suora Varella ins Wort gefallen, hatte das Gespräch abgewürgt, Giacomo zum Schweigen ermahnt?

Ich denke, wir sollten dieser Suora Varella morgen einen Besuch abstatten, dabei könnte ich Adelheid gleich Venedig zeigen, nach Murano zu den Glasbläsern fahren und mit ihr an der Piazza San Marco einen Espresso trinken, dachte Tremente. Das hörte sich gut an, und neben Adelheid im Auto zu sitzen, das *fühlte* sich gut an.

Es war weit über Mitternacht, als er Adelheid eine SMS schickte. »ATTENZIONE«, schrieb er in Großbuchstaben, um die Wichtigkeit zu unterstreichen. »Morgen um 8 Uhr gemeinsames Frühstück bei Sofie? Lagebesprechung!« Dann drückte er auf »Senden«.

Adelheid lag noch wach im Bett. Tausend Gedanken geisterten durch ihr Hirn. Die Eindrücke der letzten Tage waren vielfältig, und sie versuchte, Ordnung hineinzubringen. Was kein Leichtes war, immer wieder riss der Faden, wurde von Querschlägern unterbrochen. Beinahe wäre sie durch all die Denkerei eingeschlafen, da wurde sie durch ihr Handy, das eine eingehende SMS signalisierte, wieder wach.

Sie tastete nach dem Schalter der Nachttischlampe und blickte auf die Armbanduhr, ein Uhr sechsundzwanzig, dann auf das Display ihres Handys. Hatte das nicht bis morgen Zeit? Dieser Wahnsinnige, jetzt eine SMS zu schicken, dachte sie, öffnete die Nachricht. »Lagebesprechung«, was er wohl damit wieder meinte, das Wort hallte in ihrem Kopf nach, bis sie endlich einschlief.

33

Adelheid war einige Runden im hoteleigenen Swimmingpool geschwommen und musste über sich selbst lächeln, als sie unter der Dusche stand. Da fährst du Hunderte Kilometer nach Italien ans Meer und warst noch kein einziges Mal drin baden. Im Pool planschen kannst du bei der Magenta auch!

Josef hatte auch mal so einen Pool nach Hause gebracht, vom Baumarkt, drei Meter im Durchmesser und bis zum Bauchnabel das Wasser. »Da brauchen wir nicht im Sommer irgendwo in den Urlaub hinfahren, in ein paar Stunden kannst du bereits planschen drinnen. Da steht alles auf der Verpackung oben, und Werkzeug brauchst du auch keines zum Aufstellen.«

Es hatte dann doch länger gedauert, und hineinklettern musste sie über einen Holzschemel, weil man die Leiter wieder hätte extra kaufen müssen.

Einmal, da waren die Buben von der Leitnerin drin gewesen, der Mathias und der Jochen, die waren so wild im Kreis gelaufen und hatten einen Strudel erzeugt, und dem hatte der Pool nicht standgehalten. Fast achttausend Liter Wasser hatten den Garten und die Straße geflutet, und der Groß Erich, der zufällig das Gras auf der gegenüberliegenden Straßenseite mähte, hatte sofort Alarm geschlagen, denn viel Wasser, das konnte nur einen Rohrbruch bedeuten. Laut fluchend auf den Hersteller und auf den Verkäufer, der ihm den Pool eingeredet hatte, hatte Josef alles wieder abgebaut, und man fuhr wie gewohnt zum Badeteich.

Adelheid blickte auf ihre Armbanduhr. Eine knappe halbe Stunde würde ihr noch bleiben bis zum Frühstück, um den Badeanzug gegen ein Sommerkleid zu tauschen, die Haare zu föhnen und ein dezentes Make-up aufzulegen.

Tremente hatte einen Tisch im Frühstückszimmer ausgewählt, kam auf sie zu, küsste ihr die Hand wie zu Kaisers Zeiten und bot ihr einen Platz an.

Sie legte sich zwei Scheiben Schinken auf das Toastbrot und nahm einen Schluck Kaffee.

»Lagebesprechung, was meinst du denn damit schon wieder? Was ist so wichtig daran, dass du mir mitten in der Nacht diese SMS schickst?«

Tremente holte einen Zettel aus seiner Hosentasche, breitete ihn vor Adelheid aus.

»Du hast ja haargenau alles Punkt für Punkt aufgeschrieben!«, rief sie erstaunt.

Er nickte, murmelte etwas von einer Heidenarbeit und legte ihr nun über das Toastbrot eine Karte von Triest und Umgebung.

Adelheid studierte den Zettel, schaute dabei immer wieder auf die Landkarte, verglich, las weiter.

»Also, ich bin mir fast zu hundert Prozent sicher«, sagte Tremente, »die Suora Varella, die weiß sicher mehr, als sie uns sagt. Die ist da in etwas hineingeraten. Irgendwas passiert dort im Santa Maria Maggiore, und sie wurde unfreiwillig oder auch nicht zur Mitwisserin, möglicherweise sogar zur Mittäterin.«

»Du hast wahrscheinlich recht, Alessandro, aber wie kommen wir zu ihr? Die ist irgendwo in einem Kloster in Venedig untergebracht, das hat die Mutter Oberin gesagt, oder?«

»Genau das ist der Punkt. Wir fahren heute zu ihr nach Venedig. Ich hoffe, du hast dir noch nichts vorgenommen, oder vielleicht möchtest du mit deiner Reisegruppe was unternehmen? Soviel ich weiß, besichtigen die heute sämtliche Kirchen in der Umgebung.«

Kirchen, dachte Adelheid, genau das Richtige für den Herrn Oberstudienrat. Zu Tremente gewandt sagte sie: »Kirchen? Meinst du ernsthaft – ich und Kirchen?« Sie hielt einen kurzen Moment inne, so als dächte sie nach, dann beugte sie sich hinüber zu Tremente und flüsterte ihm ins Ohr: »Nein, Commissario, wir gehen auf Verbrecherjagd!« Und in normalem Tonfall fügte sie hinzu: »Ach, und da wäre noch was, Alessandro, um das ich dich bitten möchte, wenn wir schon nach Venedig fahren. Mein Urgroßvater, der ist im Ersten Weltkrieg bei einer dieser Isonzoschlachten gefallen und auf diesem österreichisch-ungarischen Friedhof in Fogliano begraben. Da würde ich gerne hinfahren und ein Kerzerl für ihn anzünden. Das liegt doch auf dem Weg, oder?«

Keine zehn Minuten später lenkte Tremente seinen Postino geschickt durch das Triester Verkehrschaos, das mit jedem Morgen dichter zu werden schien.

Adelheid war so aufgeregt, sie konnte es kaum glauben, saß sie wirklich neben einem echten Commissario, wenn auch im Ruhestand, unterwegs zu einer wichtigen Zeugin? Der Wurz wird ganz schön staunen, wenn ich ihm davon erzähle, und erst die Loni.

Apropos Loni, Adelheid stöberte in ihrer Tasche nach dem Handy, mit einem Blick zu Tremente. »Es stört dich doch nicht? Ich muss mich bei meiner Schwester mal wieder melden, bevor ich's vergesse. Sie macht sich halt immer solche Sorgen.«

Die Verbindung klappte wunderbar, und Adelheid erzählte ihr, dass sie gerade mit der Reisegruppe und ihrem netten Begleiter, dem Herrn Oberstudienrat, unterwegs sei, um sich die Kirchen in der Umgebung Triests anzuschauen, dabei zwinkerte sie Tremente verschmitzt zu. Ja, und danach werde sie sich ein bisschen an den Strand legen mit einem guten Buch und natürlich auch eine Runde schwimmen, wozu war man denn schließlich ans Meer gefahren? Mit einem »Hab dich lieb, Schwesterchen!« und einem Küsschen drückte sie den roten Hörer, die Leitung war wieder tot.

In der Zwischenzeit, sie hatte es gar nicht bemerkt, waren sie vor dem mächtigen Eingangstor von Santa Maria Maggiore angekommen. »Ich dachte, wir fahren zu diesem Friedhof?«

»Fahren wir auch, Adel'eid, fahren wir, aber mir ist da noch was eingefallen, das ich die Mutter Oberin unbedingt fragen muss.«

Diesmal wurden sie in die Bibliothek geführt. Die Mutter Oberin war nicht allein, hatte Besuch von einem Mann in Trementes Alter, der mit einer schwarzen Soutane bekleidet war. Er ging den beiden entgegen und stellte sich mit einem festen Händedruck vor: »*Buongiorno*, Monsignore Rossi.«

Das war also dieser Rossi, der angefahren im Krankenhaus gelegen hatte. Er erinnerte Adelheid ein bisschen an Danny DeVito, nur in größer.

Bis auf ein Pflaster an der rechten Schläfe erinnerte nichts mehr an diesen Unfall, sofern es einer gewesen war, dachte Tremente und nutzte die Gelegenheit, Rossi ein bisschen auszufragen.

»Schön, Sie so frisch und munter wieder bei uns zu haben, Monsignore. Ich bin Commissario Tremente, und das ist eine liebe Freundin von mir, Signora Adel'eid 'orvath aus Österreich. Sie verbringt ihre Ferien hier, und ich spiele den Fremdenführer.«

Rossi blickte fragend zur Mutter Oberin.

»Monsignore Rossi ist unser Schirmherr, er kümmert sich um die Ausbildung der Buben. Er schaut, dass sie einen ordentlichen Beruf erlernen. Commissario, ich dachte, wir hätten bei Ihrem letzten Besuch bereits alles besprochen?«

»Natürlich, Mutter Oberin, aber man denkt viel nach, noch dazu, wenn ein junger Mensch, wie der Giacomo es war, sich so einfach erhängt. Dass nicht von fremder Hand die Schlinge um seinen Hals gelegt wurde, konnte nachgewiesen werden, aber vielleicht hat ihn jemand dazu gezwungen. Sich einfach zu erhängen, ohne der Nachwelt damit eine Botschaft vermitteln zu wollen, ist eher unüblich und in meiner langjährigen Praxis so gut wie nie vorgekommen. Vielleicht hat es doch einen Abschiedsbrief gegeben, und irgendwer hat ihn verschwinden lassen, um irgendwen zu schützen. Das ist nur so ein Gedanke von mir, wissen Sie.«

»Was Sie erwähnten, Commissario«, übernahm Rossi jetzt das Wort, »dass es eher unüblich sei, ist sicher richtig, aber es gibt ja immer diese berühmten Ausnahmen, da könnte ich Ihnen Hunderte Beispiele aus der katholischen Kirche aufzählen, aber ich will nicht Ihre kostbare Zeit damit vergeuden. Sie haben sicher wichtigere Termine heute. Und wie Suora Varella schon zu Protokoll gegeben hat, dass sie keinen Abschiedsbrief gefunden hat, und da Ihre Kollegen von der Spurensicherung, die das Zimmer hoffentlich gründlich durchsucht haben, nicht fündig geworden sind, scheint es so, dass dieser Fall zu diesen berühmten Ausnahmen gehört. Kann ich sonst etwas für Sie tun? Wenn nicht, würde ich Sie bitten, uns zu verlassen, denn durch meine lange Abwesenheit ist einiges zu besprechen mit der Mutter Oberin.«

»Eine Frage hätte ich noch. Die Mutter Oberin wird Ihnen sicher von diesem grausamen Mord an Antonio Bertani erzählt haben. Er war ein Zögling Ihres Heimes, der vor Ostern auf Besuch hier war. Haben Sie eine Ahnung, wer ihn gehasst haben könnte, dass er ihn auf so bestialische Art getötet hat?«

»Nein, tut mir leid, da können wir Ihnen nicht weiterhelfen. Wie gesagt, wir haben zu tun und wären Ihnen sehr dankbar, wenn Sie uns jetzt verlassen würden.«

Das erste Wort sprachen sie erst wieder im Auto. Sie hatten ein unbehagliches Gefühl, so als ob die Wände mithören würden.

»Na, was sagst du? Mein detektivischer Spürsinn flüstert mir, dass da irgendetwas gelaufen ist, Alessandro, damals, als der Herr Gabriel, ich meine, der Bertani, noch im Heim war. Warum sollte er ansonsten Jahre danach immer wieder hierher zurückkommen?«

»Aus Nächstenliebe? Wir Italiener sind so, und wir lieben Kinder … Das wäre doch ein Grund.«

»Nein, nein, das glaube ich nicht. Aber jetzt, wo du es sagst, er hat bei uns im Ort auch viel mit den Kindern unternommen.« Adelheid legte den Kopf leicht schief, wie Bessie, wenn sie mit ihr redete, dachte nach. »Mit den Kindern«, wiederholte sie. »Eigentlich waren es immer Buben, Ministranten, wie auf den Fotos.« Komisch, dass ihr das erst jetzt auffiel. »Der scheint die Kleinen wirklich gemocht zu haben. Vielleicht haben sie ihn an seine eigene vermurkste Kindheit erinnert, und er wollte es besser machen.«

»Hatte er eigentlich eine Freundin?«

Sie schüttelte den Kopf. »Nicht dass ich wüsste. Dabei hätte er Möglichkeiten genug gehabt.«

»Glaubst du, dass der schwul war?«, fragte Tremente.

»Der Herr Gabriel? Weiß nicht. Möglich wär's, obwohl ihn

die ganzen Frauen bei uns im Ort angehimmelt haben, und jede wollte in der ersten Reihe, direkt neben der Orgel, direkt neben dem Herrn Kantor, stehen. Er hat sich auf keine eingelassen, zumindest nicht ernsthaft. Einen Ruf hat er gehabt, ein Schürzenjäger sei er. Aber wenn ich es mir recht überleg, hat er nie eine mitgebracht. Nie. Ja, möglich wär's wirklich, dass der was mit dem gleichen Geschlecht angefangen hatte. Gut sah er ja aus.«

»Was soll denn das jetzt heißen?«

»Mein Josef hat immer gesagt: ›So ein Haufen Männer, da kannst ja nur a Schwuchtl werden, und die meisten Schwulen sehen zum Anbeißen aus‹«, versuchte Adelheid, der Frage auszuweichen.

»Und wenn er nicht mit Männern, sondern lieber mit …?« Tremente traute sich nicht, den Satz zu Ende zu sprechen.

»Mit Buben, meinst du? Das kann ich mir nicht vorstellen! Das war doch so ein Lieber, der Herr Gabriel. Mein Gott, Alessandro, ich darf gar nicht daran denken …«

Auch Tremente knabberte an diesem schlimmen Verdacht. »Man muss vorsichtig sein mit solchen Vermutungen. Aber ich glaube, du hast recht, Adel'eid, dass dieser Rossi in die ganze Sache verstrickt ist. Wenn wir dem was nachweisen wollen, brauchen wir Beweise, stichhaltige Beweise.«

Mittlerweile waren sie in Fogliano angekommen und folgten den Hinweisschildern zum Friedhof. Kaum zu übersehen war das schmiedeeiserne Eingangstor mit seinen weißen viereckigen Säulen links und rechts, die wie Wächter die Toten vor den Lebenden beschützen wollten. Über dem Tor war eine Tafel mit einer Inschrift angebracht. Ehrfürchtig blieb Adelheid stehen, blickte hoch und las:

CIMITERO MIL. AUSTRO-UNGARICO
1915–1918
Im Leben und im Tod vereint.

Natürlich hatte sie schon vorher mit ihren Recherchen begonnen, lange bevor sie den Bus gebucht hatte. Hatte in Mailkontakt mit der Friedhofsverwaltung gestanden, denn bei zweitausendfünfhundertfünfzig Gefallenen, wie konnte sie da sein Grab finden? Aber so, mit Hilfe des Plans, der ihr zugeschickt worden war, war es ein Leichtes, und da stand sie nun, zündete das Kerzerl an und betete ein Vaterunser für den Urgroßvater.

Schade, dass der Franz Opa es nie geschafft hatte, hierherzufahren, um seinen Vater zu besuchen. Es war ein schönes Platzerl, da, wo er begraben war. Allein, verlassen, fern von der Familie ist er gestorben, dachte Adelheid, und Tränen rannen über ihre Wangen. Sie bekreuzigte sich, schluchzte ein »Pfiat Gott, Urgroßvater« und verließ, bei Tremente untergehakt, den Friedhof.

Auf der Ponte della Libertà angekommen, vergaß Adelheid für einen Augenblick den eigentlichen Grund ihrer Reise. Rechts und links von der Brücke glitzerten die Sonnenstrahlen in der Lagune, und ganz am Ende konnte sie die Dächer Venedigs sehen. Im Hafen lagen einige dieser meterhohen Kreuzfahrtschiffe vor Anker, warteten auf ihre nächste Fracht, auf Passagiere, die einmal neben einem Kapitän beim Abendessen sitzen, einmal den Luxus eines solchen Vier-Sterne-Liners genießen wollten. Dazwischen flitzten kleine Motorboote durch die Lagune, begleitet vom Geschrei der Möwen, die sich um die Fischabfälle stritten.

Adelheid lehnte sich in ihrem Sitz zurück, atmete tief durch, versuchte, ganz Venedig einzuatmen. Sie genoss die Fahrt. Sie erreichten den Piazzale Roma, und Tremente tauchte in einem der bewachten Parkhäuser Venedigs unter.

Er lotste Adelheid kurz darauf durch die dichten Massen von Touristen bis zur Haltestelle der Linie 1, wo gerade ein Vaporetto anlegte. Sie fanden zwei Sitzgelegenheiten in diesem Wasserbus, der ablegte, gemächlich den Canal Grande entlangfuhr und an jeder Haltestelle einen Stopp einlegte.

Adelheid war berauscht von den Eindrücken dieser Fahrt wie schon damals bei ihrem ersten Besuch mit Josef, bewunderte erneut die prächtig erbauten Palazzi, deren Eingangstore wie riesige Schlunde wirkten, die den Canal Grande zu verschlucken drohten. Andere Einfahrten wurden vom leichten Wellengang umspült, und Adelheids Gedanken malten an einem Bild Venedigs im 18. Jahrhundert, kreisten um Giacomo Casanova.

»Zu Fuß hätten wir das Ganze wahrscheinlich in der Hälfte der Zeit zurückgelegt«, sagte Tremente und half Adelheid kavaliersmäßig aus dem Vaporetto, als sie wieder an Land gingen.

Sie blieb stehen, ließ den Strom der Touristen an sich vorbeiziehen, bemerkte kaum, dass sie angerempelt wurde, und genoss die Aussicht auf den schönsten Platz der Welt, auf die Piazza San Marco, den Markusplatz.

Im »Caffè Florian« bekamen sie nur dank Trementes italienischem Temperament einen Sitzplatz im Schatten unter den Arkaden der Procuratie Nuove. Adelheid ließ sich auf einem der mit Leder bezogenen Stühle nieder, die an längst vergessene Zeiten erinnerten, und studierte die Karte. Staunte über die Preise, die auf weiße Kleber gekritzelt worden waren – es war anzunehmen, dass es die Sommerpreise waren, eigens ersonnen für die Heerscharen, die so verrückt waren, genau hier auf dem Markusplatz einen Kaffee zu bestellen. Kurze Zeit war sie versucht, ein solches Pickerl abzulösen, unterließ es jedoch und bestellte sich nur einen kleinen Espresso und ein Glas Wasser.

Tremente blickte auf seine Armbanduhr, eigentlich war es Zeit für eine kleine Mahlzeit. Sie hatten beschlossen, erst Suora Varella aufzusuchen und sich danach dem Kulinarischen zu widmen. Er winkte dem Kellner für die Rechnung, und sie machten sich zu Fuß auf den Weg zum Convento Sant'Anna, das nur einige Gehminuten entfernt vom Markusplatz, am Campo San Luca, lag.

Es war ein ansehnlicher Bau, dieses Kloster, und die mit Ornamenten geradezu verschwenderisch verzierte Fassade vermittelte architektonische Vollkommenheit. Im Innenhof inszenierte mit gewohnt südländischem Charme und ungeahnter Vielfalt der Oleander sein temperamentvolles Blütenfestival, von Vanille über zartes Rosa bis hin zu einem kräftigen Rot, in Dimensionen, die Adelheid in Erstaunen versetzten. Nach endlosem Suchen in diesem Arkadengewirr fanden sie endlich den Eingang. Verschlossen, das Tor, natürlich, was hatten sie erwartet?

Tremente drückte die Klingel, einmal, zweimal, erst beim dritten Mal öffnete eine zierliche Schwester in Tracht, das Alter schwer zu schätzen. Sie fragte nach ihrem Anliegen, und Adelheid war wieder einmal froh, Tremente an ihrer Seite zu haben, denn mit ihren kargen Kenntnissen der italienischen Sprache hätte es wahrscheinlich ewig gedauert, ihr Anliegen zu verdolmetschen. Sie wurden in einen Raum gebracht, der dem Büro der Mutter Oberin im Santa Maria Maggiore sehr ähnlich war, sogar auf die harten Holzsessel mussten die beiden nicht verzichten, als ihnen die Nonne Platz anbot.

»Commissario Tremente, und das ist meine Kollegin, Signora 'orvath«, stellte er sich und seine Begleitung vor und reichte der Mutter Oberin die Hand. »Wir wollen Sie nicht lange aufhalten. Eigentlich sind wir gekommen, um Suora Varella zu besuchen. Wir hatten zufällig in Venedig zu tun, und da dachten wir, sie würde sich sicherlich freuen, uns zu sehen. Wir sind alte Bekannte von ihr.«

»Commissario, da muss ich Sie leider enttäuschen. Suora Varella ist in ihrer Kammer und übt Bußschweigen, und da darf sie unter gar keinen Umständen gestört werden. Aber wenn Sie am späten Nachmittag nochmals vorbeikommen möchten, wird es Suora Varella sicher möglich sein, Sie zu empfangen.«

Die Mutter Oberin nahm einen Kugelschreiber in die Hand, beugte sich über einen Stoß loser Blätter und begann zu lesen, hie und da etwas durchzustreichen und am Ende zu unterschreiben. Sie beachtete die beiden nicht mehr, und Adelheid gab Tremente einen leichten Stoß in die Rippen und deutete mit den Augen zum Ausgang. Mit einem *»Arrivederci«* verließen sie das Zimmer.

»Na, so eine unhöfliche Person, ignoriert uns total! So was hab ich noch nie erlebt. Mein Josef hat recht gehabt, wenn er immer gesagt hatte, dieses bigotte Volk, das ist eine eigene Rasse. Die wird schon sehen, wir lassen nicht locker, wir kommen wieder! Aber was machen wir jetzt bis zum Nachmittag?«

»Wenn wir schon mal hier sind, zeig ich dir gleich Murano. Wir essen dort eine Kleinigkeit, denn mittlerweile knurrt mir der Magen, und danach entführe ich dich in das Reich der Glasbläserei. Wie würde dir das gefallen?«

»Klingt sehr romantisch, mein lieber Alessandro, also dann, auf nach Murano!«

Am Markusplatz stiegen sie wieder in einen dieser Vaporetti, der sie vorbei am Lido über die Laguna Nord zur Insel brachte. Sie schlenderten die Uferpromenade entlang, wurden vom Duft frisch gebackenen Ciabattas in ein kleines urgemütliches Restaurant gelockt und speisten vorzüglich. Was wäre Murano ohne den Besuch einer Glasbläserei?

Tremente telefonierte kurz und lenkte Adelheid in eine Straße etwas abseits des Trubels. Ein Mann, vierzig, vielleicht auch einige Jahre älter, Tremente sehr ähnlich, nur waren seine Haare und der Bart schwarz, erwartete die beiden am Seiteneingang. So muss Tremente vor gut zwanzig Jahren ausgesehen haben, dachte Adelheid, und einen Augenblick später wurde sie herzlich von Stefano, Trementes Großcousin, wie er sich vorstellte, umarmt.

Sie staunte nicht schlecht, als sie das erste Mal hautnah miterleben durfte, wie aus der zähen Masse, die ein bisschen an einen Riesenkaugummi erinnerte, ein gläsernes Kunstwerk geschaffen wurde. Es war heiß hier drinnen und stickig, und Adelheid beneidete die Arbeiter nicht. Aber für ein echtes Muranoglas für Loni in Orange und für Magenta, wie konnte es anders sein, eben in Pink, noch dazu gratis, »für gutes Freund von Alessandro«, wie Stefano sagte, hatte sie diese Schwitzerei gern in Kauf genommen.

Es war längst Zeit geworden für die Rückkehr nach Venedig, wollten sie sich doch mit Suora Varella treffen. Sie durchquerten gerade den Innenhof, da war es Adelheid, als hörte sie jemanden rufen. Ein *»Commissario!«* und dann nochmals lauter, deutlicher, beim dritten Mal wurde der Ruf irgendwie erstickt, gerade so, als ob jemand mit vorgehaltener Hand zum Schweigen gebracht wurde – oder täuschte sie sich?

Adelheid nahm Trementes Arm. »Hast du das gehört, Alessandro? Da ruft jemand nach dir.« Sie drehte sich in die Richtung, aus der die Geräusche kamen. »Da, da drüben, das ist doch Suora Varella, aber sie ist nicht alleine.« Adelheid rief ihren Namen. »Suora, Suora Varella, bleiben Sie stehen! So warten Sie doch, wir wollen mit Ihnen reden.«

Mit einer Schnelligkeit, die sie sich selbst nicht zugetraut hätte, überquerte sie den Innenhof, dicht gefolgt von Tremente. Immer wieder rief sie den Namen der Nonne, die von den weitverzweigten Arkadengängen plötzlich spurlos verschluckt worden war. Sie hetzten weiter, planlos, erreichten atemlos eine Treppe, die bei einem Anlegeplatz für Boote in einem dieser Kanäle endete. Ein Motorboot hatte gerade abgelegt, und Adelheid konnte die Umrisse von Suora Varella darauf erkennen. Mit letzter Kraft brüllte sie ihr nach, wobei sie die Hände vor dem Mund zu einem Trichter formte: »Suora Varella, Suora Varella, wo werden Sie hingebracht?«

Varella wollte antworten, doch der Mann an Bord stieß sie in die Kabine unter Deck.

Adelheid ließ sich auf die Stufen fallen, keuchte. War rot im Gesicht, schwitzte und schüttelte Tremente, der sich neben Adelheid gesetzt hatte, heftig am Arm.

»He, Alessandro, so tu doch was! Du bist Polizist. Hast du nicht gesehen, wie dieser Kerl Varella brutal unters Deck gestoßen hat? Sie wollte uns noch was zurufen, wahrscheinlich um Hilfe bitten. Mein Gott, und wir haben sie verpasst. Wir hätten früher kommen sollen, nicht nach Murano fahren. Wer weiß, wo sie sie jetzt hinbringen. Am Ende passiert ihr auch noch ein Unglück. Ich darf gar nicht daran denken, Alessandro.«

Tremente legte den Arm um sie, versuchte, sie zu beruhigen. »Adel'eid, versteh mich doch. Es gibt kein Gesetz in ganz Italien, das besagt, dass es verboten ist, eine Nonne mit an Bord zu nehmen. Was soll ich also tun? Mir sind die Hände gebunden, auch wenn es so ausgesehen hat, als ob Suora Varella nicht ganz freiwillig mitgefahren wäre. Am besten, wir gehen erst einmal zurück zum Kloster und fragen da nach. Vielleicht klärt sich dann alles auf.«

Sie hatten sich verausgabt, beide, mussten sich gegenseitig stützen, erreichten aber irgendwie das Tor des Klosters, läuteten. Tremente drückte ohne Unterbrechung den Klingelknopf, bis endlich die Schwester, die das erste Mal geöffnet hatte, durch ein Guckloch schaute.

»Wir wollten eigentlich Suora Varella sprechen«, sagte Tremente, »aber wir haben gesehen, wie sie in einem Boot weggebracht wurde. Können Sie uns bitte sagen, wohin sie gebracht wurde?«

Seine Bitte, Suora Varella sprechen zu dürfen, tat die Nonne in schneidendem Tonfall ab. »Hier hat es nie eine Suora Varella gegeben. Tut mir leid, da muss ein Irrtum vorliegen. Der Segen Gottes sei mit euch!« Sie bekreuzigte sich und schloss die Luke.

Adelheid hämmerte mit beiden Fäusten auf das Tor ein, immer wieder, bis Tremente sie in die Arme nahm und wegführte.

Mittlerweile war es schon dämmrig geworden. Sie waren zu erschöpft, um gleich die Rückfahrt anzutreten, und setzten sich in die nächstbeste Cafeteria.

»Wir müssen etwas unternehmen, Alessandro. Es ist doch eindeutig, dass es da nicht mit rechten Dingen zugeht. Das arme Ding, diese Varella, wer weiß, wo die sie hingebracht haben, und wer sind die überhaupt? Glaubst du, die Mafia steckt dahinter?«

»Möglich ist alles. Aber Adel'eid, wir brauchen Beweise. Irgendetwas, einen Zeugen, einen Anhaltspunkt, dass hier etwas faul ist. Vielleicht sollte ich noch mal nach Monfalcone hinausfahren, dieser Hausmeister, dieser Federico, möglich, dass der mehr weiß. Und ich werde morgen in die Questura fahren, mir die Akte noch einmal durchlesen. Vielleicht habe ich etwas übersehen, denkbar wäre es.«

»Und dieser Rossi? Wenn wir uns den einmal vornehmen, ihn beschatten?« Adelheids Augen blitzten gefährlich.

»Keine schlechte Idee. Wie hat die Mutter Oberin gesagt? Rossi habe sie für Sonntag eingeladen, erst in die Kirche, in diese Kathedrale San, San …«

»San Giusto«, beendete Adelheid den Satz. »Du hast ein Gedächtnis wie ein Elefant«, hatte der Josef immer gesagt, und das stimmte. Was andere schon längst vergessen hatten, das hatte sie noch immer abgespeichert, jederzeit abrufbar.

»Genau, San Giusto, und danach sind sie eingeladen ins …«

»Palazzo Riti.«

»Adel'eid, du wirst mir schon unheimlich, aber du hast recht. Er möchte da so was wie seine ›Auferstehung‹ feiern nach dem

Krankenhaus. Die Gelegenheit wäre günstig und einen Versuch wert.«

Sie fuhren die um diese Stunde verlassene Landstraße zurück nach Triest, und irgendwie hatte Tremente ein ungutes Gefühl, glaubte, verfolgt zu werden. Immer wieder wanderten seine Augen in den Rückspiegel, doch die Straße war finster. Er schalt sich einen Narren, vertrieb den Gedanken aus seinem Kopf und konzentrierte sich wieder auf die Fahrbahn.

34

Adelheid wäre fast eingenickt, als Tremente plötzlich laut fluchte.

»*Cretino*, was will der? Fährt mit aufgeblendeten Scheinwerfern hinter mir!«

Der Wagen, der ihnen an der Stoßstange klebte, war so nah, dass man das Kennzeichen schon gar nicht mehr erkennen konnte. Tremente war so auf das konzentriert, was sich hinter ihnen abspielte, dass er gar nicht sah, was von vorn auf ihn zukam.

»Pass auf, Alessandro!«, plärrte Adelheid. »Da vorn, da liegt –«

Tremente trat das Bremspedal bis zum Anschlag durch und konnte im letzten Moment den Wagen noch nach rechts reißen. Er wich dem Hindernis knapp aus, rumpelte die Böschung hinunter und blieb im Sand stecken.

»Adel'eid, ist alles in Ordnung mit dir? Bist du irgendwo verletzt?«

Sie spürte ein warmes Rinnsal, das von der Schläfe aus über die rechte Wange lief, und einen stechenden Schmerz in ihrer linken Schulter.

Tremente holte aus dem Handschuhfach eine Taschenlampe. Leuchtete Adelheid ins Gesicht. »Ach du meine Güte, du blutest ja. Lass mal sehen.« Er betrachtete die Platzwunde am Kopf, reichte ihr aus der Bordapotheke, die griffbereit im Handschuhfach lag, Verbandszeug, stieg aus dem Wagen und kletterte die Böschung nach oben.

Die Straße wurde nur ganz schwach vom Sternenhimmel beleuchtet. Er konnte etwas ausmachen, einen dunklen Umriss, der mitten auf der Fahrbahn lag. Die Taschenlampe, wo hatte er nur seinen Kopf, seinen jahrelang geschulten polizeilichen Scharfsinn? Er lief zum Fiat zurück und holte die Lampe, diesmal nahm er auch gleich das Pannendreieck und den Verbandskasten mit. Adelheid war in der Zwischenzeit ausgestiegen und versuchte, so gut es eben ging, auf allen vieren die Böschung hochzuklettern, doch der Schmerz in ihrer Schulter zwang sie immer wieder zur Pause.

Tremente hatte seine gewohnte Wendigkeit wiedererlangt. Er knipste die Taschenlampe an, leuchtete in die Dunkelheit, verharrte kurz. Er rieb sich die Augen in der Hoffnung, klarer zu sehen. Eilte auf das Hindernis zu. Es lag mitten auf der Fahrbahn.

Als Tremente näher kam, erkannte er etwas wieder. Diese Kleidung. Das war doch … Wie ein Blitz durchfuhr ihn die Erkenntnis, dass das Bündel vor ihm Suora Varella war. Er beugte sich zu ihr hinunter und hob ihren Kopf an. Starre Augen blickten ihm entgegen, kein Pupillen-, kein Lidreflex. Da war ihm klar, Suora Varella war tot. Er riss ihr das silberne Klebeband vom Mund. Was hatte er erwartet? Dass sie einen Atemzug machte wie Schneewittchen? Tremente, die ist tot, mausetot! Er schloss ihr die Augen und legte den Kopf wieder vorsichtig auf den Asphalt nieder, holte sein Handy aus der Tasche und wählte die Nummer der Questura.

Adelheid hatte es irgendwie nach oben geschafft, blieb am Straßenrand sitzen.

Tremente hatte die alte Routine eingeholt, er war gerade dabei, den Tatort behelfsmäßig abzusichern.

»He, Alessandro, was ist passiert? Hat da nicht etwas auf der Straße gelegen? Ist ja gemeingefährlich, mitten in der Nacht und ohne Beleuchtung«, rief Adelheid.

Stumm ließ Tremente den Lichtkegel der Taschenlampe in die Richtung der Toten wandern.

Adelheid spürte einen Stich in ihrer Magengrube.

»Suora Varella! Tot. Ermordet, womöglich, von diesem Pfaffenpack«, schrie er voller Wut in die Dunkelheit. In diesem Moment kam er sich an ihrem Tod irgendwie mitschuldig vor.

Nach zwanzig Minuten hörten sie aus der Ferne das Folgetonhorn, das rasch näher kam. Adelheid wurde in den Rettungswagen verfrachtet und nach Triest ins Krankenhaus gebracht. Trauer stieg in ihr hoch, dass so ein wunderbarer Tag auf die Art enden musste, mit einem Mord an einem so jungen Wesen.

Sie verbrachte die Nacht im Spital und wurde am nächsten Morgen von Tremente abgeholt. Ihr Arm war mit einer Schlinge fixiert, da sie sich durch den Aufprall eine Schulterprellung zugezogen hatte. An der Schläfe klebte ein Pflaster, das sie mit ihren Haaren zu verdecken versuchte.

Gemeinsam fuhren sie nach Santa Croce auf den Friedhof zur zweiten Beerdigung des Antonio Gabriele Bertani. Es hatte sich schon eine kleine Gemeinschaft angesammelt, um den Toten auf seinem hoffentlich letzten Weg zu begleiten. Signora Bertani war ganz in Schwarz gekleidet. Auf dem Kopf trug sie ein schwarzes Spitzentuch, das ihr Gesicht bis zum Kinn verdeckte. Nur das Orangerot ihrer Haare blitzte an manchen Stellen durch, so als wollte es dem Schwarz doch etwas Lebendiges, Untotes verleihen.

Es war ein komisches Gefühl, das in Adelheid hochstieg. Es war irgendwie fremd, fern jeder Realität, zweimal auf das Begräbnis einer Person zu gehen, zweimal vor dem Sarg des Herrn Gabriel zu stehen. Für sie würde er immer der Herr Gabriel bleiben, egal ob er jetzt Italiener, Schweizer oder sonst irgendein Landsmann war. Sie hatte ihn gemocht, würde ihn vermissen – aber das würde auch verblassen. Als sie den Josef zu Grabe getragen hatte, da hatte sie geglaubt, ihr Leben werde nicht weitergehen, sei nicht mehr lebenswert. Es war ihr nach so langer Zeit des Beisammenseins wie eine Amputation vorgekommen, dennoch lernte sie es wieder, lernte wieder, zu leben. Nicht dass sie nicht mehr an ihren Josef gedacht hätte, bei Gott nicht, aber halt nicht mehr so oft.

Signora Bertani schluchzte, und jetzt tat sie Adelheid so richtig leid, die fühlte mit ihr, verstand den Schmerz. Er wurde im Familiengrab beigesetzt und war nach Jahren wieder mit seinen Eltern vereint.

Zum Glück gab es keinen Festtagsschmaus, wie es bei uns üblich ist, dachte Adelheid und war angenehm erleichtert. Sie und Tremente kondolierten Bertani, und Tremente bot der alten Frau an, sie nach Hause zu fahren. Sie nickte dankbar.

Er hatte sich einen Leihwagen besorgt, einen Fiat Panda, da sein Postino noch in der Werkstatt war. Eine komplett verbeulte

Karosserie, und die Achse war auch in Mitleidenschaft gezogen worden, wie der Mechaniker Tremente zu erklären versucht hatte.

Signora Bertani lud die beiden zu sich auf ein Gläschen Ribolla ein, und da sie so verloren, so gottverlassen vor den beiden stand, konnten sie ihre Einladung nicht ablehnen. Verstohlen wischte sich Adelheid die Tränen unter der Sonnenbrille weg, sie litt mit ihr.

Im Häuschen sah es noch genauso aus wie bei ihrem ersten Besuch, nur die Wollmäuse unter dem Bett schienen Nachwuchs bekommen zu haben, ebenso hatten sich die Weinflaschen vermehrt. Signora Bertani schenkte drei Gläser ein, die sie notdürftig in der überfüllten Spüle mit Wasser ausgewaschen hatte. Sie reichte sie an Tremente und Adelheid weiter, die der Höflichkeit wegen der Bertani zunickten und an ihren Gläsern nippten, um sie danach irgendwo auf dem Tisch, zwischen schmutzigen Tellern, Dosen mit Resten von Tomatensoßen und unzähligen Stapeln von Zeitungen, abstellten, um sie nicht wieder in die Hand zu nehmen. Bertani trank das Glas in einem Zug leer, schenkte sich noch mal ein und begann zu reden.

»Mein Antonio, der war immer so ein fröhliches Kind. Wir waren überhaupt eine glückliche Familie, und ich habe meine Tochter geliebt, habe ihr ein Zuhause geboten, als sie mit dem kleinen Antonio von ihrem Liebhaber hinausgeschmissen worden war. Eines Tages lernte sie diesen stinkreichen Fabrikanten Emilio Chante kennen, und da ist sie auch dahintergekommen, womit ich mein Geld verdiene. Von da an hat sie mich verachtet, schämte sich für die Hure, die ihre Mutter war. Doch ich habe es ja nur für sie und ihren Liebling getan.«

Signora Bertani hielt inne in ihrer Erzählung, schenkte sich nochmals das Glas voll, schaute aus dem Fenster und schien ihre Gäste zu vergessen. Tremente räusperte sich. Da zuckte die kleine Frau zusammen, erzählte weiter, ohne den Blick vom Fenster zu wenden.

»Die Besuche sind seltener geworden, bis sie gar nicht mehr kam. Ich habe halt meinen Kummer in Alkohol zu ertränken versucht. Erst war es nur eine Flasche in der Woche, aber der

Kummer wurde größer und die Sucht nach diesem Getränk, das einen so manches vergessen lässt, auch. Ich wurde abhängig, süchtig, wie andere nach Glücksspielen.«

Sie sprang plötzlich aus ihrem Sessel auf, nahm die Weinflasche, die noch bis zur Hälfte gefüllt war, holte aus und warf sie mit solcher Wucht gegen die Wand, dass sie zerbarst und der Rest des Weines auf Trementes Hemd seine Spuren hinterließ.

Auch Adelheid war erschrocken aufgesprungen, verwundert über den heftigen Ausbruch, über die Stärke, die so plötzlich über diese Frau gekommen war. Signora Bertani setzte sich wieder, und mit einer Selbstverständlichkeit, als ob nichts passiert wäre, sprach sie weiter. Adelheid schaute zu Tremente, und dieser deutete ihr mit der Handfläche nach unten an, sie solle wieder Platz nehmen.

»Dann passierte dieser schreckliche Unfall, sie waren gleich tot, meine kleine Sofie und ihr Emilio.«

Tremente zuckte kaum merklich zusammen, musste an seine Sofie denken.

»Ich habe Antonio zu mir genommen, habe das Sorgerecht beantragt, und eines Tages, da ist so eine Schlampe«, sie sprach das Wort so hart aus, legte all ihren Hass in das Wort, »vom Jugendamt gekommen und hat mir meinen Antonio weggenommen. Sie alle fanden es besser, dass er in dem Heim aufwächst, ein geordnetes Leben führt. Aber Antonio ist immer wieder aus den Klostermauern entwischt, ist zu mir gekommen. Er war so ein fröhliches Kind.«

Sie stand wieder auf, ging in den Nebenraum, der wahrscheinlich das Schlafzimmer war, und Adelheid öffnete wie ein Fisch ihren Mund, formte mit den Lippen die Worte: »Wann verschwinden wir von hier?«

Tremente schüttelte den Kopf, zuckte hilflos mit den Schultern.

Adelheid zeigte auf ihre Armbanduhr, streckte dann die linke Hand aus und marschierte mit Zeige- und Mittelfinger auf der Handfläche los. Jetzt begriff Tremente, Adelheid wollte weg von hier, und gerade als er etwas erwidern wollte, da kam Bertani mit einigen Fotos zurück, reichte sie Adelheid. Darauf war Antonio mit fünf Jahren. Er saß am Klavier. Später noch ein Foto vor einer Kirche bei einem gemeinsamen Ausflug mit allen Zöglingen, rechts davon Rossi, jünger, aber doch in seinen Gesichtszügen gleich. Neben ihm war die Mutter Oberin, mein Gott, das war ja schon ewig her. Adelheid reichte die Fotos an Tremente weiter.

»Von einem Tag auf den anderen schwand seine Fröhlichkeit, und seine Besuche wurden seltener. Jede Woche standen zwei Kisten Wein vor meiner Haustür, weiß Gott, woher die kamen, ich habe nie danach gefragt, habe das Zeug in mich hineingeschüttet, meine Trauer, meinen Kummer ertränkt.«

Sie lachte, und in diesem Lachen klang etwas Hartes mit. Sie nahm eine neue Flasche, öffnete diese und versuchte erst gar nicht, ein sauberes Glas zu finden, setzte an und trank gut ein Viertel von dem Gebräu. Plötzlich, unerwartet für die beiden, sagte sie: *»Avanti, avanti!«*, und scheuchte ihre Gäste mit den Händen zur Tür hinaus.

Sie fuhren zurück nach Triest. Es war später Nachmittag, und es lag noch immer eine bleierne Schwüle über der Stadt. Tremente setzte Adelheid vor dem »Gapitelli« ab. Er wollte nach Hause, sein vom Wein beflecktes Hemd tauschen und den sauren Geruch, der an seiner Haut haftete, abwaschen. Kurz bevor er den Schlüssel in seinen Briefkasten steckte, meldete sich eine SMS an: »Bin am Strand, es ist herrlich. Komm doch vorbei. LG Adelheid«.

Der Vorschlag war ganz in seinem Sinne. Die belebende Frische des Meeres würde ihm die nötige Distanz zu den Geschehnissen der letzten Tage verschaffen. Er würde sich seinen Kopf frei schwimmen, und er freute sich darauf.

Tremente holte die Post aus dem Briefkasten, schaute sie kurz durch, die Versicherung für die Vespa, eine Mahnung für die Telefonrechnung, dabei war er sich sicher, alle Rechnungen pünktlich bezahlt zu haben.

Er wollte schon die Prospekte, die jeden Tag den Briefkasten belagerten, zum Altpapier schmeißen, da rutschte ein Brief zwischen den Broschüren heraus, ein blasses himmelblaues Kuvert.

Tremente hob es auf, suchte nach dem Absender, da war keiner. Neugierig geworden, riss er den Umschlag auf. Es waren zwei Papierbögen drinnen, der erste war höchstwahrscheinlich von einer Frau geschrieben worden, so zart, so fein war die Schrift. Hastig überflog Tremente die Zeilen, konnte kaum glauben, was er da las. Dann entfaltete er den zweiten Zettel, er war aus einem karierten Heft schlampig herausgerissen worden. Er las den Zettel ein zweites Mal. Wählte die Nummer der Questura, da teilte man ihm mit, dass der Vice-Questore das Haus bereits verlassen hatte. Morgen könne er wieder anrufen. Morgen war zu spät.

Er wählte Sicurras Privatnummer. Nach mehrmaligem Klingeln schaltete sich die Mailbox ein. Er wusste, wie sinnlos es war, Nachrichten auf eine Box zu sprechen, die niemand abhörte, tat es aber dann doch. Schlug für einundzwanzig Uhr ein Treffen bei »Peppino« vor.

Er sprang unter die Dusche, blieb länger als normalerweise darunter stehen, ließ das kühle Nass über seinen Kopf, seinen Körper rinnen, versuchte, wieder Klarheit in seinen Gedanken zu erlangen.

Die Sonne drohte gerade im Meer zu versinken und mit ihr das blutige Rot, das Tremente immer ein bisschen an die Tranche eines kaum durchgebratenen Roastbeefs erinnerte, als er am Strand eintraf. Von Weitem winkte ihm Adelheid mit einem weißen Handtuch zu, das jetzt den Zweck einer Fahne erfüllte.

Sie hatte es sehr genossen, das erste Mal seit Jahren wieder im Meer zu schwimmen, das Salz auf den Lippen zu spüren. Sich von den Wellen tragen zu lassen, dahinzutreiben, an nichts zu denken – was schwierig war nach den Ereignissen der letzten Tage. Sie war nach Triest gereist, hatte diesen Urlaub gebucht, um das Geheimnis Gabriels zu ergründen, aber auch, um ihre Seele baumeln zu lassen, auszuspannen.

Weit gefehlt, Adelheid, dachte sie, da bist du in etwas hineingeraten. Wenn ich das der Loni oder der Magenta erzähle, die werden mir das nie im Leben glauben. Andererseits war es schön, so an Trementes Seite, und wieder einmal stieg ein Kribbeln in ihr hoch, als er mit seiner noch immer athletischen Figur und der weißen Löwenmähne, die der Wind zerzaust hatte, eiligen Schrittes auf sie zukam.

Ein klein wenig außer Atem ließ er sich neben Adelheid in den noch lauwarmen Sand fallen. Aus seiner Hemdtasche holte er den blassblauen Umschlag samt Inhalt hervor. Ohne Umschweife, ohne Einleitung begann er, den Brief vorzulesen.

Lieber Commissario!

Mein Herz ist schwer, und ich weiß nicht, wem ich sonst mein Vergehen mitteilen kann. Ich kann das Geschehene noch immer nicht vergessen, trotz der Beichte, die ich hier in Venedig bei Pater Emilio abgelegt habe. Irgendwie fühle ich mich mitschuldig. Ich habe meine Ohren immer verschlossen, wenn Giacomo zu mir gekommen ist und mit mir reden wollte. Ich bin weggelaufen und habe den armen Jungen alleingelassen. Bis er dann eines Tages nur mehr einen Ausweg sah, und den kennen Sie ja, lieber Commissario.
Ich vergehe fast vor Schuldgefühlen. Die einzige Möglichkeit, wie ich Giacomo jetzt noch helfen kann, ist der Brief, sein Abschiedsbrief an mich mit der Bitte, ihn zu veröffentlichen, um dem Grauen ein Ende zu machen, die Schuldigen ihrer gerechten Strafe vor Gott, aber auch vor dem Richter zukommen zu lassen. Seit einer Woche bin ich nun in Venedig, werde hier gehalten wie eine Gefangene, und ich hoffe, mein Schreiben erreicht Sie rechtzeitig. Vielleicht ist auch mir ein ähnliches Schicksal beschieden wie Giacomo.

Stehen Sie uns bei.
Gott segne Sie!
Suora Varella

Betroffene Stille machte sich zwischen den beiden breit, und Adelheid musste einmal tief durchatmen, um das eben Gehörte zu verdauen.

»Und hier der lang gesuchte Abschiedsbrief von diesem Giacomo Ganzoli. Ich habe gewusst, dass es einen solchen gibt, und ich hatte so eine Ahnung, dass die Varella ihn, nachdem sie den Jungen gefunden hatte, einfach verschwinden ließ.«

Tremente faltete das Papier auseinander und begann zu lesen. Giacomo hatte einen Filzstift benutzt, und Adelheid konnte den blauen Durchdruck der Buchstaben auf der Rückseite des Papiers erkennen. Es war eine kindliche Schrift mit relativ großen Buchstaben, beinahe so, wie sie von Volksschülern geschrieben wurden.

Vergeblich habe ich versucht, hier auszubrechen. Keiner hat mich angehört, auch Gott nicht. Was ist das für ein Gott, der so etwas zulässt? Oftmals habe ich mich das gefragt und nie eine Antwort darauf bekommen. Wir alle sind diesem Gottesheuchler ausgeliefert.

Tremente hielt inne, las die Worte noch einmal. »Gottesheuchler«. Ausgeliefert.

Dann ließ er das Blatt sinken, dachte an Giacomos Worte bei seinem ersten Besuch: »Wie soll es einem schon gehen, wenn man kein richtiges Zuhause hat? Man hat keine Rechte hier, muss diesem Monsignore gehorchen, obwohl –« War das ein Hilferuf, ein Signal gewesen? Vermutlich. Und er, Tremente, hatte es nicht ernst genommen.

»Alessandro«, sagte Adelheid leise und stupste ihn kurz am Arm. Er nahm das Blatt wieder hoch, las weiter.

Mein einziger Ausweg ist der Tod.
Betet für mich, bittet für mich bei Gott um Vergebung, sofern es ihn überhaupt gibt.
Giacomo

Adelheid wischte sich mit dem Handrücken die Tränen von den Augen, suchte in ihrer Badetasche nach einem Taschentuch, schnäuzte sich.

Tremente faltete die Briefe zusammen und steckte sie wieder

ein. »Es wäre zu verhindern gewesen, hätte ich seinen Hilferuf damals nicht als dummes Geschwätz eines Jugendlichen abgetan.«

»Wir alle sind schuldig in einer gewissen Art und Weise. Alessandro, du konntest wirklich nicht wissen, was dort in diesem Heim vor sich ging und vielleicht auch heute noch passiert.«

Jetzt erst war ihr bewusst geworden, dass das Wort »Missbrauch« nicht in den Briefen erwähnt wurde. Was veranlasste sie, gleich das Schlimmste zu denken? Wahrscheinlich, weil tagtäglich irgendein Missbrauchsfall unter der Schirmherrschaft Gottes in den Medien präsentiert wurde.

»Was willst du mit diesen Briefen machen?«

Tremente schaute auf seine Armbanduhr. Sicurra würde sicherlich bei »Peppino« sein erstes Glas Wein getrunken haben.

Jetzt erst bemerkte Adelheid, dass ihr Badeanzug wie ein nasser Fetzen an ihrem Körper klebte. Sie bat Tremente, das übergroße Badetuch oben an ihrem Hals zuzuhalten, und begann, Badeanzug gegen Unterwäsche und Strandkleid zu tauschen.

Ein paar Minuten verspätet standen sie vor Sicurras Tisch. Dieser klopfte mit dem Zeigefinger auf seine vergoldete Uhr, deren Preis mit Sicherheit Adelheids Jahresrente um ein Vielfaches überstieg, und wieder einmal musste sie schmerzlich feststellen, dass sie den falschen Beruf gewählt hatte. Mit Büchern war halt kein Geschäft zu machen.

Sie setzten sich, und Peppino war gleich zur Stelle, begrüßte Adelheid mit einem herzlichen »Auf Wiedersehen!« und war offensichtlich stolz auf seine Kenntnisse in der deutschen Sprache. Noch bevor sie sich etwas von der Speisekarte ausgesucht hatten, eigentlich war den beiden der Appetit vergangen, doch sie wollten Peppino keinen Korb geben, reichte Tremente dem Vice-Questore den Briefumschlag.

Je länger dieser darin las, desto mehr Farbe wich aus seinem Gesicht. »Es ist traurig, was da steht, aber es ist niemand persönlich angeklagt worden. Diese Briefe dienen nicht wirklich der Beweisführung. Es sind keine Namen erwähnt, immerhin ist nun klar, Giacomo hat sich das Leben genommen – da hat niemand nachgeholfen. Im Fall Suora Varella laufen die Ermittlungen auf Hochtouren. Mareno, unser bester Mann, ist darauf angesetzt. Aber bei allem, was mit Kirche zu tun hat, da ist Vorsicht geboten. Du weißt wohl, dass sie noch immer einen großen Einfluss auf die Bevölkerung ausübt.«

»Aber es muss doch irgendeine Möglichkeit geben, in diesem Heim die Zöglinge zu befragen, unter dem Vorwand von Giacomos Tod zum Beispiel. Vielleicht kommt dann irgendwas ans Tageslicht. Ich tippe ja auf Missbrauch.«

»Das ist eine schwere Anschuldigung, Tremente, die du da in den Raum stellst. Gut, ich werde mit Mareno darüber sprechen.« Sicurra blickte wieder auf die Uhr, steckte die Briefe in seine Jackentasche. »Es tut mir leid, ich muss euch verlassen, meine Frau gibt heute Abend eine kleine Gesellschaft für hundertfünfzig geladene Gäste.« Er zwinkerte Adelheid zu, küsste ihr galant die Hand und entfernte sich.

»Was hat er gesagt?« Adelheid drehte nervös an ihrem Ring, der am rechten kleinen Finger steckte. Ein Geschenk von Loni zum Fünfzigsten, nichts Aufwendiges, doch sie liebte diesen Schmuck mit den kleinen Strasssteinchen. »Macht er eine Großrazzia im Santa Maria Maggiore? Bringt er die Schuldigen hinter Schloss und Riegel?«

»Leider muss ich dich enttäuschen, Adel'eid, nichts von alldem, auch wenn es dein Wunsch ist. Er sagte, die Briefe seien keine handfesten Beweise, keine Namen werden genannt, und die, die der Polizei eventuell hätte weiterhelfen können, die ist tot. Wir stehen am Anfang der Ermittlungen. Das mit dem Jungen, mit diesem Giacomo, sei ja eindeutig ein Suizid, meint Sicurra. Na ja, und bei der Varella, da muss man halt schauen, nach Hinweisen suchen. Es wird dauern, den oder die Schuldigen zu finden.«

»Das kann man doch nicht so auf sich beruhen lassen!«, rief Adelheid empört, und Peppino, der an den Tisch gekommen war, blickte verwundert von einem zum anderen und stellte die Teller mit einem dampfenden Nudelgericht vor ihnen ab.

»Keine Angst, Peppino, alles in bester Ordnung, nur eine

kleine Meinungsverschiedenheit, nichts Ernstes«, sagte Tremente.

Adelheid lächelte den Wirt freundlich an und bedankte sich für die Speisen. Er wünschte ihnen guten Appetit, verbeugte sich leicht, wie ein Diener vor seinem König.

»Wir sollten was unternehmen«, beschloss Adelheid. »Was hältst du davon? Du bist doch Detektiv, und irgendwie bist du es der Bertani schuldig, Klarheit in die Sache zu bringen. Außerdem bist du lange genug Polizist gewesen und weißt, wie man mit so einem Gesindel umgeht.«

»Du stellst dir das so einfach vor, Adel'eid. Soll ich zu diesem Rossi gehen und sagen: ›Sie kümmern sich ein bisschen zu gut um die Buben, das ist eine Straftat, Sie sind verhaftet‹? Wir brauchen was Handfestes, wir müssen ihn mit irgendwas überführen.«

»Morgen am Abend holt er doch die Buben zur Messe und zu einem gemeinsamen Abendessen irgendwo in der Nähe von Triest ab. Da könnten wir doch …« Adelheid war so aufgeregt, dass sie den Teller vor sich vergaß.

Peppino kam zum Tisch. »Heute nix gut meine Pasta? Warum du nix essen?«

»Oh, doch, *molto bene*!«, stammelte Adelheid, »die beste Pasta, die ich je gegessen habe«, und stopfte sich von der inzwischen lauwarmen Speise eine Gabel voll in den Mund.

Zufrieden verschwand Peppino wieder in der Küche.

Adelheid sah Tremente an. »Ich glaube, das könnte klappen.«

35

Am nächsten Abend saß Adelheid in der dritten Reihe der Kathedrale San Giusto, und niemand wäre auf die Idee gekommen, dass hinter dem Schleier des schwarzen Florentinerhutes, der tief ins Gesicht gezogen war, keine Einheimische steckte. Die Messe begann mit einem triumphalen Orgelstück von Bach, »Christe, du Lamm Gottes«. Sie kannte es, hatte es doch der Herr Gabriel immer geübt bei ihr zu Hause. Sie musste an ihn denken, sah ihn vor sich am Pianino spielen.

Ob der was mit diesen Machenschaften hier zu tun hatte? Möglicherweise … Oh nein, Adelheid mochte den Gedanken gar nicht zu Ende denken. Vielleicht hatte er was mit dem Verschwinden vom Haller Tobias zu tun.

Die Orgelmusik schwoll an, und Rossi betrat den Altarraum, gefolgt von einigen Priestern und Ministranten, acht Knaben im Alter von sieben bis zwölf, schätzte Adelheid. So genau konnte sie das nicht sagen, hatte sie doch nie Kinder gehabt. Sie musterte die Buben, die in Reih und Glied auf den Bänken links und rechts neben dem Altar Platz genommen hatten. Einige blickten stur zu Boden, andere starrten ausdruckslos die gegenüberliegende Mauer an, nur einer, er musste so um die zehn sein, der blickte zu den Gläubigen, und in seinen Augen lag Verzweiflung. Er knetete die Hände, dann faltete er sie wieder zum Gebet, als ihn der strafende Blick des Monsignore traf, und er wandte sein Gesicht von der Menge ab, senkte den Kopf.

Adelheid schaute sich noch mal alle Gesichter der Reihe nach an, versuchte zu vergleichen. Bis auf einen hatten alle dunkles Haar, typisch italienisch, manche gelockt, manche glatt, der Schnitt war bei allen identisch, dieser Topfhaarschnitt, der Adelheid an die Mönche erinnerte. Nur die kreisrunde Glatze am Kopf, je nach geistlichem Stand kleiner oder größer, die hatte man diesen Buben erspart.

Am Ende der Reihe saß, beinahe versteckt durch einen größeren Jungen, einer, dessen Haarfarbe nicht in das italienische

Bild passte. Die Farbe war Honig, aber nicht dieser helle, fast weißliche Ton der Akazie, nein, es war so ein satter brünetter, fast goldener Ton, der Adelheid an Waldhonig erinnerte. Hartnäckig blickte er zu Boden. Sicher war sie sich nicht, aber ausschließen konnte sie auch nicht, dass das der Haller Tobias war. Am liebsten wäre sie hingelaufen, hätte ihn angesprochen, mitgenommen. Wenn sie Erfolg haben wollte, dann durfte sie sich jetzt keinen Fehler erlauben.

Sie kramte in ihrer Handtasche nach dem Handy und heimste sich damit ein Augenverdrehen ihrer Banknachbarin ein. Immer wenn man besonders leise sein wollte, gelang es nicht, und jetzt fiel der Zimmerschlüssel mit dem extragroßen Anhänger aus Bronze aus der Tasche auf den Fliesenboden, was ein nochmaliges Augenverdrehen auslöste. Doch dann setzte zu Adelheids Erleichterung die Orgel wieder ein und zog die Gläubigen in ihren Bann. Endlich ertastete sie das Handy, schrieb verstohlen unter der Kirchenbank eine SMS an Tremente: »Bin in der Kirche, habe eine schreckliche Entdeckung gemacht. Komm schnell, warte am Seitenausgang auf dich, A.«.

Die Messe war gehalten worden, ging nun schon ihrem Ende entgegen, und Adelheid blickte alle paar Sekunden auf das Display, es blieb jedoch schwarz. Monsignore Rossi segnete die Gläubigen, und die Orgel spielte zum Auszug »Christus, der uns selig macht«.

Wie sarkastisch, dachte Adelheid und beobachtete, wie die Gesellschaft hinter dem Altar in die Sakristei verschwand. Sie selbst drängte zum Seitenausgang, schaute sich nach Tremente, nach seinem Postino um. Erblickte stattdessen Rossis Limousine, entdeckte sie nahe der Pforte zur Sakristei und einen zweiten Wagen mit genau den gleichen verdunkelten Fenstern.

Wo war bloß Tremente?

Wieder schaute sie auf ihr Handy, wählte die Nummer, rief diesmal an. Nach dem zweiten Läuten hörte sie seine Stimme, wollte schon etwas sagen, erkannte, dass sie mit der Mailbox verbunden war.

»Mensch, Tremente, heb schon ab, *avanti*!«, sagte sie mehr zu sich selbst, doch die Leitung blieb stumm.

Jetzt erspähte sie die kleine Gruppe, die aus der Sakristei heraustrat, wieder in ziviler Kleidung. Sie zählte acht Buben, darunter den honigblonden, und drei Priester mit Rossi in der Mitte. Zwei Chauffeure hielten dieser ungleichen Gesellschaft die Wagentüren auf, und alle verteilten sich auf die Autos.

Die beiden Fahrzeuge fuhren beinahe zeitgleich, wie auf ein Kommando, los. Verzweifelt schaute Adelheid wieder auf ihr Display, schwarz, nur das »19:08« leuchtete ihr entgegen. Ein Taxi, das war die Lösung, doch woher ein Taxi nehmen? Verzweifelt blickte sie sich um, bemerkte, dass sich der Konvoi vom Kirchenplatz entfernte und bald in einer Rechtskurve verschwinden würde. Sie war wütend auf Tremente, und jetzt hupte auch noch jemand, direkt hinter ihr. Sie fuhr erschrocken zusammen, blickte nach hinten und erkannte, keine Sekunde zu früh, Trementes Postino.

Adelheid riss die Tür auf, ließ sich auf den Beifahrersitz fallen und deutete mit der Hand auf die kleine Kolonne. »Wo warst du so lange?«, fragte sie vorwurfsvoll und fächelte sich mit ihrem Strohhut frische Luft zu. »Fahr endlich los, die verschwinden sonst! Er hat die Buben drinnen, und wahrscheinlich ist der Haller Tobias dabei. Der Tobias, der bei uns vor einigen Wochen verschwunden ist. Aber wie kommt der da herunter, wenn er's wirklich ist? Den wird doch nicht am Ende der Herr Gabriel mitgenommen haben?«

Tremente lenkte seinen Fiat geschickt durch den Triester Abendverkehr, hielt immer gerade so viel Abstand, dass er die Limousinen nicht aus dem Blickfeld verlor, aber auch keine Aufmerksamkeit erregte. »Adel'eid, beruhige dich! Wer weiß, ist das überhaupt der Junge, den du zu kennen glaubst?«

Sie fuhren die Straße entlang, den Berg hoch, aus der Stadt hinaus, Richtung Frizzante. Dann kam eine scharfe Kurve, und plötzlich waren die Wagen von der Straße verschwunden.

Tremente bremste. Der nachkommende Fahrer in einem roten Alfa Romeo verlangsamte sein Tempo und tippte sich mit dem Zeigefinger gegen die Stirn, beschleunigte wieder, nicht ohne Tremente wild zu beschimpfen.

»*Stronzo!*«, schrie Tremente ihm hinterher und lenkte seinen

Postino auf die geschotterte Nebenstraße. Vor ihnen war eine riesige Staubwolke, die auf den Konvoi hinwies. Es dämmerte schon, doch Tremente vermied es, die verräterischen Scheinwerfer einzuschalten, während er der Straße folgte.

Nach einer scharfen Rechtskurve endete der Weg vor einem eisernen Tor, das gerade, als Tremente seinen Wagen stoppte, eine Handbreit offen war und dann auch schon mit einem Krach ins Schloss schnappte. Am Tor war ein gelbes Schild mit der Aufschrift »Attenzione: cani feroci!« angebracht, und in der Ferne hörte man das Kläffen von einigen Kötern, die wohl mit diesem Schild gemeint waren.

Die beiden stiegen aus, und Tremente musste sich trotz seiner Größe mit beiden Händen ein bisschen am Tor hochziehen, um einen Blick in das Innere zu erhaschen. Adelheid blieb dieser Einblick verwehrt, da die Durchführung eines Klimmzuges für sie unmöglich war, und Tremente zu bitten, sie ein Stück in die Höhe zu heben, dazu konnte sie sich nicht durchringen.

Tremente sah einen Kiesweg von mindestens einem halben Kilometer Länge, eingesäumt von einer Pinienallee, die vor einem Gebäude endete, das aus der Ferne Ähnlichkeit mit einem Puppenhaus hatte.

Adelheid kramte das Fernglas vom Josef aus ihrer Tasche und reichte es Tremente.

»Schau mal an, was unsere Hobbydetektivin alles für Schätze in ihrer Tasche hat. Ein echter ›Habicht‹, da sieht man die betuchten Leute.« Tremente nahm das Fernglas aus der Schutzhülle und hielt sich mit einer Hand an den Eisenstäben fest. Mit der zweiten setzte er das Fernglas an die Augen und drehte an dem Rädchen über der Nasenwurzel, um ein scharfes Bild entstehen zu lassen.

»Na, sag schon, was siehst du? Kannst du was erkennen?« Adelheid stellte sich auf Zehenspitzen, machte den Hals lang wie ein Vogel Strauß, war jedoch noch immer um gute zehn Zentimeter zu klein.

»Die Wagen sehe ich. Die haben vor einem Gebäude, so einem Haus im altenglischen Landhausstil, angehalten, und da stehen noch etliche sündteure Autos herum. Also müssen andere Gäste im Haus sein. Das Eigenartige daran ist, dass alle Fensterläden geschlossen sind. Jetzt sehe ich einen Mann im schwarzen Anzug. Warte mal, ich glaube, das ist Rossi.« Er drehte weiter am Rädchen, hektisch, versuchte zu fokussieren. »Ja, es ist Rossi, und da, da aus dem zweiten Wagen, steigen die Buben aus. Eins, zwei, drei, vier, da kommt noch einer, fünf und Nummer sechs, sieben und acht, die sind wohl aus dem anderen Wagen ausgestiegen. Ich kann die Gesichter kaum erkennen. Sie gehen Richtung Eingang, nur die Leibwächter, ich glaube, zwei, die stehen noch herum. Warte mal, da sind die Hunde. Drei Stück, schauen aus wie diese Staffordshire-Terrier. Könnten aber auch, na, wie heißen die denn, jetzt fällt mir der Name nicht ein, die Hunde, die beim Magnum immer Patrouille rund ums Haus gemacht haben.«

»Du meinst Zeus und Apollo? Das waren Dobermänner. Die waren süß.«

»Die vom Magnum vielleicht, aber die hier, denen traue ich nicht über den Weg.« Tremente ließ das Tor los und stand wieder mit beiden Beinen auf der Erde.

»Alessandro, du musst sofort die Polizei anrufen. Die müssen kommen und die Buben da rausholen.«

»Wie stellst du dir das vor, Adel'eid? Soll ich sagen, bitte schickt ein Sondereinsatzkommando hierher, da ist ein Pfarrer in einem Haus mit acht Buben? Was ist, wenn er die wirklich nur zum Essen eingeladen hat? Nein, so einfach ist es nicht. Es ist zu wenig für eine Razzia. Wir bräuchten Indizien, aber um an die ranzukommen, da müssten wir in den Garten, ins Haus womöglich, doch wie soll das gehen bei diesen Kötern?«

In der Ferne hörten sie Motorengeräusche, die rasch näher kamen.

»Steig ein, *avanti, avanti*!«, rief Tremente, ergriff Adelheids Arm und bugsierte sie zum Auto. »Ich glaube, wir bekommen Besuch! Wir müssen den Wagen verstecken. *Presto, presto!* Mach schon, Adel'eid!«

Tremente steckte den Zündschlüssel ins Schloss und sah im Rückspiegel den Schein eines herannahenden Wagens.

»Worauf wartest du?«, rief Adelheid beinahe hysterisch. »Gib Gas, drück endlich auf die Tube!«

Tremente schaute Adelheid befremdet von der Seite an, fragte aber nicht weiter nach, was sie wohl mit »Tube« gemeint haben könnte, und versuchte, den Fiat in Gang zu bringen. Er war nicht mehr der Jüngste und hatte so seine Eigenheiten beim Starten. Nach ein paar Fehlzündungen hatte es Tremente endlich geschafft, den Postino in den Wald zu lenken, gerade rechtzeitig, denn da tauchten die Scheinwerfer einer weiteren Limousine auf.

Adelheid und Tremente kletterten aus dem Fiat, schlichen zurück, versteckten sich hinter einer Brombeerhecke und beobachteten, wie der Chauffeur des Wagens ausstieg und an der Steinsäule, die dem linken Torflügel als Befestigung diente, herumhantierte. Adelheid hörte, wie der Mann einen Namen nannte und etwas von *»porta«* und *»aprire«* sagte, und kurz darauf öffneten sich mit einer Leichtigkeit, die man bei einem so kolossalen Tor niemals vermutet hätte, die beiden Flügel. Der Wagen, ebenfalls mit diesen getönten Scheiben, die einem keine Chance gaben, die Fracht, die es zu verstecken galt, zu identifizieren, fuhr durch das Tor.

Tremente wollte gerade das Versteck verlassen und zum Tor laufen, da tauchten neuerlich Scheinwerfer auf. Hinter einer alten Eiche versteckte er sich, mit angehaltenem Atem und eingezogenem Bauch. Diesmal war es ein Sportwagen, der neben der Säule anhielt. Der Besitzer stieg aus, klingelte, nannte seinen Namen, und Tremente glaubte, ihn irgendwann schon einmal gehört zu haben. Abermals bewunderte er diese Leichtigkeit, die so gar nicht zu der Schwere des Eisentores zu passen schien, als es aufschwang. Wieder schlugen die Hunde an, und ihr Bellen wurde lauter, drohender.

Tremente ging zurück zum Postino, setzte sich hinein.

»Scheint, dass die heute eine Party feiern«, sagte Adelheid, die ebenfalls wieder Platz genommen hatte. »Wir müssen da irgendwie hineinkommen. Alessandro, du bist der Commissario, dir wird doch sicher etwas einfallen.«

»Am besten ist, wir gehen einmal um das Gelände herum und orientieren uns.«

Er nahm seine Taschenlampe aus dem Handschuhfach, für

alle Fälle, denn sollte sich heute der Himmel bedeckt halten, war es hilfreich, sie dabeizuhaben. Der Weg war holprig, und einige Male störte die eine oder andere Wurzel das sichere Fortkommen. Auf der Rückseite des Anwesens endete die Steinmauer und ging in einen ganz normalen Wildzaun über, kaum fünfzig Meter entfernt vom Haus. Auch hier hinten waren die meisten Fensterläden geschlossen.

»Da hineinzukommen ist das kleinste Problem«, sagte Tremente und zog seinen Leatherman aus der Tasche, klappte ihn auf und ließ eine Zange erscheinen, mit der man den Draht des Zaunes durchzwicken konnte.

Adelheid zeigte sich sehr beeindruckt, hatte sie doch schon viel Gutes über dieses beim männlichen Geschlecht so beliebte Utensil gehört, den Werkzeugkasten für die Hosentasche, wie Josef immer gesagt hatte.

»Das größere Problem sind die Hunde. Was machen wir mit denen?«, fragte sie.

»Erschießen wäre die einfachste Lösung, aber leider zu laut.« Er krempelte die Hose hoch, sodass man seinen Unterschenkel sehen konnte, und zeigte Adelheid seine Pistole, die er mit einem silbernen Klebeband um die Wade befestigt hatte.

Jetzt kramte Adelheid in ihrer Tasche und holte ein weißes Päckchen heraus, winkte damit siegessicher.

Tremente knipste die Taschenlampe an, las die blaue Schrift: »Rohypnol«.

»Weißt du, seit mein Josef nicht mehr da ist, habe ich die Schlaftabletten immer bei mir, so für alle Fälle. Wirken in Minuten und befördern direkt in den Tiefschlaf. Jetzt brauchen wir sie nur noch anzulocken.«

Adelheid kramte ein weiteres Mal in der Tasche und fand noch ein paar Notfallkekse, für unerwartete Gäste, aber meistens aß sie diese selbst, wenn sie wieder mal unter einer psychisch bedingten Zuckerunterversorgung litt. »Sie müssen ganz schön viele Gäste haben, bei dem Verschleiß an Notfallkeksen«, hatte die Heinzl sie immer gehänselt, wenn sie bei der Frau Birgit welche ins Einkaufswagerl gelegt hatte. Heute war sie äußerst froh, erstens, dass sie welche dabeihatte, und zweitens, dass sie die Kekse, weil ja auf ihre Figur bedacht, nicht gleich wieder selbst verzehrt hatte.

»Anlocken, du stellst dir das wirklich so einfach vor. Ich kann doch wohl schlecht hineinmarschieren, kommt her, ihr Köter, ich hab da ein Leckerli für euch!«

Wieder kramte Adelheid in ihrer Tasche, hoffte, das Gewünschte nicht in Österreich zurückgelassen zu haben. Die Tasche war groß, eben so eine richtige Zimmer-Küche-Kabinett-Tasche, und Adelheid schüttete den Inhalt der Einfachheit halber auf den Waldboden. Von Kugelschreibern in Rot, Blau und Grün, drei Kämmen, einem Make-up-Täschchen und einem Haarspray in Miniausführung bis hin zu einem Regenmantel für den einmaligen Gebrauch, ihrer Fotokamera, dem Haustürschlüssel und einer leichten Sommerlektüre für den Strand war alles vertreten und noch vieles mehr – zum Glück auch das Gesuchte.

Adelheid fing Trementes Blick auf und zuckte mit den Schultern. »Alles lebensnotwendig«, sagte sie, »aber das, wonach ich eigentlich gesucht habe, ist das hier.«

Sie hielt ihm ein rotes Plastikteil hin, das Ähnlichkeiten mit einem Pantoffel hatte, nur dass ihm vorn ein gelbes Horn herauswuchs.

Verwundert betrachtet Tremente das Stück, begutachtete es, konnte sich aber nicht erklären, wozu es gut sein sollte, war ihm so ein Ding in seiner langjährigen Berufstätigkeit doch niemals untergekommen, und er gab es mit einem Fragezeichen im Gesicht Adelheid zurück.

»Ich hab mir's gekauft für die Bessie, für meinen Hund. Du musst nämlich wissen, die Bessie ist mir früher immer durchgebrannt; sooft sich die Gelegenheit geboten hat, ist sie zum Misthaufen des Nachbarn abgehauen und hat da alles gefressen, bis ihr schlecht geworden ist. Dann hab ich trainiert mit ihr, hab mir den Klicker gekauft.«

Sie drückte ein paarmal auf den gelben Knopf, und ein Knacken ertönte, das Tremente aus seiner Kindheit kannte. Wer hatte ihn nicht gehabt, diesen Knackfrosch in Grün, Blau, Orange?

Adelheid, die mit dem Rücken zum Zaun hockte, hörte auf einmal ganz dicht hinter sich ein Knurren. Vorsichtig stand sie auf, drehte sich um, war verblüfft über die Wirkung des Klickers. Vielleicht hatten sie aber nur ihre Witterung aufgenommen. Na, wie auch immer, jetzt waren die Hunde da, und es musste rasch gehandelt werden. Sie steckte die Tabletten in das Gelee der Kekse und warf sie über den Zaun. Gierig stritten sich die Köter darum, und damit sie nicht zu bellen anfingen, verteilte Adelheid den Rest der Notfallkekse auf der Wiese hinter der Absperrung. Jetzt galt es, abzuwarten und zu hoffen, dass die Dosierung gestimmt hatte. Nicht dass sie sich am Ende des Hundemords schuldig machte.

36

Die beiden Fotos von der Leiche am Badeteich und dem Vermissten aus dem Kinderheim »Schaukel« nebeneinander auf dem Bildschirm ließen keinen anderen Schluss zu. Ein und derselbe Junge.

»Was meinst du, Hafner? Das ist der Mähmann, Tobias Mähmann, aus dem Kinderheim da in Fürstenfeld, oder? Kannst du dich noch erinnern, die Pommer, die Leiterin von unserem ›Karussell‹, das abgebrannt ist, die ist dort auch die Leiterin. Ich glaube, das Heim heißt ›Schaukel‹. Wart mal, ich schau nur nach, wann da eine Vermisstenanzeige gemacht wurde. Ah, da haben wir's ja schon.«

Er las laut vor: »Abgängige Person unter zwanzig. Mähmann, Tobias, geboren in Rudersdorf, Geburtsdatum: 18.3.1999, Staatsangehörigkeit: Steirer, na, Scherz, österreichisch, gewohnt hat er in der Sozialpädagogischen Wohngemeinschaft ›Schaukel‹ in Fürstenfeld, und die Kontaktperson, das ist die«, er scrollte den Text nach unten, las weiter, »ah, da haben wir's, Kontaktperson Fr. Pommer. Und seit wann wird er vermisst, Wurz?«

»Seit dem 22.4. Also die Beschreibung, Größe, Haare, das passt alles, nur dass er bloß eine Unterhose angehabt hat, das ist anders, das steht nicht in der Anzeige. Ich müsste mal die von der Spurensicherung fragen, ob die sonst noch was gefunden haben.«

»Der Kollege Wallner lässt anfragen, ob nicht wir das übernehmen und zur Pommer fahren könnten.«

»Das hab ich gern, immer uns den Schwarzen Peter zuschieben – dabei gehört der Tatort den Güssinger Kollegen.«

Während Hafner den Wagen nach Rotenturm zum Pfarrhaus lenkte, wo die Kinder vom »Karussell« noch immer einquartiert waren, rief Wurz bei der Spurensicherung an. Und wirklich, am Tatort, an diesem Badeteich, hatten sie eine Jeans, ein schwarzes

T-Shirt mit einer Comic-Zeichnung vorn drauf und weiße Adidas-Turnschuhe gefunden, alles picobello auf einem Häufchen zusammengelegt und in einer Plastiktüte verpackt in einem Gestrüpp versteckt, wie ihm der Kollege versicherte, gerade so, als würde der Besitzer bald vom Schwimmen zurückkommen und dort die Badehose gegen trockene Sachen tauschen wollen. Die Kollegen waren damit beschäftigt, die Kleidungsstücke genauer zu untersuchen und die Stoffproben unter dem Mikroskop anzuschauen.

Luise Pommer war nicht überrascht, als Wurz ihr mitteilte, dass Tobias Mähmann gefunden worden war – tot.

»Es hat einmal so enden müssen mit ihm, Herr Inspektor«, meinte sie nur und schaute etwas ratlos auf das ungleiche Paar vor ihr.

Jetzt fiel es auch Wurz wieder ein, dass ja nur Hafner eine Uniform trug, er noch immer in seinem Hawaiihemd und der kurzen Hose herumlief.

»Ich bin mir sicher, dass Drogen beteiligt waren an diesem Unfall«, fuhr sie fort, ohne die beiden ins Haus zu bitten. »Immer wieder ist er zu denen gefahren, das war so eine Gruppe Burschen, die meisten von denen arbeitslos und aus desolatem Elternhaus, müssen S' wissen, die haben alle Drogen genommen, die haben sich immer irgendwo getroffen, und dann ging die Party los. Ich glaube, Herr Inspektor, der Tobias wollte sich nicht wirklich umbringen, aber wahrscheinlich hat er zu viel genommen von dem Zeug, und da ist es eben passiert. Ein tragischer Unfall. Es ist traurig, aber vielleicht findet er jetzt endlich seinen Seelenfrieden.«

Sie schnäuzte sich und wischte sich mit dem Taschentuch über die Augen.

Ihr Herz ist wohl doch nicht aus Stein, dachte Wurz, die ist nicht nur auf das Geld aus.

»Und gibt es auch Namen zu diesen Jugendlichen?«

»Leider nein, Herr Inspektor, da hat sich der Tobias immer sehr bedeckt gehalten. Hat immer nur was von Freunden gefaselt und dass es ihm bei denen tausendmal besser gehe als hier in dieser langweiligen Bude.«

Wurz verabredete sich mit ihr für morgen, fünfzehn Uhr, in der Pathologie in Oberwart, zur Identifizierung des Jungen, denn Eltern hatte er ja keine mehr, wie ihm die Pommer mitteilte. Seien umgekommen mit den Drogen, eine Überdosis hätten die genommen, da sei der Tobias erst sechs Jahre alt gewesen.

»Manchen bleibt auch wirklich nichts erspart im Leben«, sagte Wurz. »Aber Hafner, da ich ja heute meinen freien Tag habe, sei so lieb, schreib du das Protokoll und lass mich bei der Birgit aussteigen.«

Birgit hatte gekocht, und der verführerische Duft von Grillhendl empfing ihn gleich beim Öffnen der Eingangstür. Es würde wohl doch noch romantisch werden, bei einem Kerzenschein-Dinner im Garten mitten in Rotenturm.

Gerade als Wurz den kross gebratenen Flügel vom Hähnchen lösen wollte und ihm das goldgelbe Fett schon über die Fingerspitzen lief, klingelte sein Telefon.

»Ist denn das die Möglichkeit?«, rief er und tupfte sich die Hände an der Serviette ab.

»Wurz? Hafner hier. Der Kollege aus Güssing hat gerade angerufen. Wahrscheinlich waren beim Mähmann Tobias wirklich Drogen im Spiel. Bei den Kleidungsstücken ist auch ein Handy gefunden worden. Die Kollegen haben einige von den gespeicherten Nummern angerufen und sind so zu den Freunden vom Mähmann gekommen. Die haben ausgesagt, dass sie am See gefeiert haben, ein bisschen getrunken und was geraucht. Um Mitternacht hat sich die Party aufgelöst, und alle sind brav heimgefahren. Nur der Tobias wollte noch am See bleiben, sein Bier austrinken. Da muss er dann auch die Idee gehabt haben, baden zu gehen, und dabei ist er ertrunken. Es war Wasser in seiner Lunge. Der Gerichtsmediziner geht nicht von einem Verbrechen aus, da keine Spuren von Gewalt festgestellt werden konnten.«

»Und die Platzwunde am Kopf?«

»Der Kleirer meint, dass der Mähmann ausgerutscht und auf einen Stein gefallen ist. Aus – Ende!«

»Tja, dann hätten wir das geklärt«, sagte Wurz und starrte sehnsüchtig auf den Hähnchenschlegel. »Fehlen uns nur noch der Mörder vom Kantor und der Haller Tobias. Aber die beiden zu finden ist eine unserer leichtesten Übungen, oder?«

37

Lange brauchten sie nicht auf die Wirkung zu warten, und jetzt war Tremente echt verblüfft über Adelheid. Insgeheim dachte er darüber nach, eine Zweigstelle seiner Detektei in Österreich zu eröffnen.

Als die Hunde schliefen, war er gefordert, galt es doch, das Geflecht des Wildzaunes durchzuzwicken. Unbeirrt arbeitete sich Tremente durch den Eisendraht, Adelheid hielt die Taschenlampe.

Und weil die beiden so bei der Sache waren, nahmen sie das Knacken der Äste und die Gefahr, die sich von hinten näherte, nicht wahr.

Plötzlich spürte Adelheid das kalte Metall eines Mündungslaufes in ihrem Nacken. Völlig unvorbereitet wurde ihre rechte Hand auf den Rücken gedreht, ein Schmerz durchfuhr ihren ganzen Körper, und ein Geräusch, dem Knacken einer Walnuss nicht unähnlich, vermittelte ihrem Gehirn, dass nicht nur ihre lädierte Schulter, sondern auch der Arm mit Sicherheit gebrochen war. Ein schmerzerfüllter Aufschrei entwich ihren Lippen.

Tremente hörte auf zu schneiden, drehte sich um, wollte losstürmen, den Angreifer attackieren, bemerkte die Waffe, die sich seitlich in Adelheids Hals bohrte.

»Keinen Schritt näher, oder die Alte ist tot!«

Tremente blieb stehen, sah in Adelheids Gesicht, die Heidenangst in ihren Augen.

Jetzt war der zweite Leibwächter zur Stelle und forderte Tremente auf, die Hände auf den Rücken zu legen. Handschellen klickten, dann wurde er auf Waffen abgetastet. Beim Unterschenkel hielt der Mann inne, schob das Hosenbein hoch und riss die Pistole samt Klebeband von seiner Wade. Tremente zuckte zusammen, biss sich auf die Unterlippe, um einen Schrei zu unterdrücken.

Der andere Gorilla betätigte sein Walkie-Talkie, erstattete

Bericht, ließ den Knopf los, und eine Stimme am anderen Ende meldete, dass er die Eindringlinge ins Haus bringen solle.

Mit der Pistole im Rücken stolperten sie den Waldweg zurück zum Eingangstor. Adelheid trat der Schweiß aus sämtlichen Poren, aus Angst, aber auch wegen der Schmerzen im Unterarm, und das Knie, ja, das tat ihr ebenfalls verdammt weh. Sollte sie jemals dieses Anwesen lebend verlassen, sie würde sich das Knie endlich richten lassen.

Sie betraten das Foyer des Hauses. Die Weite der Treppe war kaum zu überbieten, und die vergoldeten Türgriffe und Kristallluster zeugten von echtem Reichtum.

Adelheid schwitzte, die Sonnenblumen ihres Kleides klebten eng an ihrem Körper, gaben ihre Rundungen preis, und in jeder anderen Situation wäre es ihr peinlich gewesen. Aber jetzt und hier war ihr das schlichtweg egal, auch dass nur Männer anwesend waren, störte sie nicht einmal mehr. Sie hatte ihre Eitelkeit verloren, hätte liebend gern alles rückgängig gemacht.

»Der Herr Commissario und seine charmante Begleitung«, sagte Rossi, der ins Foyer getreten war. »Kann ich irgendwas für Sie tun? Sie hätten mich anrufen können oder am Tor läuten, aber sich so einfach Eintritt zu verschaffen, damit wäre auch unser Herr nicht einverstanden.« Er bekreuzigte sich.

»Frag ihn nach den Buben, Alessandro! Wo die hin verschwunden sind, was er mit ihnen gemacht hat, frag ihn, frag ihn!« Adelheid plärrte es geradezu heraus. Sie schrie, schlug auf ihren Bewacher ein, wollte sich auf Rossi stürzen. Da spürte sie plötzlich einen Schlag auf den Hinterkopf, dann wurde ihr schwindlig. Eine tiefe Schwärze hüllte sie ein.

38

»Langsam klärt sich alles auf.« Mit diesen Worten wurde Wurz empfangen, als er am Morgen seinen Dienst antrat.

»Wieso? Was meinst du denn damit?«

»Na ja, die Pommer hat ang'rufen, hat mir g'sagt, dass der Haller Tobias, weißt du, der andere, heut in der Früh während der Schülermesse auf'taucht ist. Sie hat g'sagt, er hat sich einfach in die erste Reihe zu den anderen g'setzt, hat mitg'sungen, gebetet und so getan, als wenn er nie fort g'wesen wär. Ein bisserl eigen sind diese Kinder schon, möchte ich es mal gelinde ausdrücken.«

»Die haben eine schwere Kindheit gehabt, Hafner, die ist mit unserer behüteten gar nicht vergleichbar. Gut, dass er in einem Stück zurückgekommen ist. Aber wo war der Bub denn?«

»Zu seiner Mutter ist der g'fahren, sagt er. Mit dem Bus nach Oberpullendorf. Und weil die nicht da war und der Haustürschlüssel immer unterm Blumentopf deponiert ist, ist der hinein und hat auf sie g'wartet. Zwei Wochen lang! Hat sich von den Lebensmittelvorräten ernährt. So hat er es zumindest der Pommer erzählt. Aber die Mutter ist nicht 'kommen, konnte ja nicht, ist ja in Kalksburg wegen des Entzugs, aber das hat wiederum der Bub nicht g'wusst. Als die Vorräte zu Ende 'gangen sind, ist er zurückg'fahren nach Rotenturm, und da ist er jetzt wieder.«

»Mensch, Hafner, wir setzen Gott und die Welt in Bewegung, und der verschanzt sich in Oberpullendorf. Die Kollegen waren doch dort, am Haus der Mutter; da niemand geöffnet hat, sind sie wieder gegangen und haben wahrscheinlich vergessen, dort noch mal hinzufahren. Also, Fall Haller gelöst. Bräuchten wir nur noch einen Schuldigen beziehungsweise eine Schuldige zum Bertl-Mord.«

Hafner nickte und schenkte sich und dem Wurz eine Tasse Kaffee ein. »Das mit der Täter*in*, das ist jetzt net dein Ernst. Die müsste ja ganz schön durchtrainiert g'wesen sein, so eine richtige Amazone.«

»Ich glaube, dass Frauen sehr grausam sein können, und wenn so eine Furie in Rage ist, wächst sie über sich hinaus und ihre Kräfte auch. Dann kann ich mir schon vorstellen, dass ein weibliches Wesen einem Mann den Schädel einschlägt. Na ja, und der Bertl, der war ja eher zart gewachsen.«

»Wie'st meinst, Wurz. Wichtig wäre, dass die Mordwaffe g'funden wird, dann hätten wir vielleicht Fingerabdrücke oder Tatortspuren, die den Mörder, weiblich oder männlich, wie auch immer, überführen würden.«

Weil es gerade so schön ruhig war im Kommissariat, beschloss Wurz, die Kirche noch einmal nach der Tatwaffe abzusuchen, ebenso den Friedhof und das ganze Drumherum. Nebenbei wollte er bei Frau Horvaths Haus vorbeifahren und schauen, ob sie schon zurück war von ihrem Urlaub aus dem Süden.

Um die Mittagszeit war der Friedhof verlassen, beinahe, nur Desch Willi war dort, stöberte in den vertrockneten Blumenkränzen und steckte die nicht völlig ausgebrannten Kerzen in ein Sackerl. Willi war so vertieft in sein Tun, dass er Wurz, der schon eine Zeit lang hinter ihm stand, ihm zuschaute und sich dabei amüsierte, gar nicht bemerkte.

»Mein Gott, haben Sie mich aber jetzt erschreckt! Was schau'n S' mich so an wie einen Verbrecher? Ich tu da nix Unrechtes, das können S' mir glauben. Ich sammel nur Sachen ein, die die Leut eh schon wegg'schmissen haben.«

Wurz nahm sich Zeit, kam mit Willi ins Gespräch und horchte ihn ein bisserl aus, war er doch tagtäglich hier auf dem Friedhof. Vielleicht war ihm was aufgefallen, vielleicht hatte er was nicht Alltägliches gefunden, was anderes außer Kränzen, Kerzen und Trauerfloren.

»Schmeißen die Leute denn auch Sachen weg, die man gebrauchen kann?«, fragte er Willi.

»Ich weiß nicht, was meinen S' da jetzt, Herr Inspektor?«

»Gegenstände, die man noch brauchen kann zu Hause, Kochtöpfe, Taschen, Schuhe oder was weiß ich.«

»Leider net, Herr Inspektor, außer dem Klumpert da.« Bei diesen Worten holte er die bis zur Hälfte abgebrannten Kerzen aus dem Einkaufssackerl. Er zeigte Wurz ein paar Rosen aus

Plastik, Tannenzapfen und Batteriekerzerl, die sogar voll funktionsfähig waren.

»Na dann, Willi, wünsche ich dir einen erfolgreichen Tag«, sagte Wurz, machte auf dem Absatz kehrt und ging in Richtung Kirche. Wenn er schnell machte, konnte er bei Birgit noch eine eisgekühlte Cola trinken, aus der Glasflasche, sein Lieblingsgetränk.

Er ging ins Pfarrhaus, holte den Schlüssel für die Sakristei. Die Sonne schickte ihre Strahlen durch das bunte Fensterglas, und das Kirchenschiff wurde in eine Welt der Farben getaucht. Wurz klapperte alles ab und vergaß nicht, die Kanzel zu durchsuchen, stellte sich obendrauf und schaute hinab zu den leeren Bänken. Lange war es her, er war ein Kind gewesen, als von der Kanzel aus gepredigt worden war.

Die Tür zur Sakristei knarrte. Der Desch Willi war eingetreten, rief nach ihm.

»Hier oben bin ich, wart, ich komm schon runter. Ist dir doch noch was eingefallen? Oder wo brennt's?«

»Sie werden es nicht glauben, aber vor einigen Wochen, könnt auch schon länger her sein, hab ich hinter einem Grabstein eine Axt gefunden, und weil ich mir eh eine neue hätt kaufen müssen, ist mir die grad recht 'kommen. Das war das einzig Nützliche, was ich bis jetzt g'funden hab. Ich wollt's Ihnen nur sagen, weil Sie mich ja danach g'fragt haben.«

»Aber Willi, das sagst erst jetzt? Und wann genau hast die Axt gefunden?«

Willi zuckte mit den Schultern. »Keine Ahnung, Herr Inspektor.«

Wurz hastete die enge Wendeltreppe hinunter, ging auf ihn zu, zerrte ihn zur Tür hinaus zu seinem Wagen. »Komm schnell, wir fahren zu dir nach Hause. Die Axt ist wahrscheinlich das Mordwerkzeug, die suchen wir schon lange. Willi, Willi, wer weiß, was du noch alles in deinem Haus gesammelt hast!«

Beim Willi angekommen, staunte Wurz nicht schlecht. Da lag sie, die Axt, als könnte sie kein Wässerchen trüben. Mit dem Fetzen, den er immer im Handschuhfach seines VWs aufbewahrte, ergriff er den Stiel des Werkzeugs, beförderte es in das Sackerl, das der Willi auf dem Lehmboden in der Holzhütte entleert hatte, und raste, seine Cola und die Birgit vergessend, mit erlaubter überhöhter Geschwindigkeit, da es ein Notfall war, auf den Posten.

Natürlich würde die Spurensicherung auf der Axt nichts mehr finden können, der Willi hatte ja mit ihr gearbeitet. Gehackt hatte er, und die Klinge hatte er auch frisch geschliffen, denn da war gar nichts mehr gegangen, stumpf wie sein Buttermesser sei sie gewesen, hatte er dem Inspektor stolz mitgeteilt und seinen Wetzstein gezeigt. Diesen hatte Wurz mit eingepackt, vielleicht waren ja Blutspuren dran.

Dass er den Wetzstein mitgenommen hatte, war eine weise Entscheidung gewesen, denn auf ihm fand man mit Hilfe der UV-Lampe endlich die Beweise, die man niemals mehr zu finden geglaubt hatte: kleine Blutpartikel. ·

Jetzt brauchte man nur mehr den Besitzer der Axt ausfindig zu machen.

»Mit dieser Tatwaffe könnt selbst das schwache Geschlecht ein jedes Mannsbild, noch dazu wenn's von hinten kommt, außer Gefecht setzen«, sagte Hafner. »Aber wie willst den Besitzer herausfinden? Willst von Haus zu Haus gehen? Jeder hat eine Axt zu Hause.«

»Mir wird schon was einfallen, Hafner, da kannst du dir sicher sein. Jetzt, wo wir so nah dran sind mit der Aufklärung des Falls, gibt es kein Aufgeben mehr. Aufgeben, das tut man nur mit Briefen.« Er lachte am lautesten über den schon in die Jahre gekommenen Witz, denn endlich hatte er wieder einen Grund zur Freude.

39

Als Adelheid die Augen öffnete, fand sie sich am Boden sitzend, an die Wand gelehnt in einem Raum mit grob verputzten Ziegeln wieder. Es war feucht, und sie fror in ihrem Sommerkleid. Ihr Kopf schmerzte. Sie wollte sich an die Schläfen greifen, doch ihre Hände waren auf dem Rücken zusammengebunden, mit einem Strick, so rau wie ein Kartoffelsack. Eine Glühbirne baumelte an der Gewölbedecke und tauchte den Raum in ein mattgelbes Licht. Ein einziger Stuhl stand in der Mitte des Zimmers, auf dem Tremente saß, der Kopf auf die Brust gesunken.

»Alessandro, Alessandro, hörst du mich?«, flüsterte Adelheid in seine Richtung, doch er zeigte keine Reaktion.

Sie versuchte sich unter Qualen hochzurappeln, spürte sie doch jeden einzelnen Knochen, schaffte es, zu knien, und rutschte so hinüber zum Stuhl. Natürlich tat das Knie höllisch weh, und sie biss sich auf die Unterlippe, um den Schmerz zu zähmen. Dann endlich hatte sie Tremente erreicht, stupste ihn an, rief dazwischen immer wieder seinen Namen. Sie wollte aufgeben, dachte, er sei tot, da hob sich sein Kopf, nur wenige Zentimeter, sackte wieder runter, hob sich aufs Neue.

Er versuchte, die Augen zu öffnen, nur einen Spaltbreit. Das linke war zugeschwollen, geronnenes Blut klebte an seinen Schläfen. Er blickte in die Richtung, woher die Stimme kam. Sah Adelheid verschwommen vor sich.

»Alessandro, bitte komm zu dir, wir müssen hier raus. He, Alessandro, hörst du mich?« Sie stupste ihn an, immer wieder.

Langsam wurde Tremente lebendig. Er blinzelte.

»Alessandro, oh mein Gott, wie siehst du denn aus? Die haben dich ganz schön zugerichtet. Wir müssen raus hier, verstehst du mich? Kannst du mich hören?«

Er nickte, sein Kiefer schmerzte, er versuchte zu sprechen, gab unverständliche Laute von sich. Hustete Blut.

Adelheid schaute sich um, bemerkte erst jetzt, dass ihre Tasche achtlos neben die Tür geschmissen worden war.

»Alessandro, bleib wach! Hör mir zu: Meine Hände, verstehst du? Meine Hände! Wenn ich die wenigstens von den Stricken befreien könnte … Aber wie? Dir muss doch was einfallen, du bist ja ausgebildet worden für solche Fälle«, zischte sie ihm jetzt beinahe wütend entgegen, und man merkte den aufkommenden Zorn über seine Unbeweglichkeit in ihrer Stimme.

Er blickte sich suchend im Raum um, versuchte, sich zu konzentrieren, bis seine Augen bei einem Pfosten, der höchstwahrscheinlich das Gewölbe gegen den Einsturz stützen sollte, haften blieben. »Pfosten«, brachte er mühsam hervor. »Du musst zum Pfosten … Kante, Fesseln lösen …«

Adelheid rutschte auf den Knien voran, die Meter bis zum Pfosten schienen endlos. Es tat höllisch weh, die Knie brannten, und sie musste dazwischen immer wieder eine Pause einlegen.

»Los, Adel'eid«, keuchte Tremente. Sein Kampfgeist war wiedergekehrt, auch wenn er immer noch Schwierigkeiten beim Sprechen hatte. »Beeil dich!«

Nach endlosen Minuten hatte sie endlich den Pfosten erreicht, begann, den Strick um ihre Hände an der scharfen Kante entlangzuscheuern, immer wieder hoch und runter, hoch und runter. Ihr Arm, aber auch die Schulter, vom Unfall noch, schmerzte so sehr, dass sie beinahe ohnmächtig wurde. Es war eine Tortur. Andauernd musste sie Pausen einlegen, doch dann spürte sie endlich die ersehnte Lockerung an den Handgelenken.

Tremente war in der Zwischenzeit wieder zu Sinnen gekommen. »Adel'eid … nur noch ein paarmal! Dann hast du es … geschafft!«

Abrupt, mit einem Ruck, waren die Hände voneinander getrennt. Oh, wie tat das gut. Sie massierte die Handgelenke, die ziemlich gerötet und teilweise blutig waren, die Haut weggewetzt vom ewigen Schürfen.

Sie rappelte sich hoch, torkelte wie eine Betrunkene in Richtung Tür, griff nach ihrer Tasche. Keiner, wirklich keiner hatte sich die Mühe gemacht, die Tasche der alten verschrobenen Frau zu durchsuchen, und das war gut so. Hastig wühlte sie darin rum, beförderte die Geldbörse und den Schlüsselbund auf den Boden, tastete nochmals, leerte den gesamten Inhalt aus und fand schließlich, wonach sie suchte. Die Kosmetiktasche in giftgrüner Lederoptik hielt sie triumphierend in Trementes Richtung. Humpelte zu ihm hinüber und öffnete den Reißverschluss des Täschchens, nahm einen rosafarbenen Gegenstand heraus. Ihre Smith & Wesson.

»Da schaust du, gelt? Damit hast nicht gerechnet, und ich hab sogar schon einmal damit geschossen, nämlich als ich die Waffenbesitzkarte beantragt habe. Man fühlt sich gleich besser, wenn man einen Revolver in der Tasche hat. Und schau, voll geladen, fünf Schuss!«, teilte Adelheid, nicht ohne Stolz auf ihre Gewissenhaftigkeit, Tremente mit, legte gleichzeitig den Finger auf den Abzug, obwohl sie das anders gelernt hatte, und fuchtelte damit vor seiner Nase herum.

»Adel'eid, pass auf, wohin du mit dem Lauf zeigst«, stöhnte der, »und vor allem, auf wen!«

Plötzlich hörten sie Schritte. Tremente versuchte, auf die Beine zu kommen. Schaffte es keine Sekunde zu früh, da wurde bereits der Schlüssel im Schloss herumgedreht.

Tremente schlich zur Tür und bedeutete Adelheid mit dem Kopf, sie solle sich auf die andere Seite stellen. Dann ging alles rasend schnell, der Leibwächter trat ein, und völlig unvorbereitet traf ihn Trementes hervorschnellender Körper mit voller Wucht. Beide stürzten zu Boden. Hart schlug der Kopf des Leibwächters auf dem Beton auf, ein Rinnsal Blut floss die linke Schläfe hinunter. Als Tremente bemerkte, dass der Gorilla keinen Widerstand mehr leistete, rollte er sich von ihm runter.

»Adel'eid, versuch, ihn umzudrehen. Schau, ob du die Schlüssel für meine Handschellen bei ihm findest. Mach schnell, *avanti*, bevor die da oben was mitbekommen!«

In dem Moment, als er den Satz ausgesprochen hatte, begann das Walkie-Talkie, das der Leibwächter beim Kampf verloren hatte, zu knistern, und eine Stimme rief: »Marco, Marco, bitte kommen! Marco, kannst du mich hören?«

Es war anstrengend, und sie musste ihre ganze Kraft aufbringen, um diesen Muskelprotz auf den Rücken zu drehen. Endlich geschafft! Lange musste sie nicht suchen, fand die Schlüssel in der rechten Brusttasche.

Kaum hatte sie den kleinen Bund herausgefingert, begann sich der Leibwächter wieder aufzurichten. Er wollte aufstehen, allerdings war er noch zu benommen, um auf die Beine zu kommen.

Adelheids Hände zitterten, als sie versuchte, den Schlüssel in das winzige Schloss von Trementes Handschellen zu stecken. Endlich geschafft, der Verschluss klickte. Sie drückte ihm dankbar die Smith & Wesson in die Hand.

Rasch zog Tremente den linken Schuh aus, zerrte die Socke vom Fuß und stopfte sie dem Leibwächter, noch ehe er laut werden konnte, in den Mund. Obendrein fesselte er ihn mit den Handschellen und tastete ihn ab, fand glücklicherweise das, wonach er suchte, und wählte die Nummer der Questura.

40

Tremente fuhr mit Adelheid im Krankenwagen zurück nach Triest. Gehörig angeschwollen war ihre Hand, angeschwollen und bläulich, doch nicht gebrochen, wie ihr der Chirurg im Krankenhaus versicherte. Ein Stützverband und eine Salbe würden zur Heilung beitragen. Ebenso wurden Trementes Blessuren verarztet, und die Wunde am Auge wurde mit einigen Stichen genäht.

Er war glimpflich davongekommen. Allerdings war es ziemlich knapp gewesen, keine Sekunde später hätten die Kollegen eintreffen dürfen, dachte Tremente. Zwanzig Minuten, hatte der diensthabende Polizist zu ihm gesagt am Telefon, es war ihm wie eine Ewigkeit vorgekommen, und seine unbezwingbare Neugier hätte sie beinahe das Leben gekostet. Warten hätte er sollen, da im Keller, anstatt Adelheid wieder ihren Revolver in die Hand zu drücken, den Helden zu spielen und sich mit der Waffe von diesem Gorilla ins Foyer hinaufzuschleichen. In dem Moment, als er die Tür zum Wohnzimmer aufstieß, bohrte sich der Schaft einer Waffe in seine rechte Halsschlagader. Den zweiten Leibwächter hatte er völlig vergessen. Ein fataler Fehler, das wäre ihm früher nie passiert. War es das Alter?

Irgendjemand hatte den Lichtschalter betätigt, Männer in Latexanzügen blickten verwirrt zur Tür. Auch Rossi war dabei; nur mit einem seidenen Morgenmantel bekleidet, schwer atmend, schrie er: »Erschieß ihn, Marco, erschieß ihn ...!« Immer wieder hatte er das gerufen. Das Spannen des Hahns war zu hören gewesen und dann endlich das Horn der Einsatzfahrzeuge.

Türen wurden zugeschlagen, Stimmen wurden laut im Foyer. Sicurra leitete den Einsatz, die Männer verteilten sich, stürmten den ersten Stock, und da waren sie, die Würdenträger, die sich der Würde halber mit den Knaben in die oberen Gemächer zurückgezogen hatten. Die Posen waren eindeutig, beseitigten letzte Zweifel. Handschellen klickten. Männer wurden festgenommen und aufs Präsidium gebracht. Es kam Tremente noch immer wie im Traum vor, nur die Naht am Auge war stummer Zeuge.

Später, als sie auf einer Bank vor dem Spital saßen, konnte Adelheid nicht länger warten. »Also, Alessandro, nun sag schon, war der Haller Tobias dabei? Und was hatte überhaupt der Herr Gabriel, der Bertani, mit denen zu tun?«

»Der Reihe nach«, sagte Tremente und machte eine beruhigende Geste mit der Hand. »Es waren ausschließlich Buben aus Italien in dem Haus, also kein Haller Tobias. Monsignore Rossi hat schon seit Jahren dort praktiziert. Der hat sich die Buben aus den Waisenheimen geholt und ist dann ins ›Palazzo Riti‹ mit ihnen gefahren, na, und den Rest kennst du ja.«

»Dieses Schwein! Wahrscheinlich hat das damals begonnen, wie der Herr Gabriel noch im Heim war.«

»Mit Sicherheit, allerdings hüllt sich Monsignore in Schweigen, beteuert seine Unschuld. Er sei nur Werkzeug gewesen, sei gezwungen worden, diese Orgien zu organisieren.«

»›Gezwungen worden‹«, äffte Adelheid die Worte nach, »dass ich nicht lache!«

»Auch was die anderen Morde betrifft, die die Buben in den Zeitungsausschnitten angehen, streitet er alles ab. Er behauptet mit Vehemenz, niemals ihre Bekanntschaft gemacht zu haben, und nach so langer Zeit ist es fast unmöglich, diese Verbrechen aufzuklären. Mit dem Mord am Bertani will er ebenfalls nichts zu tun haben. Er sagt aus, dass er ihn länger nicht mehr gesehen habe.«

»So ein verdammter Lügner!« Adelheid schrie es heraus, und einige der im Park des Krankenhauses herumspazierenden Patienten blickten verwundert, aber auch neugierig zu den beiden herüber.

»Das mit dem Bertani, das hat sich so einigermaßen aufgeklärt«, sagte Tremente leiser. »Der hat die Buben wirklich nur so besucht, haben die ausgesagt, hat ihnen immer was gekauft und ist mit ihnen ins Kino gegangen. Mit Sicherheit ist er als Kind selbst missbraucht worden. Er wollte den Kleinen halt eine Freude machen – vielleicht war es so eine Art Entschädigung, denn er wusste ja, was dadrinnen vor sich ging, vom Rossi, von dessen Freunden und deren perversen Neigungen.«

»Warum der Herr Gabriel wohl nix dagegen unternommen hat? Er war schon längst weg von diesem Heim. Was hätte ihm passieren können, wenn er diese Päderasten einfach angezeigt hätte?«

»Wahrscheinlich haben sie ihn unter Druck gesetzt, erpresst. Aber das werden wir wohl nie in Erfahrung bringen, genauso wenig, warum er sich ausgerechnet Rotenturm als neue Heimat ausgesucht hat, unter falschem Namen.«

»Ob die Mutter Oberin auch davon gewusst hat? Was meinst du, Alessandro?«

»Gewusst oder zumindest geahnt haben werden viele etwas, auch Suora Varella hat deswegen sterben müssen, aber es hat sich halt nie jemand getraut, etwas gegen die Kirche zu sagen. Du weißt ja, wie das ist, besonders bei uns in Italien. Wir sind ein sehr gläubiges Volk, achtzig Prozent der Bevölkerung ist römisch-katholisch, außerdem haben wir noch den Papst im eigenen Land hocken. Da verschließt man gern die Ohren und Augen, was die Machenschaften der Kirche anbelangt. Allerdings kannst du dir sicher sein, dass durch diese Enthüllung eine Lawine losgetreten wird, und Sicurra sagt, dass das erst der Anfang ist. Unter den Verhafteten waren auch Politiker aus den obersten Rängen und Geschäftsmänner, nicht nur aus Italien. Da werden etliche Köpfe rollen.«

»Nur der Giacomo, der hat es nicht mehr ausgehalten. Der hat sich dann aufgehängt in seiner Verzweiflung, weil ihm niemand zugehört hat.«

»Ja, leider, da sind wir zu spät gekommen. Aber du kannst dir sicher sein, Sicurra und seine Männer werden so lange dranbleiben, bis der Fall sich aufgeklärt hat und der letzte Mittäter hinter Schloss und Riegel sitzt.«

41

Es war schön, wieder daheim zu sein. Adelheid stellte ihren Koffer im Wohnzimmer ab, schaute zu ihrem Ohrensessel, zu ihrem PowerSeeker, das sie kein einziges Mal vermisst hatte. Bilder einer anderen Welt drängten sich in ihr Bewusstsein. Bilder, die so anders waren als die von hier; so fern und doch so nah lag das Vergangene hinter ihr.

Das Lächeln ihres Tremente, die Trattoria, das Essen bei »Peppino«, das Meer, das lebendige Triest. Allmählich wurde ihr bewusst, was hätte sein können und was gewesen war. Die Zeit mit ihrem Josef. Was war ihr eigentlich geblieben in all diesen Jahren? Welches Leben hatte sie gelebt? Bald würde sie ihren Josef wieder am Grab besuchen und ihm alles erzählen, na ja, vielleicht nicht alles. Über ihre Gefühle, ihre Empfindungen, das Bauchkribbeln, wenn Tremente seinen Arm um ihre Schultern legte, darüber würde sie schweigen. Und plötzlich kam ihr das alles sinnlos, nahezu grotesk vor. Wer weiß, ob der Josef ihre Worte überhaupt hörte. Vielleicht war es besser, langsam Schluss zu machen mit dem Gestern. Magentas Worte fielen ihr ein: »Der Stimme eines Toten am Handy zu lauschen, das ist sicher nicht gesund, Adelheid.«

Recht hatte sie.

Da läutete es, und vor der Tür war Bessies freudiges Winseln zu hören. Magenta stand neben dem Hund. Adelheid umarmte die Freundin und begann, hemmungslos zu schluchzen. Immer wieder sprang Bessie an ihren Beinen hoch. Sie hob sie auf und wischte sich die Tränen an ihrem Fell ab. Die Freundinnen gingen ins Haus, und Adelheid erzählte Magenta alles bis ins kleinste Detail über ihre zehn Urlaubstage, die so ausgefüllt gewesen waren mit Leben, mit Abenteuer und Romanze wie die letzten dreißig Jahre nicht.

Als Magenta sich verabschiedet hatte, war Adelheid froh, wieder allein zu sein, denn dieser Urlaub, der keiner gewesen war, hatte sie sehr ausgelaugt und an ihren Kräften gezehrt. Sie brauchte erst einmal Ruhe, einen Kaffee, und die Post wollte sie durchschauen, die sich während der zehn Tage angesammelt hatte: Prospekte, Rechnungen, Fernsehgebühren, obwohl der Josef immer gesagt hatte: »Für das Programm zahlen, das ist ja nicht einmal einen nackten Nasenrammel wert.« Sie begann mit dem Bezirksblatt, das las sie gern. Sie wollte informiert sein darüber, was sich so tat in der Umgebung. Diesmal sprang ihr gleich auf der Titelseite das Bild einer Axt entgegen, und die fette Überschrift konnte kaum überlesen werden: »MORDWAFFE GEFUNDEN! Näheres Seite 3.«

Sie leckte sich den Zeigefinger ab, blätterte hastig um und las.

MORDWAFFE GEFUNDEN
Täter noch auf freiem Fuß

Die seit Wochen vermisste Tatwaffe, die zur Aufklärung des Falles von Gabriel Bertl aus Rotenturm beitragen sollte, ist endlich gefunden worden. Der in Rotenturm wohnhafte arbeitslose Willibald D. hatte die Waffe hinter einem Grabstein entdeckt und unwissentlich ob ihrer Bedeutung zu sich nach Hause mitgenommen. Von der Spurensicherung wurde mitgeteilt, dass das Blut mit dem des Opfers identisch sei. Unklar sei aber, wem die Axt gehöre. Besonderer Hinweis: Die Schneide weist eine Unregelmäßigkeit auf. Die Bevölkerung wird um Mithilfe gebeten. Sachdienliche Hinweise bitte an das nächste Polizeikommissariat. (fb)

Adelheid las den Artikel ein zweites und ein drittes Mal, sah sich die Axt auf dem Foto genauer an. Es war ja Josefs Aufgabe gewesen, Holz zu hacken für den Küchenofen, deswegen hatte sie sich nie großartig darum gekümmert. Doch einmal, da hatte er sich in den Finger gehackt, sie stand damals direkt neben ihm. Er fluchte ziemlich, und es blutete wie verrückt. Er schmiss ihr die Axt vor die Füße, dann rannte er zum Doktor, zum Frühmann. Adelheid hob das Werkzeug auf, reinigte die Schneide vom Blut, und dabei blieb sie mit dem Tuch an der Klinge hängen, weil ein Stück aus dem Metall herausgebrochen war. Bei der Axt auf dem Bild gab es auch so eine Unregelmäßigkeit in der Schneide.

Es kam ihr vor, als hätte sie ein Déjà-vu.

Sie hetzte in den Garten, zur Holzhütte, riss die Tür auf und suchte nach der Axt. Nichts. Sie rannte in die Werkstatt, wurde nicht fündig, hastete wieder zurück in die Küche, nahm die Zeitung, schaute sich die Tatwaffe noch einmal an.

Das ist sicher die Axt vom Josef! Aber wie soll die in die Kirche gekommen sein? Am Ende war der Mörder bei mir im Haus, in der Holzhütte, hat die Axt gestohlen. Ja, so muss es gewesen sein, dachte Adelheid, ging aber zur Sicherheit nochmals in die Hütte.

Sie suchte nach irgendetwas, einem verräterischen Knopf, den der Mörder verloren hatte, einer leeren Zigarettenschachtel, nach Streichhölzern mit einem Logo darauf, die ihn verraten würden. Suchte, so wie das die Kommissare im Fernsehen auch immer taten, nach Beweismitteln.

Nichts!

Sie ging zum verwaisten Hackklotz und schob ihn ein wenig zur Seite. Da lag doch wirklich ein Stück Papier, zusammengefaltet zwischen den Holzscheiten, kariert, herausgerissen aus einem Schulheft.

Adelheid bückte sich, hob es auf und entfaltete es. Sie strich es glatt und begann zu lesen. Es war eine kindliche Schrift, kaum lesbar, hingekritzelt mit einem Bleistift:

Hast heut Zeit, so um 5 beim alten Sägewerk?
B. Börnie

Börnie, ging es ihr durch den Kopf. Wer war dieser Börnie? Nein, Adelheid, nicht wieder in Eigenregie ermitteln, ermahnte sie sich. Hast du nicht genug vom letzten und vom vorletzten Mal?

Den Blick noch immer auf den Zettel gerichtet, ging sie ins Haus zurück und ins Schlafzimmer, holte ihr Handy und wählte Wurz' Nummer. Sie hatte Glück, denn der Kommissar war unterwegs in ihrer Gegend und klingelte nach nur fünf Minuten an ihrer Tür. Sie erzählte ihm von ihrer Entdeckung und erntete nackte Fassungslosigkeit.

»Und das sagen Sie erst jetzt, wo vor einer Woche das Bild mit der Mordwaffe in der Zeitung war?« Wurz' Stimme überschlug sich fast.

»Aber ich bin doch erst heut aus Italien heim'kommen! Wie hätt ich das wissen können? Sei'n S' mal froh, dass ich das überhaupt bemerkt hab, die meisten lesen das Käseblatt ja gar nicht, sondern schmeißen es gleich zum Altpapier.«

Wurz atmete tief durch. »Und wer der oder die Börnie sein könnte, dazu fällt Ihnen nichts ein, oder?«

»Nein, Herr Inspektor, aber der Schrift nach muss es ein Schulkind sein. Den Rest müssen S' jetzt aber selbst rausfinden. Kann ja nicht sein, dass ich die ganze ermittlerische Arbeit für Sie mache!«

Einige Tage später, Adelheid war gerade in Oberwart am Kommissariat, sollte ihr Protokoll durchlesen und unterschreiben, kam Wurz ins Büro gestürmt. Er war sichtlich erleichtert, denn zu neunundneunzig Komma neun Prozent, wie er sagte, habe man den Mörder gefunden. Es sei beinahe kinderleicht gewesen, den Täter zu finden, jawohl, *den* Täter. Kein Mord aus Eifersucht, kein Zickenkrieg unter dem weiblichen Geschlecht – sie hatten komplett danebengelegen.

»B. Börnie«, sagte Wurz, »hat sich als ›Bussi-Bernadette‹ entpuppt, und der zu Küssende war der Haller Felix, der Bruder vom verschwundenen Tobias. Er war es, der den Kantor ermordet hat.«

Noch ehe Adelheid nach dem Warum fragen konnte, wurde Wurz ans Telefon gerufen, entschuldigte sich und ließ sie allein im Vernehmungszimmer zurück.

Adelheids Augen wanderten auf Wurz' Schreibtisch und entdeckten das Protokoll vom Haller Felix. Sie drehte es in ihre Richtung und begann, darin zu lesen.

Es hat damit begonnen, dass ich an dem Tag meine Texte in der Sakristei habe liegen lassen. Es war ein Donnerstag, wir haben immer am Donnerstag Bandprobe. Ich war vorher ministrieren, beim Begräbnis vom Herrn Jesonek. Tobias war auch dabei. Dann habe ich meine Texte in der Kirche liegen lassen und bin

noch mal hingerannt, und da hat er vor mir gestanden, mein kleiner Bruder, mit heruntergelassener Hose. Der Gabriel war auch dabei. Das Schwein.
Ich habe geschrien: »Tobias, was machen Sie mit dem Tobias?« Der Bertl hat gesagt: »Aufs Klo hat er gemusst, stell dich nicht so an!« Dieser verdammte Lügner. Ich habe dem Tobias die Hose hochgezogen, ihn bei der Hand gepackt, und dann sind wir gelaufen, übern Kirchenplatz bis ins Dorf, einfach nur gelaufen, ohne Ziel, bis wir beim Pinkaufer angekommen sind. Dort haben wir uns ins Gras fallen lassen, und der Tobias hat zu weinen angefangen und mir erzählt, dass der Bertl das beim Klavierunterricht auch immer gemacht hat. Erst hat er am Tobias rumgefummelt, und dann hat der Tobias den Schwanz vom Bertl befummeln müssen. Der Bertl hat zum Tobias gesagt: »Wenn du was erzählst, kommst du nie wieder heim zu deiner Mama.« Ich hab den Tobias dann ganz fest gedrückt und ihm versprochen, mich bei diesem Schwein zu rächen. Und das habe ich dann auch gemacht, hab ihm diese verdammten Hände, mit denen er meinen Bruder befummelt hat, einfach abgehackt. Ich habe so eine Wut gehabt auf diese Drecksau!

Wurz kam zurück, und Adelheid drehte das Protokoll wieder in die ursprüngliche Lage zurück.

»Sie werden doch nicht etwa in dem Protokoll gelesen haben, Frau Horvath?«

»Wo denken S' hin, Herr Inspektor? Aber … dass der Herr Gabriel ein Kinderschänder war! Nein, das gibt's nicht. Das hat niemand bemerkt, nicht einen Verdacht hab ich g'habt. Wo doch immer so viele Frauen um ihn herumg'schwänzelt sind. Ich kann's gar nicht glauben, und ausg'rechnet in meinem Haus hat der g'wohnt!« Sie hielt inne. »Was passiert mit dem Felix? Der hat seinem Bruder doch nur helfen wollen. Leicht hat der es wirklich nicht im Leben. Zuerst das mit der Mutter, mit dem Alkoholismus, kein richtiges Elternhaus, und dann das mit dem Bruder, da muss man ja fast zum Mörder werden.«

»Wenn jeder gleich jeden umbringen würde, weil er viel zu tragen hat, dann gute Nacht, Frau Horvath. Der Felix ist jetzt nach Gerasdorf in die Jugendstrafanstalt überstellt worden, bis zur Verhandlung. Bei Ihnen hat er übrigens auch eingebrochen, er hat das Zimmer vom Bertl durchwühlt. Weshalb? Es war der Hass, er wollte alles zerstören, was mit dem Bertl zu tun hatte.«

Adelheid nickte, konnte ihre Betroffenheit kaum verbergen.

»Und warum hat sich der Felix grad meine Axt für das Verbrechen ausg'sucht?«

»Dazu hat er ausgesagt, dass er für Sie einmal, als er auf den Tobias gewartet hat, Holz gehackt hat, und als er den Mord plante, ist ihm Ihre Axt als Tatwaffe gerade recht gewesen.«

»Ja, jetzt, wo Sie's sagen, kann ich mich wieder erinnern, und ich hab dem Felix sogar zehn Euro in die Hand 'drückt, und der hat sich riesig darüber g'freut. Am Friedhof hat der Willi dann die Axt wiederg'funden, hab ich in der Zeitung g'lesen.«

»Richtig, weil der Felix, so steht es im Protokoll, nach dem Mord zum Friedhof gelaufen ist, und da hat er sie eben hinter einem verwahrlosten Grabstein versteckt. Übrigens, das Feuer im Kinderheim geht auch auf seine Kappe. Er hat die Pommer dafür gehasst, dass sie den Tobias zum Bertl in die Klavierstunde geschickt hat. Hat ihr die Schuld daran gegeben, dass es so weit gekommen ist.«

Was war es doch für eine grausame, ungerechte Welt. Zehn Jahre werde er kriegen, sagte Wurz. Zehn Jahre, und dann sei er ein erwachsener Mann, aber dennoch gezeichnet bis ans Ende seines Lebens. Seine Kindheit, seine Jugend, alles war ihm gestohlen worden.

Aufgrund der Grausamkeit der Verbrechen, die dem Mord vorausgegangen waren, konnte Adelheid keine Abscheu dem Felix gegenüber empfinden. Irgendwie fühlte sie sich ihm sogar näher, als ihr lieb war. Auch sie hatte ihr Leben weggeworfen, vor langer Zeit, hatte ihre Träume aufgegeben für einen anderen. Ob es das wert war?

Dabei musste man aber ehrlich sein. Hätte der Felix den Bertl nicht umgebracht, wäre wohl alles anders gekommen. Wahrscheinlich hätte man die Machenschaften des ehrenwerten Monsignore und seiner Handlanger niemals aufgedeckt. Alles wäre weitergelaufen wie die Jahre zuvor auch, bis vielleicht ein Zufall diese Missstände unter der Schirmherrschaft Gottes bloßgelegt hätte.

Eigentlich hätte der Bub einen Orden verdient, obwohl die bestialische Ermordung, die Kaltblütigkeit, mit der er den Kantor getötet hatte, wohl seinesgleichen suchte.

»Aber jetzt sagen Sie mir eines, Herr Inspektor, wie ist unser Herr Pfarrer zum Herrn Gabriel 'kommen? Weiß man da schon Näheres?«

»Es war eine interne Stellenausschreibung. Die Pfarrgemeinde hat einen Kantor und Organisten gesucht, und da hat sich der Bertl oder Bertani, wie wir jetzt wissen, gemeldet. Wir haben dann die Kollegschaft in Italien angeschrieben, und siehe da, unser netter, bei fast allen in der Gemeinde so beliebter Kantor war auch in den Regionen rund um Friaul kein unbeschriebenes Blatt mehr. Es gab dort schon etliche Anzeigen wegen Missbrauchs an Ministranten, aber unser lieber Bertl alias Bertani ist immer rechtzeitig verschwunden, hat wieder woanders seine Zelte aufgeschlagen und konnte so weiter seine pädophile Neigung praktizieren. Und als ihm das Pflaster in Italien dann doch zu heiß geworden ist, hat er halt sein Territorium nach Österreich ausg'weitet. Wir können nur hoffen, dass der Missbrauch am Tobias der einzige Fall hinter heiligen Mauern bleiben wird. Der ist eh schon schlimm genug. So ein Saukerl, dieser Bertl, vergreift sich da an unschuldigen Kindern!«

Adelheid nickte und konnte ihre Betroffenheit nicht verbergen. Das mit der Vermietung des Zimmers, das hatte sie jetzt zu den Akten gelegt, vorerst. Manchmal war man allein doch besser dran.

42

Tremente saß mit Sofie beim Frühstück, hörte ihren Erzählungen gar nicht zu, sondern dachte an die Tage mit Adelheid. Sie war eine tolle Frau. Zwar ganz anders als seine Paulina, sie war bei Weitem nicht so sportlich, auch zeigte ihr Körper deutliche Rundungen, doch sie war auf ihre Art attraktiv, geistreich mitunter, witzig und tollkühn. Das hatte ihm ziemlich imponiert, das Draufgängerische, das Furchtlose. Sie fehlte ihm. Es war schön gewesen, mit ihr durch die Gegend zu brausen, am Strand faul in der Sonne zu liegen, einen Ribolla bei »Peppino« zu trinken …

»Papa, hörst du mir überhaupt zu? Mir scheint, du bist mit deinen Gedanken schon wieder bei unserem Gast aus Österreich. Warum setzt du dich nicht einfach ins Auto und besuchst sie, wenn du doch nicht aufhören kannst, an sie zu denken?«

Erst wollte er alles abstreiten. Er wollte nicht zugeben, dass ihm Adelheid fehlte. Aber Sofie hatte recht. Er küsste sie auf die Stirn und bat um ein paar Tage Urlaub. »Wenn nicht jetzt, wann dann?«. sagte er und lächelte sie schief an.

Danksagung

Mein besonderer Dank gilt meinen Freunden, für die wertvollen Tipps, die treue Unterstützung und dafür, dass sie nie an mir gezweifelt haben, allen voran meinem Mann, der mich bei meinen Recherchen bis nach Triest begleitet hat. Vielen Dank auch an meine Lektorin Lisa Bitzer, die mit ihren brillanten Anregungen meinem Krimi den letzten Schliff verliehen hat.